Victoria Pearl

Aller Anfang geht daneben

Erotischer Liebesroman

édition el!es

Internet: www.elles.de

E-Mail: info@elles.de

Umschlaggestaltung und Satz: graphik.text Antje Küchler

Coverphoto: pyntofmyld @ flickr.com

ISBN 978-3-932499-94-4

1

Eine beste Freundin zeichnen verschiedene Eigenschaften aus. Sie sollte sich beispielsweise irgendwelche Kommentare verkneifen, wenn man selbst gerade aus der Spur geworfen wird, komplett abhebt, Raum und Zeit sich auflösen.

Eine beste Freundin merkt dann, dass sie überflüssig ist, und gibt einem die Möglichkeit, die Fahrt in dieser Gefühlsachterbahn aufzunehmen. Wenn nötig, erfindet die beste Freundin einen Vorwand, um zu verschwinden und der vielleicht größten Liebesgeschichte des Jahrhunderts nicht im Wege zu stehen.

»Ich möchte mich, da wir nun schon mal da sind, noch ein wenig im Verlag umsehen«, erklärte mir Lotte, ihres Zeichens meine beste Freundin. Da ich nicht antwortete, fügte sie hinzu: »Wir treffen uns nachher in der Cafeteria, okay?«

»Hm«, war alles, was mir dazu einfiel. Lotte nahm es als Zustimmung und eilte mit zielstrebigem Schritt davon, während ich unschlüssig das Teppichmuster zu meinen Füßen studierte.

Die Ereignisse hatten sich in den letzten Minuten förmlich überschlagen.

Nein, korrigierte ich mich in Gedanken, *mein Leben hatte sich schon vor Wochen angefangen zu verändern.*

Meine beste Freundin hatte mich nämlich herausgefordert, sie hatte mich unromantisch genannt, was mich gekränkt hatte. Nach etlichen, zugegeben etwas seltsamen Wendungen war es mir nun gelungen, sie vom Gegenteil zu überzeugen.

Ich hatte eine Geschichte geschrieben, die nun veröffentlicht werden sollte. Zumindest hatte ich vor wenigen Minuten im Beisein einer Verlagsverantwortlichen ein Dokument unterschrieben, das wohl den Startschuss meiner »Karriere« als Geschichtenschreiberin darstellte.

Was genau ich da unterschrieben hatte, und zu welchen Bedingungen der Roman veröffentlicht würde, daran konnte ich mich nicht erinnern. Meine Gedanken hatten sich während der ganzen Verhandlungen um die Begegnung mit einer unbekannten Frau gedreht. Der Begriff »Begegnung« traf nicht ganz zu, denn ich hatte sie fast umgerannt, als sie aus dem Büro der Verlagsverantwortlichen gekommen war. Doch seit diesem Moment, oder vielmehr seit ich das erste Mal in ihre graublauen Augen geblickt hatte, war nichts mehr wie zuvor.

Die Frau, bestimmt eine berühmte Autorin, hatte sich über meine Verlegenheit sehr amüsiert, doch sie hatte gemeint, dass man sich vielleicht später in der Cafeteria treffen könnte.

Hieß das nun, dass sie da auf mich wartete? Oder hatte sie mir einfach mitgeteilt, dass sie noch einen Kaffee trinken würde, ehe sie aus meinem Leben verschwand?

Es wurde Zeit, dass ich wieder das Kommando über meinen Körper und meine Zeit übernahm. Kurz entschlossen machte ich mich auf den Weg in die Cafeteria, die im Erdgeschoss lag. Selbst wenn die Dunkelhaarige nicht da sein sollte, ich würde einen Kaffee trinken, auf meine beste Freundin warten, und vielleicht kam ich dann auch dahinter, was heute alles passiert war.

Ich hätte mir die pessimistischen Gedanken sparen können. Als ich den hellen, offenen Raum der Cafeteria betrat, erblickte ich die Unbekannte sofort. Sie saß an einem Fenstertisch und las.

Mein Herz schlug mir bis zum Hals, für einen Moment konnte ich mich nicht mehr bewegen. Mein Blick tastete ihr Profil ab, glitt über ihren Körper, kehrte wieder zu ihrem Gesicht zurück. Sie war in ihre Lektüre vertieft, blätterte sorgfältig eine Seite um. Sollte ich wirklich zu ihr hingehen?

Als hätte sie meine Gedanken gespürt, blickte sie plötzlich auf. Obwohl die Cafeteria gut besucht war – offensichtlich wurden hier auch geschäftliche Gespräche geführt –, verirrte sich der Blick aus den graublauen Augen nicht, sondern fand mich ohne Umschweife. Die Dunkelhaarige lächelte, erhob sich von ihrem Stuhl, machte ein paar Schritte in meine Richtung.

»Ich werde mich um ein Bärenfell kümmern«, murmelte ich halblaut vor mich hin.

Mit unsicherem Schritt, meine Beine bestanden plötzlich aus Pudding, steuerte ich auf die Unbekannte zu.

Ihr Lächeln vertiefte sich. Mir war, als schiene mir die Sonne direkt ins Gesicht. Mein Pulsschlag beschleunigte sich noch mehr, obwohl ich den Eindruck hatte, kaum vorwärts zu kommen.

»Hallo«, sagte sie mit einer Stimme, die mir unter die Haut ging, »schön, dass Sie den Weg gefunden haben.«

Automatisch ergriff ich die Hand, die sie mir entgegenstreckte.

»Ich bin die Bettina.«

»Ja.«

Gab es einen Grund, warum ihre Augen so belustigt funkelten? Noch immer hielt ich ihre Hand. Sie war warm und weich, doch der Griff fest.

Alles an dieser Frau schien weich, ihr Blick, ihre Stimme, ihr Lächeln – und meine Knie. Ich musste mich setzen, so schnell als möglich. Suchend blickte ich mich nach einem Stuhl um.

Welch eine Wohltat!

Bettina setzte sich mir gegenüber, griff nach ihrem Buch und verstaute es in einem Rucksack, der neben ihr auf dem Boden stand. »Ich habe noch nie jemanden kennengelernt, der Ja heißt«, meinte sie lächelnd.

Verständnislos schaute ich sie an. Was meinte sie? »Ich verstehe nicht«, bekannte ich mit dünner Stimme. Was hatte diese Frau an sich, dass sie mich so fassungslos machte?

»Sie haben sich als *Ja* vorgestellt«, erklärte sie jetzt mit hörbarer Belustigung.

»Oh ... äh ... nein, ich hab natürlich einen richtigen Namen«, berichtigte ich peinlich berührt. *Sie muss mich für die größte Idiotin halten*, schoss es mir durch den Kopf.

»Hm, das dachte ich mir«, meinte sie. »Würde Sie mir denn

diesen richtigen Namen verraten – oder ist er ein Geheimnis?«

So eine kleine Sache, und ich machte daraus eine Staatsaffäre! Es wurde höchste Zeit, dass ich zu meinem wahren Ich, dem coolen, abgeklärten, witzigen und charmanten Ich zurückfand.

»Ich heiße Simone. Simone Mertens.«

»Was möchten Sie trinken, Simone Mertens?«, fragte Bettina, die sich an diesem Nachmittag sichtlich amüsierte.

Das Gespräch kam nur schleppend in Gang. Bettina versuchte es erst mit dem Wetter, doch da es seit Wochen gleichbleibend sonnig und trocken war, gab es darüber nicht viel zu sagen. Als Nächstes wandte sie sich den Tagesaktualitäten zu, aber auch dieses Thema war bald erschöpft.

»Kann es sein, dass Sie sich nicht am Gespräch beteiligen wollen?«, fragte sie schließlich nach einigen Minuten, in denen wir beide konzentriert die Getränke in unseren Tassen umgerührt hatten.

»Ich ... oh ... nein, natürlich ... also ... ich«, stotterte ich zusammenhangslos.

Was machte diese Frau mit mir? Ich war sonst nicht auf den Mund gefallen, doch hier versagten alle meine Gehirnzellen ihren Dienst. Ich wollte einfach da sitzenbleiben, sie ansehen, ihrer Stimme zuhören, egal, was sie erzählte. Auf diese Weise würde ich ihr aber wohl doch nicht näher kommen, also musste ich etwas in meinem Verhalten ändern.

»Entschuldigung«, begann ich, »heute ist viel passiert. Üblicherweise beteilige ich mich schon an Gesprächen.«

Bettina nickte. »Ja, heute ist viel passiert, da gebe ich Ihnen Recht«, bestätigte sie. »Haben Sie denn vorhin Ihren Vertrag bekommen?«

»Hm, ja«, antwortete ich.

Wo war der eigentlich? Wahrscheinlich bei Lotte, überlegte ich.

»Sie schreiben auch?«, wollte ich wissen.

»Ja, sogar schon ziemlich lange«, bekannte sie.

Natürlich wollte ich wissen, welche Themen in ihren Geschichten behandelt wurden. Es stellte sich heraus, dass Bettina Krimis schrieb. Das irritierte mich ein wenig, denn ich war davon ausgegangen, dass sie wie ich Geschichten mit lesbischen

Frauen in den Hauptrollen erfand. Schließlich hatte ich Bettina ja vor der Tür der Vertreterin für Spezialinteressen fast über den Haufen gerannt. Dass Kriminalgeschichten zu den Spezialinteressen zählten, konnte ich mir nicht vorstellen.

»Krimis?«, fragte ich. »Aber warum ... Sie haben doch auch mit Frau Feichtel ... Jedenfalls sind Sie aus ihrem Büro gekommen.«

Bettinas Lachen war ansteckend. Ich konnte nicht anders, ich musste mitlachen, auch wenn ich nicht wusste, was an meiner Frage hätte lustig sein sollen.

»Es gibt auch Krimis, in denen Detektivinnen oder Kriminalbeamtinnen vorkommen, die Frauen lieben«, erklärte Bettina schließlich freundlich.

Sie musste mich wirklich für etwas unterbelichtet halten, ich benahm mich ja so, als hätte ich von nichts eine Ahnung.

Natürlich kannte ich Krimis mit lesbischen Hauptpersonen, ich liebte diese Geschichten sogar sehr. Was war nur mit mir los? Ich erkannte mich selbst nicht mehr.

»Oh, ja, dann ist ja alles klar«, presste ich hervor. Mir war die Situation mehr als peinlich. »Ich habe keinen Krimi geschrieben«, erklärte ich entschuldigend.

Jetzt war es an Bettina, Fragen zu stellen. Es war, als hätte jemand einen Schalter umgelegt. Die Unterhaltung wogte hin und her, wir erzählten uns, wie wir zum Schreiben gekommen waren, lachten, scherzten, erzählten uns plötzlich Dinge aus unserem Privatleben, die wohl weder sie noch ich unter normalen Umständen einfach so preisgegeben hätten. Es kam mir vor, als säße ich mit einer Freundin, die ich schon lange vermisst hatte, am Tisch.

»Tut mir leid, wenn ich unterbreche«, vernahm ich plötzlich eine bekannte Stimme neben mir. Lotte! Ich hätte sie erschlagen können. Wieso musste sie jetzt schon auftauchen? Sie konnte sich in der kurzen Zeit unmöglich den ganzen Verlag angesehen haben.

Während ich mit dem ungerechten Schicksal heftig haderte, machten sich Bettina und Lotte miteinander bekannt. Lotte konnte mit dem Namen Bettina Gut sofort etwas anfangen, schließlich war sie im Buchhandel tätig.

Meine beste Freundin ließ sich unaufgefordert auf den freien Stuhl neben mir fallen, winkte dem Kellner und war im nächsten Moment schon ins Gespräch mit Bettina vertieft. Mich schienen die zwei völlig vergessen zu haben. Das hätte mich verärgern müssen, doch nach anfänglicher Irritation genoss ich es, Bettina in Ruhe betrachten zu können, ihre Mimik und Gestik zu beobachten, mich vom Klang ihrer Stimme davontragen zu lassen und in ihr Lachen einzutauchen.

Mit einem Blick auf die Uhr meinte Lotte schließlich bedauernd: »Es wird Zeit. Wir müssen los, sonst kommen wir heute nicht mehr nach Hause.«

Bettina nickte. »Ja, ich hab auch noch ein paar Kilometer Weg vor mir. War schön, Sie beide kennenzulernen.«

Die Verabschiedung fiel für meinen Geschmack viel zu förmlich aus. Während sich Lotte und Bettina wie gute Bekannte verabschiedeten, reichte mir Bettina etwas steif die Hand und nickte bloß.

Was hatte sie denn auf einmal? Unfähig, etwas zu sagen oder zu fragen, erwiderte ich ihren Händedruck. Da war etwas – in meiner Hand hielt ich plötzlich ein kleines, zusammengefaltetes Stück Papier. Irgendetwas in Bettinas Augen sagte mir, dass ich es nicht jetzt öffnen sollte, darum schob ich es in die Tasche meiner Jeans.

»Sie scheint ziemlich nett zu sein«, urteilte Lotte, kaum hatten wir uns durch den abendlichen Berufsverkehr gekämpft.

Der Tonfall, indem dieses Urteil geäußert wurde, signalisierte mir, dass Lotte jetzt ansprechbar war und wünschte, in den nächsten zwei Stunden, die wir auf der Autobahn zubringen würden, von mir unterhalten zu werden.

»Ja, ich glaube schon. Aber ich kenne sie natürlich nicht«, schränkte ich ein.

Obwohl ich Lotte sehr mochte, sie seit über zwanzig Jahren der beständigste und zuverlässigste Teil meines Lebens war, konnte ich ihr nicht erklären, welche Flut an Gefühlen die Begegnung mit Bettina in mir ausgelöst hatte.

»Ich habe noch nie einen Krimi von ihr gelesen«, informierte ich meine beste Freundin.

Nun lag der Ball bei ihr. Ich hoffte, sie würde mir nun lang und breit erklären, welche Krimis von Bettina stammten, um was es da ging, wie ihr Schreibstil war, wie der Absatz in ihrer Buchhandlung und so weiter. Doch Lotte tappte nicht in diese Falle. Mein Manöver war zu durchsichtig gewesen.

»Hm«, machte sie nur und schwieg dann.

Nach einer Weile, wir hatten bestimmt einige Kilometer zurückgelegt, fragte sie harmlos: »Hast du in letzter Zeit etwas von Sabine gehört?«

»Sabine? Welche Sabine?«

Wieso störte mich Lotte, wenn ich von Bettinas Augen und ihrem Lächeln träumte?

»Nun tu nicht so! Ich meine deine Ex. An die wirst du dich doch wohl noch erinnern können.«

Ich nickte. Jetzt, da sie genau definiert hatte, wen sie meinte, tauchte tatsächlich Sabines Bild vor mir auf.

Eine sportliche, attraktive, aber leider auch oberflächliche und unzuverlässige Person. Die Frauen lagen ihr zu Füßen, wenn sie es darauf anlegte – und auch, wenn sie es nicht tat. Warum sie sich mit mir abgegeben hatte, war mir im Nachhinein ein Rätsel, denn ich hatte nie ihren Vorstellungen der Wunschpartnerin entsprochen. Weder verdiente ich so viel, dass ich sie mit materiellen Gütern hätte verwöhnen können, noch war ich berühmt oder in irgendeiner Szene angesagt, und letztlich würde ich mich auch nicht als besonders gut aussehend bezeichnen.

Was also hatte sie von mir gewollt? Wieso hatte sie ein halbes Jahr gewartet, ehe sie begann, mich mit irgendwelchen flüchtigen Bekanntschaften zu betrügen?

Ein halbes Jahr war für Sabines Verhältnisse eine halbe Ewigkeit. Inzwischen wusste ich, dass das Fremdgehen in ihrer für mich nicht nachvollziehbaren Vorstellung von Partnerschaft dazugehörte. Meist begannen die Seitensprünge nach zwei, drei Monaten. Sie dienten laut Aussage meiner Ex der Vitalisierung der aktuellen Beziehung! Unglaublich!

Ich erinnerte mich mit Schaudern an den Abend, als sie mir ihr Partnerschaftsmodell näher bringen wollte. Da lag sie notabene mit einer anderen Frau nackt in meinem Bett. Dumm nur, dass ich einen Tag früher von meiner Geschäftsreise zurückgekommen war.

Ihre Vitaminspritze hatte sich in Windeseile angekleidet und war aus der Wohnung verschwunden, ehe unser Streit ziemlich unschön eskalierte. Sabine folgte ihr etwa eine Stunde später mit drei vollgepackten Plastiktüten und einem hochroten Kopf. Seither hatte ich sie weder gesehen noch gesprochen.

»Nein, ich habe nichts von ihr gehört – und glaub mir, es ist besser für sie, wenn das auch in Zukunft so bleibt. Das Kapitel ist so was von durch, das kannst du dir gar nicht vorstellen«, informierte ich Lotte.

»Na, Gott sei Dank«, seufzte diese übertrieben. »Aber ich hatte dich ja gewarnt. Die sah einfach zu gut aus – und sie wusste ganz genau, wie sie wirkt. Die war nichts für dich, ganz und gar nicht!«

Nun war es an mir, zu seufzen. Lotte hatte ja recht, aber musste sie mir das immer wieder unter die Nase binden? Reichte es denn nicht, dass ich seit der Geschichte mit Sabine keiner Frau mehr über den Weg traute?

Jeder, die mich länger als zwei Sekunden anschaute, unterstellte ich unlautere Absichten. Bestimmt würde sie mich, ließe ich mich denn darauf ein, betrügen, emotional ausnutzen und dann fallen lassen. Sabine hatte Spuren hinterlassen, die tiefer waren, als mir lieb sein konnte.

»Wie lange ist das eigentlich her?«, nahm Lotte den Faden wieder auf.

»Eineinhalb Jahre, warum?«, fragte ich zurück.

»Findest du nicht, es wäre an der Zeit, dass du dich ein bisschen umsiehst?«

Lotte gebot mir mit erhobener Hand zu schweigen. »Niemand ist dazu bestimmt, für immer allein zu sein, auch du nicht. Ich weiß, du hast nicht zum ersten Mal schlechte Erfahrungen gemacht, aber trotzdem könntest du einer neuen Frau eine Chance geben. Außerdem hast du durch deine Geschichte, die ich übrigens nach wie vor wirklich sehr gut finde, gezeigt, dass in dir die Sehnsucht nach Liebe und Romantik vorhanden ist. Du tust nur immer so, als wäre das nichts für dich, aber im Grunde bist du sehr empfindsam und wünschst dir eine Partnerin an deiner Seite. Die hättest du auch verdient, und ich glaube, sie wäre zu beneiden. Wenn es die Richtige ist, wirst du sie nämlich auf Händen tragen.«

Lotte beendete ihren Vortrag mit einem Lächeln und einem wissenden Seitenblick auf mich.

Was konnte ich dazu noch sagen? Möglicherweise hatte sie recht. Ich sehnte mich schon lange nach meiner Traumfrau, doch ich war nicht erst seit dem Reinfall mit Sabine eher misstrauisch und konnte es nie wirklich glauben, wenn eine Frau mir sagte, dass sie mich anziehend fand.

Da ich schwieg, sah sich meine beste Freundin genötigt, ihre Phantasien weiter zu spinnen. »Als du heute mit dieser Bettina zusammengestoßen bist . . .«, meinte sie grüblerisch, »ich weiß nicht, ich hatte den Eindruck, da ist etwas passiert.«

»Ja«, bestätigte ich trocken, »alle ihre Unterlagen sind zu Boden gesegelt, und mir war die Sache ziemlich peinlich.«

»Ach, Simone, nun sei nicht so miesepetrig«, seufzte Lotte. »Du weißt genau, dass ich etwas ganz anderes meine. Du warst wie vom Blitz getroffen, als hätte dich ein Lastwagen gestreift, überhaupt nicht mehr ansprechbar. Wenn ich nicht für dich mit dieser Frau Feichtel verhandelt hätte, wärst du ohne Vertrag wieder aus ihrem Büro spaziert.«

Es widerstrebte mir zwar, doch ich musste zugeben, dass Lotte die Ereignisse und vor allem meinen Gemütszustand nach dem Zusammenstoß mit Bettina sehr treffend wiedergegeben hatte.

»Und wenn? Was heißt das schon?«, wand ich mich. »Ich war etwas von der Rolle, aber das ist ja jetzt bereits schon Vergangenheit. Also: Nix passiert!«

Wahrscheinlich spielten mir meine Sinne einen bösen Streich, doch ich meinte zu spüren, dass das Stück Papier in meiner Hosentasche brannte. Unauffällig kontrollierte ich, ob es noch da war, und hätte vor Erleichterung, als ich es ertastete, fast geseufzt.

»Wem willst du denn hier etwas vormachen?«

Die rhetorische Frage meiner Freundin holte mich in die Realität der nächtlichen Autofahrt zurück. »Ihr beide findet euch doch gegenseitig sympathisch. Ich könnte mir sehr gut vorstellen, dass sich daraus mehr entwickelt.«

Sinnlos, darauf zu antworten.

Prompt schlug Lotte vor: »Weißt du was? Ich suche dir morgen ihre Adresse und Telefonnummer raus, dann rufst du sie an, und ihr verabredet euch mal zum Essen oder so.« Lotte war sichtlich begeistert von sich und ihrem Geistesblitz, ich indessen krümmte mich innerlich.

»Lotte, wie oft soll ich dir noch erklären, dass du als Hetera eine denkbar schlechte Lesbenkupplerin bist? So funktioniert das nicht!«, beschied ich ihr bestimmt.

Nicht zum ersten Mal bemühte sich Lotte aktiv, mein Liebesleben in Schwung zu bringen.

An der Geschichte mit Sabine war sie zwar nicht beteiligt gewesen, doch oft genug hatte sie mit ihren Kuppelversuchen uns beiden wahre Fettnäpfchenmarathons beschert. Sie mochte die beste Freundin auf der ganzen, weiten Welt sein, doch was eine Frau an einer anderen attraktiv, anziehend und liebenswert finden konnte, das erkannte sie nicht. Im Klartext, sie hatte absolut keine Ahnung von Lesben.

»Ach Simi«, seufzte Lotte nur.

Dass sie die Abkürzung, also die Koseform meines Namens verwendete, alarmierte mich. Mein Gefühl trog mich nicht. Es folgte ein sicherlich gutgemeinter Vortrag darüber, wie ich mein Leben sinnvoll gestalten könnte. Lotte machte sich Sorgen um mich, weil ich die Tendenz hatte, mich wochenendweise in meiner Wohnung einzuigeln, sie meinte, ich ließe mein Leben einfach an mir vorüberziehen, ohne aktiv einzugreifen, ohne etwas daraus zu machen.

Sie verstand nicht, dass ich solche Phasen immer wieder hatte, dass diese einfach zu mir gehörten und ich mich dabei nicht unbedingt unglücklich fühlte. Meist hatte ich noch nicht mal das Gefühl, dass mir etwas fehlte. Es war einfach meine Art, mich zu erholen. Natürlich wusste ich, dass ich keine einsame Insel darstellte, das entsprach auch gar nicht meiner Vorstellung von einem erfüllte Leben, doch ich wollte mir die Zeit geben, die es brauchte, um Enttäuschungen und Verletzungen zu verarbeiten. Da ich dies meiner Freundin schon des Öfteren ohne Erfolg zu erklären versucht hatte, unterließ ich es jetzt.

Die letzte halbe Stunde der Fahrt verbrachten wir schweigend. Schließlich stoppte Lotte das Auto vor dem Haus, in dem ich eine kleine, aber gemütliche Wohnung gemietet hatte.

»Sei mir nicht böse, wenn ich mich immer wieder in dein Leben einmische«, entschuldigte sich meine Freundin. »Ich möchte doch einfach nur, dass du glücklich bist.«

Das wäre ich ja gern, dachte ich.

Zum Abschied umarmte ich sie aber nur wortlos, dann stieg ich aus dem Wagen und winkte ihr nach, bis sie um die nächste Kurve bog.

Die Stufen bis zu meiner Wohnungstür flog ich förmlich hinauf. Rasch öffnete ich die Tür, warf meinen Rucksack in die Ecke und schlüpfte aus meiner Jacke. Mit zitternden Fingern kramte ich nach dem Stück Papier in der engen Tasche meiner Jeans. Ich zog es heraus, öffnete es und strich es sorgfältig glatt.

Es war eine Visitenkarte, stellte ich fest. Darauf standen Name, Adresse und Telefonnummer der Autorin Bettina Gut.

Krampfhaft versuchte ich, die Enttäuschung zu unterdrücken, die sich in mir ausbreitete. Was hatte ich erwartet? Einen Liebesbrief? Einige persönliche Worte? Eine Einladung zu einem Essen oder so, wie es Lotte ausdrücken würde? Ich konnte es nicht sagen, doch diese unpersönlichen Druckbuchstaben wirkten auf mich wie eine Ohrfeige.

Auf dem Weg in die Küche, ich brauchte jetzt einen Kaffee, warf ich die Visitenkarte achtlos auf ein kleines Tischchen unter der Garderobe. Der Kaffee milderte die Enttäuschung ein wenig – und er belebte mich.

Ich ließ mir die Ereignisse des Tages nochmals durch den Kopf gehen. Dabei kam mir in den Sinn, dass ich den Vertrag noch immer nicht gelesen hatte und dass dieser noch immer bei Lotte war. Egal, dachte ich mir, heute brauchte ich ihn bestimmt nicht mehr.

Obwohl der Abend schon in die Nacht übergegangen war, mochte ich noch nicht zu Bett gehen. Mir fiel auf, dass mein Couchtisch ziemlich leer wirkte. Das lag daran, dass ich die Post – und somit die Zeitung, die diesen Tisch täglich zierte – noch nicht aus dem Briefkasten geholt hatte. Ich schnappte mir also den Briefkastenschlüssel und holte dieses Versäumnis nach.

Während ich mich durch die aktuellen Nachrichten arbeitete, gelang es mir jeweils für kurze Momente, nicht an die graublauen Augen zu denken. Ich schaffte es sogar manchmal, das süßeste Lächeln der Welt auszublenden, doch auch dies dauerte nur Sekundenbruchteile, dann kam die Erinnerung daran umso heftiger zurück.

Schließlich gab ich auf. Ich fühlte mich ausgelaugt, müde und auch enttäuscht, denn ich hatte mir eingebildet, dass bei dieser Begegnung mit Bettina zwischen uns etwas passiert war. Mich jedenfalls hatte der Blitz, von dem Lotte gesprochen hatte, buchstäblich getroffen. Offenbar beruhte dieses Gefühl nicht auf Gegenseitigkeit, denn sonst hätte mir Bettina bestimmt nicht nur eine neutrale, nichtssagende Visitenkarte zugesteckt.

Auf dem Weg vom Wohnzimmer ins Schlafzimmer kam ich am Garderobetischchen vorbei. Ich griff nach der Visitenkarte und überlegte, ob ich sie gleich entsorgen sollte. Gedankenverloren drehte ich sie in meinen Händen, als mich plötzlich etwas stutzig machte. Beim B von Bettina schien ein Punkt in der Mitte sein, einer, der da nicht hingehörte. Ich drehte die Karte um und sah, dass Bettina auf der Rückseite etwas notiert hatte. Mein Herzschlag setzte für einen Moment aus.

»Meine E-Mailadresse«, stand da und »bitte melde dich … bald!«

Dich? Nun versagten meine Beine ihren Dienst. Ich stützte mich an der Wand ab und las die Mitteilung nochmals und nochmals und nochmals. Doch, da stand eindeutig, dass ich mich melden solle – bald!

O ja!, jubelte ich, das würde ich tun. *Ich werde DIR schreiben oder DICH anrufen – und zwar schon morgen*, versprach ich Bettina in Gedanken.

Euphorisch putzte ich mir die Zähne, sorgfältig gönnte ich meinem Gesicht eine Schicht revitalisierende Nachtcreme – man konnte ja nie wissen – und tänzelte dann ins Schlafzimmer. Meine letzten Gedanken, wie hätte es auch anders sein können, galten Bettina. Ich sah ihr Lächeln, ihre Blicke, spürte ihre warme Hand. Ich begann zu träumen, und irgendwann schlief ich mit einem Lächeln auf den Lippen ein.

Noch nicht ganz wach, befasste ich mich am frühen Freitagmorgen mit einer Frage, deren Beantwortung mein Leben entscheidend beeinflussen würde. Anruf oder E-Mail? Direkter Kontakt oder Sätze mit Bedenkzeit?

In Erinnerung an meine Ausdrucksschwierigkeiten, die am vergangenen Tage überraschend aufgetreten waren, schien mir eine schriftliche Kontaktaufnahme mit Bettina die erfolgversprechendere Variante.

Auf der anderen Seite könnte sie natürlich annehmen, ich wolle sie auf Distanz halten oder hätte einfach keinen Mut, direkt mit ihr zu reden. Letzteres entsprach wesentlich eher der Wahrheit als Ersteres.

Seit ich Bettina begegnet war, ging sie mir nicht aus dem Kopf – schlimmer noch, mir schien, dass sich ihre Anwesenheit bereits tiefer in mir, in meinem Herzen, festgesetzt hatte. In einem Anfall von Nüchternheit wies ich das jedoch weit von mir, denn das hieße ja, dass es Liebe auf den ersten Blick gäbe. Absolut unmöglich!

Trotz dieser Erkenntnis verbrachte ich den Morgen des freien Tages, den ich mir gönnte, mit immer der gleichen Frage: Anruf oder E-Mail?

An diesem Morgen brachte ich nichts zustande. Ich begann mit der Zeitungslektüre, doch nachdem ich den gleichen Bericht zum fünften Mal gelesen und noch immer nicht verstanden hatte, legte ich das Blatt weg. Das Ausräumen der Spülmaschine endete in einem Desaster, das mich fast eine Stunde Aufräumarbeit kostete und den Bestand meiner Teller um drei Stück dezimierte. Dass ich anschließend – ganz klassisch – im Badezimmer ausrutschte und mir dabei eine ansehnliche Beule am Hinterkopf holte, passte perfekt ins Bild eines kopflosen Huhns.

Der Anruf meiner besten Freundin holte mich am Mittag wenigstens für ein paar Minuten in die Realität zurück. Sie hatte, wie angedroht, die Adresse und Telefonnummer der Krimiautorin ausfindig gemacht. Dass ich nicht vor Freude an die Decke hüpfte, konnte sie nicht verstehen.

Lotte redete auf mich ein: »Tu was! Jetzt hast du alle Möglichkeiten. Ruf sie an. Verabrede dich mit ihr. Du siehst, sie wohnt wirklich gleich ums Eck. Das ist doch perfekt.«

Ich war zu müde, um ihr zu widersprechen. Außerdem schien es mir fast ein bisschen gemein, hätte ich ihr gesagt, dass ich längst nicht nur Bettinas Telefonnummer kannte. Da von mir keine Gegenwehr kam, schaltete Lotte in ihren Bemühungen noch einen Gang höher.

»Versprich mir, dass du etwas unternimmst«, bat sie. »Du hast ein langes Wochenende vor dir, lass es nicht ungenutzt verstreichen!«

Es klang wie ein Befehl. Damit konnte ich gar nichts anfangen, im Gegenteil, wie ein Reflex kam der Widerspruch. Lotte gab schließlich auf, jedoch nicht ohne mich als Sturkopf und unbelehrbaren Dickschädel zu bezeichnen.

Bestimmt hätte Lotte vor Freude gejubelt, hätte sie gewusst, dass ich das Wochenende auf keinen Fall einfach so an mir vorübergehen lassen wollte. Ich hatte mir fest vorgenommen, Bettina zu kontaktieren. Natürlich war mir auch aufgefallen, dass wir nur ein paar Kilometer – Luftlinie – voneinander entfernt wohnten. Wenn nur dieser erste Schritt nicht wäre!

Lotte bearbeitete bestimmt längst wieder irgendwelche Listen mit Bücher-Neuerscheinungen, als ich mich endlich an meinen PC setzte und ihn hochfuhr.

Mir wurde bewusst, dass ich nicht besonders viel über Bettina wusste. Ich brauchte aber ein Thema, um mit ihr reden zu können – oder ihr eine Mail schreiben zu können, die sich nicht nur ums Wetter drehte.

Wozu gibt es Suchmaschinen?, dachte ich und tippte rasch Bettinas Namen ein. Es erschienen etliche Treffer auf dem Bildschirm, die meisten nannten ihren Verlag oder ihre Online-Buchhandlungen.

Ein Link führte mich aber zu einer Monatszeitschrift für Lesben. Da war vor etlichen Monaten ein Portrait der Autorin erschienen, das man nun im Internet nachlesen konnte. Gespannt holte ich mir den Text auf den Bildschirm – und blickte Sekunden später in die lachenden graublauen Augen, die mir augenblicklich die Sinne raubten.

Nachdem ich das Fenster geöffnet und frische, kühle Herbstluft ins Zimmer hatte strömen lassen, sah ich mich endlich in der Lage, den Bericht zu lesen. Leider erfuhr ich nichts Neues über meine Lieblingsautorin, von der ich beschämenderweise noch nie ein Buch gelesen hatte. Thema des Textes war das Schreiben, und darüber hatte ich mich mit Bettina ja am Vortag ausgiebig unterhalten.

Ich startete das Mailprogramm, gab Bettinas Adresse ein, speicherte diese gleich in meinem Adressbuch bei den Favoriten ab und schrieb in die Betreffzeile »Hallo«.

Doch dann war erst mal Schluss mit Schreibfluss. »Liebe Bettina«, »Hallo, liebe Bettina«, »Guten Tag, Bettina«, »Hallo Frau Gut« – so und ähnlich experimentierte ich, doch nichts passte.

War ich denn per Du oder per Sie mit Frau Gut? Sie hatte mich in ihren Zeilen auf der Visitenkarte geduzt, aber durfte ich das im umgekehrten Falle auch?

Da mir der PC auf meine drängenden Fragen partout keine Antworten geben wollte, schaltete ich ihn unverrichteter Dinge wieder aus.

Ich schalt mich selbst einen Feigling und Versager, da ich offensichtlich noch nicht mal fähig war, eine einfache Mail zu schreiben. Blieb also noch das Telefon. Die Nummer war schnell eingetippt, das Freizeichen ertönte, mein Herz schlug mir abwechselnd bis zum Hals und rutschte in der nächsten Sekunde mindestens bis in die Knie hinab. Von Schweißausbrüchen geplagt, wartete ich mit zitternden Händen darauf, dass sich am anderen Ende jemand meldete.

Und wenn jemand anderes als Bettina ans Telefon ging? Einhängen? Oder tapfer nach Frau Gut fragen? Zu spät! Es klickte in der Leitung, und – mir fiel ein tonnenschwerer Stein vom Herzen – Bettinas Stimme drang an mein Ohr.

»Hallo Anruferin, hallo Anrufer, leider kann ich …« Ich drückte auf den roten Knopf. Was hätte ich dem Anrufbeantworter denn sagen sollen?

Es entsprach nicht meinem Naturell, einfach aufzugeben. In diesem Fall fühlte ich mich aber durch das Gefühlschaos in mir der Überforderung nahe. Ich wollte Bettina unbedingt näher kennenlernen, ganz nah. Ich war mir sicher, dass wir uns sehr gut verstehen würden. Weiter wagte ich mich allerdings auch in Gedanken nicht vor.

Diesem Wunsch standen meine Schüchternheit und das Misstrauen, was Gefühle aller Art betraf, entgegen. Wo waren die Fakten, an die ich mich halten konnte? Gab es Zeichen, die meine Empfindungen stützten?

Diese Unsicherheit ärgerte mich, also musste ich etwas dagegen unternehmen, oder aber ich lenkte mich zum Beispiel mit einem Bummel durch die Einkaufsstraßen der Stadt ab.

Den ersten Teil meiner Einkaufstour hatte ich erfolgreich hinter mich gebracht, der Tellerstapel in meinem Küchenschrank war wieder komplett. Nun probierte ich in einer Umkleidekabine eine neue Jeans an, schwarz, mit einer unauffälligen, aber schönen Stickerei am linken Oberschenkel.

Plötzlich setzte mein Herzschlag aus. Täuschte mich mein Gehör? Oder unterhielt sich tatsächlich Bettina direkt vor meiner Kabine mit der Verkäuferin? Ich konnte unmöglich die Kabinentür öffnen, denn ich stand ja nur in Unterhose in der Umkleide. Die Stimmen entfernten sich, die Chance war vorbei.

Allmählich beruhigte sich mein Puls wieder. Ich machte mir klar, dass ich mir das sicher nur eingebildet hatte, das wäre schlicht ein Zufall zu viel. So gestärkt, verließ ich das Geschäft, nachdem ich die Jeans bezahlt und in meinen Rucksack zu den Tellern gepackt hatte.

Mit der inneren Ruhe war es indes nicht weit her. Ich schlenderte durch die Fußgängerzone, blieb entgegen meiner Gewohnheit vor fast jedem Schaufenster stehen und beobachtete die Auslage.

Meine Augen wanderten unablässig über die Köpfe der Passanten, bei jedem schwarz behaarten Haupt verharrten sie, um sich dann enttäuscht wieder abzuwenden. Nein, Bettina war nicht hier. Sinnlos, sie in der Menge zu suchen.

Plötzlich stutzte ich. Ich stand vor dem Schaufenster eines Buchgeschäfts. Diesen Laden hatte ich noch nie bewusst wahrgenommen, denn er kauerte klein und unauffällig zwischen einem Möbeldiscounter und einem Geschäft für Unterhaltungselektronik, das seine Produkte in schreienden Farben und überdimensionalen Lettern anpries. Nicht nur, dass mir bis dahin ein Büchergeschäft in dieser Stadt verborgen geblieben war, erstaunte mich – als ich die Auslage genauer betrachtete, wurde mir klar, dass ich nicht gewusst hatte, dass es in der Stadt einen Frauenbuchladen gab. Ich schämte mich ein bisschen und beschloss, das nie jemandem zu erzählen.

Mit aufgesetztem Lächeln betrat ich den kleinen Laden und sah meine Erwartungen im positiven Sinne enttäuscht. Das Ladenlokal war nämlich gar nicht so klein oder eng, wie ich es vermutet hatte, vielmehr hatten es die Besitzerinnen, sie waren an der Eingangstür mit Namen vermerkt, verstanden, durch geschicktes Anordnen von Gestellen, bequemen Sesseln, Stühlen und kleinen Tischen eine einladende Leselandschaft zu schaffen. Im Hintergrund lief Instrumentalmusik, gedämpfte Stimmen waren zu hören.

Die Frau, eine schon etwas angegraute Dame mit freundlichem Lächeln auf den Lippen, die hinter der Verkaufstheke alles im Blick zu haben schien, begrüßte mich mit einem Kopfnicken. Mit einer Handbewegung machte ich klar, dass ich mich nur mal umsehen wollte, und bekam als Antwort wieder ein Kopfnicken.

Bald schon fand ich mich vor der Abteilung »Krimi, Thriller und Suspense». Mein Blick hatte sich beim Buchstaben G festgekrallt. Ich brauchte nicht zu suchen, direkt vor meiner Nase standen die Bücher von Bettina Gut.

Seltsame Dinge geschehen, dachte ich ironisch und griff mir den ersten Krimi.

Der Umschlagtext verhieß Spannung pur – und eine Prise Erotik. Das durfte ich mir auf keinen Fall entgehen lassen, entschied ich. Auch die Kurzzusammenfassungen zu Nummer zwei und drei überzeugten mich. Am liebsten hätte ich alle Bücher von Bettina gleich hier und jetzt gekauft, doch das hätte mein Portemonnaie im Moment zu stark belastet. Ich musste mich ja auch erst davon überzeugen, dass die Krimis wirklich so gut wie versprochen waren, und da hatte ich schon meine Ansprüche.

Den Heimweg legte ich im Rekordtempo zurück. Wieder flog ich fast die Treppen zu meiner Wohnung hinauf und öffnete die Tür dann mit so viel Schwung, dass sie hinten an die Wand knallte.

Im letzten Moment erinnerte ich mich daran, dass ich Zerbrechliches im Rucksack transportierte und stellte ihn darum äußerst behutsam auf den Boden. Die Teller packte ich nicht aus, auch die Jeans blieb unberührt, ich schnappte mir die Bücher und machte es mir auf der Couch bequem.

Die folgenden Stunden nahm ich von meiner Umgebung absolut nichts mehr wahr. Ich schaltete die Lampe neben der Couch erst ein, als ich die Buchstaben kaum mehr erkennen konnte, ich las, während ich Kaffee kochte, rätselte mit der Detektivin über die Motivation des Täters, während ich die Zähne putzte, ging mit dem Buch in der Hand auf Toilette, zog den Telefonstecker aus, nachdem das Telefon zum fünften Mal penetrant meine Ermittlungsarbeit gestört hatte, und beendete die Lektüre erst, nachdem der Täter gefasst und sich die erfolgreiche Detektivin mit ihrer Klientin zum romantischen Abendessen verabredet hatte.

Wow! *Was für eine Geschichte*, dachte ich. Der Umschlagtext war wirklich zutreffend, Hochspannung und eine Prise Erotik.

Was hatte mir besser gefallen? Ich konnte darüber kein Urteil treffen. Eines aber wusste ich: Bettina Gut war ab sofort meine Lieblingsautorin – und zwar mit gutem Grund! Diese Sprache! Wie sie Einzelheiten zu einem Bild zusammenfügte, die Details, die sie beobachtete und dann in Worte packte. Und erst die Gefühle! Während des Lesens hatte ich mich manchmal dabei erwischt, wie ich den Atem angehalten hatte. Dies nicht, weil ich gerade eine besonders spannende Stelle las, sondern weil Bettina ins Gefühlsleben der Hauptpersonen eingetaucht war. Wie sie innere Monologe wiedergeben konnte, wie sie Stimmungen beschrieb. Einfach klasse!

Allmählich kehrte ich in die Wirklichkeit meiner Wohnung zurück. Ich stellte fest, dass es inzwischen spät geworden war, der Freitag hatte sich bereits endgültig verabschiedet – und damit löste sich auch mein Problem, das ich den ganzen Tag mit mir herumgeschleppt hatte, auf wundersame Weise. Ich wollte Bettina unbedingt mitteilen, dass ich nun auch zu ihrer Fangemeinde – die war sicher riesig – gehörte, doch das durfte ich in Anbetracht der fortgeschrittenen Stunde nicht mehr per Telefon.

Diesmal ging mir die Anrede leicht von der Hand: »Liebe

Bettina . . .«.

Auch der Rest der Mail schrieb sich fast von allein. Nach einer halben Stunde klickte ich auf »Senden«. Ich war sehr zufrieden mit mir, auch wenn ich mich im Nachhinein fragte, ob ich nicht doch ein wenig dick aufgetragen hatte mit all den Komplimenten. Ich wollte mich bei Bettina gewiss nicht einschmeicheln, doch ich musste ihr unbedingt deutlich machen, wie fesselnd ich ihren Krimi fand.

Nun war die Mail abgeschickt, ich konnte sie nicht zurückholen und retuschieren.

Vielleicht, dachte ich, als ich mit bleiernen Gliedern endlich unter die Bettdecke kroch, *muss das so sein.*

Jetzt lag der Ball bei Bettina. Je nachdem, wie ihre Antwort ausfiel, konnte ich darauf reagieren. Während ich langsam vom Dämmerzustand in den Schlaf hinüberglitt, versuchte ich mir vorzustellen, wie Bettina an ihrem Computer saß, las und schrieb. Mir gefiel dieses Bild sehr.

Wenige Stunden später erwachte ich schon wieder. Unter Aufbietung meiner ganzen Selbstbeherrschung schaffte ich es, erst zu duschen und zu frühstücken, ehe ich den PC einschaltete. Gespannt klickte ich im Mailprogramm den Posteingang an. Tatsächlich hatten sich über Nacht über ein Dutzend neue Nachrichten im virtuellen Briefkasten eingefunden. Mein Herz schlug unregelmäßig, setzte beim Lesen der Absender immer wieder aus, um schließlich ganz, ganz tief zu sinken, denn von Bettina war keine Antwort gekommen. Die Werbemails, die meinen PC verstopften, löschte ich alle ungelesen.

Und jetzt? Noch eine Mail schreiben? Fragen, warum sie mich warten ließ? Anrufen?

Nein, entschied ich, das war penetrant und würde Bettina bestimmt abschrecken. Vielleicht hatte sie die Mail ja noch gar nicht gelesen, oder sie würde mich später anrufen, oder sie war gerade in diesem Moment dabei, mir zu schreiben. Ich musste einfach geduldig sein, das fiel mir doch sonst auch nicht so schwer.

Mein Vorsatz hielt mich an diesem Morgen nicht davon ab, mindestens alle fünf Minuten das Mailprogramm aufzurufen.

Jedes Mal wurde ich enttäuscht, und jedes Mal traf mich diese Enttäuschung noch härter.

Ich begann, meine Wohnung auf Vordermann zu bringen, putzte, absolvierte mit dem Staubsauger einen wahren Hindernisparcours, schrubbte die Toilette, als gälte es, einen Eintrag ins Guinnessbuch der Rekorde zu erringen.

Nichts half, meine Nervosität wandelte sich in Ungeduld, diese schließlich in Angst. Womöglich hatte ich wirklich übertrieben und Bettina kopfscheu gemacht.

Vielleicht ging ich auch von völlig falschen Annahmen aus, und die Autorin meines Herzens saß wenige Kilometer von mir entfernt mit ihrer Liebsten gemütlich auf der Couch und amüsierte sich über meine Mail. Ich versuchte mich zu erinnern, was ich denn genau geschrieben hatte.

Schließlich hielt ich die Ungewissheit nicht mehr aus. Ich rief die Mail, die unter »gesendete Nachrichten« abgelegt war, auf und las sie bemüht kritisch. Es konnte einer aufmerksamen Beobachterin nicht verborgen bleiben, dass ich nicht nur Bettinas Schreibstil bewunderte. Da schwangen Gefühle durch, mit denen man eine Person, die man nur aufgrund ihrer Leistung achtete, nicht behelligen würde. Gewisse Passagen meiner sehr ausführlichen Mail musste ich gar als schwärmerisch taxieren, was mir im Nachhinein peinlich war. Kein Wunder, dass sich Bettina nicht meldete.

»Simone, du hast dich komplett zum Affen gemacht«, urteilte ich laut. Damit hatte ich wohl eine Chance vertan, ehe sie wirklich gekommen war.

Der Pragmatismus, der mir glücklicherweise in die Wiege gelegt worden war, verhinderte, dass ich mir noch mehr schadete, indem ich Bettina oder gar Lotte anrief. Stattdessen machte ich mich auf den Weg in die Stadt.

Wenn ich durch mein teenagermäßiges Verhalten Bettina vergrault hatte, so musste ich doch nicht auf ihre Bücher verzichten. Das Wochenende war lang, ich brauchte etwas Unterhaltung, darum kaufte ich mir die Krimis Nummer vier und fünf von Bettina.

Viel war an diesem frühen Samstagnachmittag nicht los im Buchladen. Da ich sowieso nichts Besseres zu tun hatte und zu Hause bestimmt nichts verpasste, beschloss ich, mir noch ein paar andere Bücher anzusehen. Ich stellte mir eine kleine Auswahl von Romanen, Sammlungen von Kurzgeschichten und Sachbüchern zusammen und setzte mich in einen der bequemen Sessel in einer Leseecke.

Mir gefiel die ruhige, unaufgeregte Atmosphäre in diesem Geschäft. Hier konnte man einfach in eine andere Welt eintauchen, ohne dass man durch hektische Verkäuferinnen bedrängt oder durch rempelnde Kundinnen gestört wurde.

Ich hätte es allerdings besser wissen müssen. Ein Fettnäpfchen kommt nie allein, und wenn ich mich blamierte, dann konnte ich mir sicher sein, dass noch eins draufgesetzt wurde.

So geschah es auch an diesem Samstag.

Während ich durch die aktuelle Lesbenliteratur schmökerte, vernahm ich immer mal wieder das leise »Bimbimbam«, wenn sich die Tür des Buchladens öffnete. Meist hörte ich einen kurzen, freundlichen Gruß oder eben gar nichts.

Wieder bimmelte das Glöckchen, doch diesmal entstand sofort Aufregung, die wenigen Kundinnen und die Dame hinter der Kasse gerieten in Aufruhr.

»Bettina! Welche Freude, dich hier zu sehen«, flötete die Inhaberin.

»Grüß dich, Heike«, erwiderte Bettina mit ihrer sanften Stimme.

Ich wünschte mir inständig, mich per sofort in Luft auflösen zu können oder wenigstens unsichtbar zu werden.

Was machte Bettina hier?

Ich spürte, dass mein Kopf knallrot angelaufen war, meine Hände konnte ich kaum ruhig halten, mein ganzer Körper vibrierte. Mist, dass mir das passieren musste! Ich versuchte, mich hinter dem Buch – glücklicherweise hatte ich eben einen großformatigen Reiseführer für Lesben in den Händen – zu verstecken. Ich machte mich so klein wie nur möglich, was gar nicht so leicht war.

Ich war so sehr mit mir und meinen Problemen beschäftigt, dass ich dem Gespräch, das sich zwischen Bettina und der Frau namens Heike entspann, nicht folgen konnte. Sie schienen eine Vereinbarung zu treffen, jedenfalls reichten sie sich schließlich mit Kopfnicken die Hände. Bettina wollte den Laden verlassen, doch sie wurde durch die Kundinnen, die während des Gesprächs auffällig unauffällig zwischen den Bücherregalen in Deckung gegangen waren, aufgehalten. Sie hielten der Autorin Bücher unter die Nase und baten sie um Widmungen. Ihre Stimmen überschlugen sich fast vor Begeisterung, ihren Worten war anzuhören, dass sie Bettina für die Allergrößte der Allergrößten hielten und sie ihr auf immer und ewig zu Füßen liegen würden.

Täuschte ich mich, oder war es Bettina ein wenig peinlich, so angehimmelt zu werden? *Vermutlich ist das Wunschdenken*, rief ich mich zur Ordnung, *bestimmt genießt sie es, ein Star zu sein.*

Um diese Erkenntnis reicher, machte ich mich, nachdem Bettina endlich das Geschäft hatte verlassen können, auf den Heimweg.

Ich musste mir die Frau aus dem Kopf schlagen, so viel stand fest. Selbst wenn sie im Moment vielleicht keine Beziehung hatte, die Auswahl an gut aussehenden, gebildeten, witzigen, charmanten und auch gut betuchten Frauen war immens. Bettina konnte aus dem Vollen schöpfen, dass ich überhaupt im Auswahltopf landen könnte, war so wahrscheinlich wie ein Elefant, der den Weltmeistertitel im Kunstturnen gewinnt.

Wenn es möglich gewesen wäre, ich hätte die Mail an meine Lieblingsautorin ungeschrieben gemacht.

Die Ereignisse des Tages, vor allem die daraus gewonnenen Erkenntnisse, hatten mich geschwächt. Ich gönnte mir eine Portion Spaghetti mit reichlich würziger Tomatensauce bei meinem Lieblingsitaliener, der seine Gaststätte in meiner Straße hatte.

Gestärkt nahm ich anschließend den Heimweg unter die Füße. Meine sonst so gemütliche und heimelige Wohnung wirkte an diesem Abend ungewohnt kalt und abweisend. Die Stille, die mich empfing, erschlug mich fast.

Ich redete mir ein, dass alles so wie immer war, so, wie ich es seit Jahren kannte und eigentlich liebte. An diesem Abend aber mochte ich dies alles ganz und gar nicht. Mit einem Blick auf das

Telefon stellte ich fest, dass mich auch meine beste Freundin heute im Stich ließ, das Lämpchen des Anrufbeantworters blinkte nicht.

Warum schaltete ich den PC überhaupt ein? Ich wusste doch, dass ich keine Nachricht von Bettina in meiner Mailbox vorfinden würde.

Mir stockte der Atem, mein Herz schlug einen Purzelbaum. Bettina hatte geschrieben. Und wie! Die Mail war ausführlich, sehr ausführlich, und klang auch ziemlich privat.

All meine düsteren und negativen Gedanken, die sich im Laufe des Tages in mir angesammelt hatten, lösten in sich in luftig leichte rosarote Wölkchen auf. Je öfter ich die Mail las – mit einmal war es nun wirklich nicht getan –, desto breiter wurde das Lächeln auf meinem Gesicht.

Zwischen Lesedurchgang zwanzig und einundzwanzig tanzte ich durch die Wohnung, dann konzentrierte ich mich wieder auf die Worte, die mir auf dem Bildschirm entgegenlachten. Bettina hatte sich viel Zeit genommen, um meine Mail sehr ausführlich zu beantworten. Sie war auf jeden einzelnen Punkt eingegangen und hatte alle Fragen gewissenhaft beantwortet. Das Loblied, das ich auf ihre Erzählkunst angestimmt hatte, ließ sie allerdings unkommentiert.

Am Ende der Mail hatte sie etwas Seltsames geschrieben. »Eigentlich wollte ich dir das alles heute Morgen am Telefon sagen, doch irgendwie scheint es da ein Problem zu geben. Ich konnte dich nicht erreichen. Hast du denn keinen Anrufbeantworter? Schade! Vielleicht hätten wir uns ja zu einem Kaffee oder so treffen können? . . .«

Natürlich besaß ich einen Anrufbeantworter – auch wenn ich nicht annähernd so wichtig und begehrt war wie Bettina, so lebte ich doch nicht hinter dem Mond. Und was sollte mit meinem Telefon nicht Ordnung sein? Gestern hatte es noch einwandfrei funktioniert.

Irritiert nahm ich den Hörer von der Station und hielt ihn mir ans Ohr. Komisch, es kam kein Freizeichen. Ich drückte jede verfügbare Taste, doch nichts passierte. Wie konnte das sein? Die Rechnungen hatte ich immer bezahlt, Strom war vorhanden, das Telefon eingesteckt . . . Das Telefon eingesteckt? Eine heiße Welle schoss durch meinen Körper. Ich Hornochse! Natürlich! Jetzt entdeckte ich den Stecker, der seit gestern Abend auf dem Fußboden lag und nicht in der Buchse steckte, wo er eigentlich hingehörte. Ich hatte nach meinem Leseexzess vollkommen vergessen, das Telefon wieder einzustöpseln!

»Wenn es für Dummheit einen Preis geben würde, du hättest ihn heute gewonnen«, murmelte ich und gab dem Telefon endlich sein Leben zurück.

Was ich an diesem Tag wohl alles verpasst hatte? Wie oft hatte Bettina versucht, mich zu erreichen? Ich hätte mich ohrfeigen können, doch das brachte jetzt nichts mehr.

Der Blick auf die Uhr sagte mir zwar, dass es schon spät war, aber noch nicht zu spät. Ich nahm meinen ganzen Mut zusammen und tippte Bettinas Nummer ein.

Das Freizeichen ertönte, dann sprang am anderen Ende der Anrufbeantworter an. So weit war ich schon mal gewesen. Ich hatte mir aber fest vorgenommen, nicht gleich bei der ersten Schwierigkeit aufzugeben, darum räusperte ich mich, während die Ansage lief, und sagte nach dem Piepton mein einstudiertes Sprüchlein auf.

»Hallo Bettina, hier Simone. Ich ... also, äh, es ist mir peinlich, aber ich ...«

Weiter kam ich nicht, denn plötzlich erklang Bettinas Stimme an meinem Ohr.

»Simone! Schön, dass du anrufst!«

Das mit dem einstudierten Sprüchlein konnte ich vergessen. Bettinas Stimme zu hören, löste in mir die gleiche Reaktion aus, wie wenn jemand die Löschtaste in meinem Kopf drücken würde.

Augenblicklich verfiel ich in Sprachlosigkeit, brachte außer »äh, ja, hm, aha, also« nichts über die Lippen.

»Geht's dir nicht gut?«, fragte Bettina, die mir inzwischen von ihrem Einkaufsbummel in die Stadt erzählt hatte, mit hörbarer Besorgnis.

»Doch, äh, alles in Ordnung«, krächzte ich unter Anstrengung.

»Ich weiß nicht recht ... du scheinst etwas ... wortkarg«, widersprach Bettina.

Lachend fuhr sie fort: »Nach unserer Begegnung am Donnerstag und vor allem nach der Mail von gestern hatte ich eigentlich gedacht, dass das nur deine üblichen Anlaufschwierigkeiten seien. Erzähl mir doch einfach von dir, Simone, was hast du heute gemacht?«

Wie weich mein Name klang, wenn sie ihn aussprach! Und dieses Lachen! Mir war, als hätte mein Herz Flügel. Es schlug so aufgeregt, und jeder Herzschlag war eine Silbe von Bettinas Namen.

In dieser Verfassung ein normales Gespräch zu führen, überstieg meine Kräfte.

»Ich würde, äh, also, lieber ... ich habe heute ... ich war heute auch in der Stadt«, stammelte ich schließlich. Bettina hatte beschlossen zu schweigen.

»In einem Bücherladen in der Fußgängerzone«, erzählte ich stockend.

»Hm.« Mehr kam nicht zurück.

»Ich habe mir zwei Krimis von dir gekauft«, gestand ich und spürte, wie die Röte meinen Hals hinaufkroch.

»Hm.«

»Kennst du den Laden?«, fragte ich.

Das war alles ein bisschen zu viel für mich.

Ich wünschte mir, Bettinas Stimme zu hören. Noch lieber hätte ich in ihre graublauen Augen geblickt und mich in ihrem Lachen verloren.

Sie fragte mich nach dem Namen des Geschäfts. Ich kannte ihn nicht, musste erst auf den gekauften Büchern nach einem Hinweis suchen, bis ich diese wirklich simple Frage zu beantworten imstande war.

Ich fürchte, Bettina amüsierte sich an diesem Abend auf meine Kosten. Bestimmt hielt sie mich für ziemlich abgedreht. Dennoch kam sie mir zu Hilfe, erzählte, dass sie das Geschäft sehr wohl kenne, denn immerhin würden da ihre Bücher verkauft, und sie habe auch schon Lesungen in diesem Lokal abgehalten. Eine der Besitzerinnen kenne sie übrigens schon sehr lange. Was genau sie unter »kennen« verstand, erläuterte sie nicht, ich fragte auch nicht, denn ich fürchtete, die Antwort könnte mir nicht gefallen.

Allmählich legte sich meine Aufregung, wenngleich mein Herz unvermindert heftig pochte. Es war sicherlich Bettinas freundliche und ruhige Art, die mich vor einem Infarkt bewahrte und dem Telefonat Inhalt vermittelte.

Zu meinem Erstaunen gelang es mir, mich mehr und mehr am Gespräch zu beteiligen. Schließlich fand ich mich gemütlich auf der Couch liegend, den Telefonhörer ans Ohr gepresst, lachend, diskutierend, manchmal auch herausfordernd.

Bettina gähnte. Ich schaute auf die Uhr. Wie konnte das sein? Schon Mitternacht vorbei?

»Simone, bitte sei mir nicht böse, aber ich glaube, ich müsste mal ein paar Stunden schlafen«, eröffnete mir Bettina nicht ganz überraschend.

Obwohl ich aufgekratzt war, in Stimmung, einen halben Wald von Bäumen zu befreien oder den New-York-Marathon zu laufen, übte ich mich in Verständnis und Mitgefühl. Ich wünschte ihr eine gute Nacht und versuchte, mir meine Enttäuschung nicht anmerken zu lassen.

Bettina hörte sie dennoch aus meiner Stimme heraus.

»Glaub mir, ich würde gern noch stundenlang mit dir reden, du bist nämlich ... eine sehr interessante Gesprächspartnerin, wenn du erst mal deine Sprache gefunden hast.«

Wenn man je ein Augenzwinkern hören konnte, dann in diesem Moment.

»Wir könnten uns doch morgen zum Frühstück treffen«, schlug Bettina vor.

»O ja, sehr gern!«, antwortete ich sofort.

Da Bettina nicht reagierte, befürchtete ich, ich hätte sie mit meiner vorschnellen und wohl auch deutlich begeisterten Antwort abgeschreckt. Ich bemühte mich, meinen Enthusiasmus zu zügeln und wenigstens ein bisschen zu verwischen, indem ich nachschob: »Aber bitte nicht zu früh. Ich brauche meinen Schönheitsschlaf, und morgens bin ich eher ungenießbar. Offen gestanden, bin ich ein ziemlicher Morgenmuffel.«

»Frühstück muss ja nicht wirklich früh stattfinden«, beruhigte mich Bettina nun.

Sie schlug vor, dass wir uns Sonntagmorgen um elf in einem Restaurant in der Stadt trafen. Ich kannte das Lokal, ein wirklich gemütliches, aber eher kleines und unbekanntes, das aber in Insiderkreisen für sein reichhaltiges Brunchangebot bekannt war. Natürlich stimmte ich zu, denn mir war klar, dass ich eine solche Gelegenheit wohl kaum ein zweites Mal bekommen würde.

Das Ende des Telefonats kam für mich unvermittelt und viel zu schnell. Nachdem wir uns ja auf den Ort und die Zeit des Wiedersehens festgelegt hatten, wünschte mir Bettina kurz eine gute Nacht und hängte ein, kaum hatte ich den Wunsch zurückgegeben.

»Na denn«, murmelte ich und legte den Hörer zurück auf die Station.

Ich war mir nicht schlüssig, welchem der sich widersprechenden Gefühle ich den Vorrang geben sollte. Der Enttäuschung, dass Bettina sich so schnell verabschiedet hatte, der Vorfreude auf den gemeinsamen Brunch in weniger als einem halben Tag oder vielleicht doch der Verwirrung darüber, dass Bettina auf der einen Seite offensichtlich interessiert war am Kontakt mit mir, auf der anderen Seite aber nicht wirklich viel von sich preisgab.

Ich rekapitulierte unser Gespräch. Wir hatten uns über Alltägliches unterhalten, was uns vom Fernsehprogramm über vergangene Konzertbesuche bis hin zu Sportereignissen und Naturkatastrophen führte. Natürlich hätte man da auch sehr viel Persönliches mitteilen können, wir hatten es beide vermieden.

Wenn ich es mir recht überlegte, hatte ich Bettinas Versuche, Privates über mich zu erfahren, stets mit einem locker flockigen Spruch pariert und sie ins Leere laufen lassen. Traute ich ihr nicht? Das konnte doch gar nicht sein! Der Gedanke an Bettina beherrschte mein Leben, seit ich über sie gestolpert war. Doch was wollte ich von ihr?

2

Am Sonntagmorgen fühlte ich mich reichlich zerknittert. Die Nacht war unruhig gewesen, ich erinnerte mich an Traumfetzen, die wohl meine widersprüchlichen Gefühle Bettina betreffend widerspiegelten.

Mal sah ich die Autorin, wie sie wie ein dunkelhaariger Engel über mir schwebte und mich mit ihrem süßen Mund lockte, dann erschien sie mir im Unterbewusstsein im unverkennbaren Kleid einer Domina und zwang mich mit ihrer Peitsche dazu, auf allen Vieren zu kriechen. Mal zeigte sie mir die kalte Schulter, während sie im mir inzwischen bekannten Laden Bücher nicht nur signierte, sondern deren Besitzerinnen gleich reihenweise abknutschte und mich dann mit einem mitleidigen Lächeln bedachte.

Es waren wohl auch eher erotisch angehauchte Traumsequenzen vorkommen, jedenfalls war mein Pyjama klatschnass, als ich morgens erwachte.

»Diese Frau schafft mich«, erklärte ich meinem Spiegelbild, das mir in der Tat ziemlich ramponiert entgegensah.

Da mir noch genug Zeit blieb bis zu meinem Treffen mit Bettina, entschied ich mich für ein hoffentlich entspannendes Bad.

Ich wunderte mich fast, dass ich keinen Stromstoß abbekam, als ich in die Wanne stieg, denn ich stand, seit ich erwacht war, unter Hochspannung.

Das warme Wasser wirkte tatsächlich beruhigend. Ich spürte, wie sich die verkrampfte Muskulatur zu entspannen begann. Schließlich sah ich mich gar in der Lage, mich auf die Lektüre – natürlich handelte es sich um einen Krimi von Bettina – zu konzentrieren.

Wie erwartet, bekam ich Spannung pur serviert. Ich versank völlig in der Geschichte und hätte um ein Haar die Zeit ganz vergessen. Da sich das Badewasser aber irgendwann unangenehm abkühlte, riss ich mich von den Irrungen und Wirrungen des Buches los.

Ich erschrak, es war inzwischen recht spät geworden – und ich wusste noch nicht, was ich zu meiner Verabredung anziehen sollte. Rasch stieg ich aus der Wanne, trocknete mich ab und cremte mich sorgfältig ein. Dabei kam ich mir ein bisschen lächerlich vor, doch ich wollte nichts dem Zufall überlassen.

Der offene Kleiderschrank konfrontierte mich mit dem nächsten Problem an diesem Morgen. Bestimmt ein Dutzend Mal wechselte ich mein Outfit, bis ich endlich ansatzweise zufrieden war. Mit der Frisur indes hatte ich keine Schwierigkeiten, ein bisschen Gel in die Haare, und fertig war sie.

Die wirren Träume der Nacht allerdings hatten ihre Spuren in meinem Gesicht hinterlassen, die selbst das entspannende Bad nicht hatte tilgen können. Ich griff in die Make-up-Trickkiste, was ich normalerweise nur selten tat. In Notfällen – und hier handelte es sich definitiv um einen – erinnerte ich mich jedoch gern an die Kniffs, die ich als Teenager von meinen damaligen Freundinnen mitbekommen hatte.

»Kann ich so gehen?«, fragte ich kritisch mein Spiegelbild.

Doch, die Frau, die sich da vor dem Spiegel drehte, sah ordentlich aus, entschied ich. Die freche Frisur passte zur Kleidung, die einen legeren, fast sportlichen Eindruck vermittelte. Bei diesem Gedanken grinste ich, denn der Begriff »sportlich« traf wirklich nur auf die Kleidung zu.

Der Kontrollblick zur Uhr mahnte mich zur Eile. Mir kam auf dem Weg zum Bus in den Sinn, dass ich unbedingt noch an einem Bankautomaten einen Zwischenstopp einlegen musste, denn der gestrige Besuch im Bücherladen hatte mein letztes Bargeld gefressen.

Die Busfahrt dauerte eine halbe Ewigkeit, obwohl kaum Verkehr auf den Straßen herrschte. Die U-Bahn fuhr mir vor der Nase weg, was mich ziemlich ärgerte und meiner Nervosität, die inzwischen mit voller Wucht zurückgekehrt war, Auftrieb verlieh.

Endlich! Mit etwas weichen Knien betrat ich das Restaurant. Ich war zwanzig Minuten zu früh. Dies bestätigte mir, dass eine Minute – je nachdem – länger oder eben kürzer war.

Die Zeit, bis Bettina eintreffen würde, würde ich nutzen, um mich zu beruhigen. Ich wollte mich so cool fühlen, wie meine äußere Erscheinung es vermittelte.

Daraus wurde aber nichts, denn ich entdeckte Bettina an einem Tisch im hinteren Teil des Restaurants.

Bettinas Anblick versetzte mir eine Art elektrischen Schlag. Wie angewurzelt blieb ich am Eingang stehen. Ich konnte meine Augen nicht von ihr wenden. Bettina regte sich nicht, nur ihre Hände spielten mit dem Besteck, das vor ihr lag. Nun trat eine Kellnerin zu ihr, beugte sich zu ihr hinunter, fragte wohl etwas, doch Bettina schüttelte nur ihren dunkel behaarten Kopf. Die Kellnerin nickte, wandte sich zum Gehen. Bettina blickte ihr nach – und entdeckte mich an der Eingangstür.

Das Lächeln, das sich über ihr Gesicht ausbreitete, war wie ein Sonnenaufgang. Um sie herum schien plötzlich alles zu leuchten, sie selbst strahlte und zog mich magisch an. Ohne mein Zutun steuerte ich auf sie zu. Sie erhob sich von ihrem Stuhl, kam mir zwei Schritte entgegen, blieb stehen.

»Kann ich Ihnen behilflich sein?«

Man hätte mir auch einen Kübel eiskaltes Wasser ins Gesicht schütten können, die Wirkung wäre die gleiche gewesen. Der Zauber war gebrochen, die Geräusche drangen wieder zu mir durch. Bettina stand zwar immer noch da, sie lächelte mich an, doch die Magie, die uns noch einen Moment zuvor umgeben hatte, war verpufft.

Nein, ich habe gefunden, was ich suchte, sagte ich in Gedanken und ohne die Spielverderberin eines Blickes zu würdigen.

Nach den üblichen anfänglichen Ausdrucksschwierigkeiten, die mich immer in Gegenwart dieser atemberaubenden Frau befielen, die diese aber großzügig überging, entwickelte sich das Frühstück sehr erfreulich.

Es war einfach, sich mit Bettina zu unterhalten, es war einfach, mit ihr zu lachen, und es war auch einfach, mit ihr zu schweigen, sie nur anzusehen, in ihren Augen zu versinken.

»Und nun erzähl mal, was macht das Leben mit dir?«, fragte Bettina unvermittelt.

Ich verschluckte mich fast an meinem Joghurt. »Ich dachte immer, dass ich etwas mit dem Leben mache und nicht umgekehrt«, erwiderte ich ausweichend. *Worauf zielte Bettinas Frage,* überlegte ich krampfhaft. Sie stand nicht im Zusammenhang mit den bisherigen Gesprächsthemen.

»Ja«, bestätigte Bettina lächelnd, »es stimmt schon, dass wir mit unserem Leben was anfangen sollten, aber manchmal passieren auch Dinge, die wir wenig oder gar nicht beeinflussen können. Ich möchte einfach mehr über dich erfahren, über das, was dir wirklich wichtig ist, über den Menschen Simone.«

»Das ist aber ein ziemlich weites Feld, Bettina«, wand ich mich.

»Kann es sein, dass du mir ausweichst? Warum gibst du nie etwas von dir preis? Hast du Angst, ich würde es gegen dich verwenden?«, bohrte Bettina nach.

Ich schluckte hart. Bettina hatte mich durchschaut und den Sachverhalt, den ich mir selbst noch nie so klar eingestanden hatte, auf den Punkt gebracht.

»Ich weiß doch aber auch nicht, was das Leben mit dir macht«, unternahm ich einen kläglichen Verteidigungsversuch.

Das Lächeln gegenüber vertiefte sich, die graublauen Augen blitzten belustigt auf.

»Gleiches Recht für alle? Na gut, frag mich, was immer du wissen willst, ich werde dir antworten«, bot Bettina an.

Ein Steilpass! Ich jubelte innerlich. Jetzt konnte ich ihr all die Fragen stellen, die mich seit Tagen quälten.

Aber wo sollte ich beginnen? Und was würde passieren, wenn ich mit den Antworten nichts anfangen konnte? Oder wenn sie mir doch auswich?

»Hast du eine Freundin?«, brach es aus mir heraus.

Hilfe! So direkt hatte ich auf keinen Fall sein wollen. Da fiel ich gleich mit der Tür ins Haus, bei der ersten Verabredung. Dieser Schuss musste nach hinten losgehen, das war mir sonnenklar.

»Nein, ich bin solo«, antwortete Bettina ohne Umschweife.

Sie ließ sich nicht anmerken, ob sie von meiner Frage überrumpelt worden war, oder ob sie sie unpassend fand.

»Seit zwei Jahren ziehe ich meine Bahnen allein«, konkretisierte sie ihre Aussage, da ich nicht reagierte. »Und wie sieht es bei dir aus?«

Gleiches Recht für alle, dachte ich ironisch.

»Ich, äh, also ja, ich habe auch keine Beziehung. Ich bin solo«, gestand ich.

So, jetzt hätten wir das Wichtigste geklärt.

»Und wie sieht denn deine Traumfrau aus?«, hakte Bettina nach.

»Das kann ich nicht so genau sagen«, wich ich aus.

Nun war es an mir, überrumpelt zu sein. Ich konnte ihr unmöglich sagen, dass ich glaubte, meiner Traumfrau hier und jetzt gegenüber zu sitzen.

»Na gut, das mit dem Aussehen ist vielleicht zu oberflächlich«, gestand Bettina, »aber bestimmt hast du Vorstellungen darüber, wie sie sein sollte, was für ein Mensch deiner Meinung nach zu dir passt.«

Ich hatte es nicht anders gewollt. Wieso stellte ich auch die heikelste Frage gleich zu Anfang? Aus dieser Nummer kam ich nicht mehr raus, ich musste Bettina Rede und Antwort stehen. Sie würde nicht locker lassen, ehe sie nicht eine zufriedenstellende Antwort bekommen hatte. Trotzdem versuchte ich, mich mit allgemeinen Aussagen herauszuwinden, doch wie erwartet, verlangte Bettina immer eine konkretere Antwort, ein Beispiel. Schließlich gab ich auf und legte ihr meine Vorstellungen ohne Umschweife dar.

»Ja, so in etwa hatte ich mir das auch vorgestellt«, meinte Bettina, als ich geendet hatte.

»Was heißt das? Deine Traumfrau ist so, wie ich sie beschrieben habe, oder

hast dir gedacht, dass meine Traumfrau so sein müsste?«, fragte ich.

Bettina lächelte: »Beides!«

Wir schwiegen. Lange. Wir studierten das Muster der Tischdecke. Wir senkten die Augen sofort wieder, wenn sich unsere Blicke trafen.

Bettina seufzte. »Gehen wir?«, fragte sie.

Zu dir oder zu mir? Nein, rief ich mich zur Ordnung, *so weit sind wir noch längst nicht.*

Auch wenn ich mir inzwischen eingestand, dass diese Frau mich wirklich in ihren Bann zog und ich ihre Lippen nicht nur anschauen, sondern spüren wollte – ich musste das Tempo drosseln.

»Ja, gehen wir«, meinte ich darum nur.

Jede bezahlte ihre Rechnung selbst, alles andere wäre uns wohl in diesem Moment unpassend erschienen.

Wenig später standen wir im kalten Herbstwind vor dem Restaurant. Ich wollte nicht, dass sich Bettina jetzt verabschiedete. Wir hatten doch noch so viel zu besprechen – oder vielleicht eher einfach zu spüren.

»Es wird bald regnen«, prophezeite Bettina mit Blick auf den wolkenverhangenen Himmel.

»Hm, kann sein.« Ich war in Gedanken, suchte nach einem Grund, um Bettina am Gehen zu hindern.

»Hast du trotzdem Lust auf einen kleinen Schaufensterbummel?«, hörte ich sie fragen. Mein Herz hüpfte vor Freude.

Ich war noch nie der Typ für Schaufensterbummel gewesen, doch das ignorierte ich jetzt großzügig, schließlich ging es hier um sehr viel mehr.

»Ja, klar«, antwortete ich darum begeistert.

Wir wandten uns, als hätten wir es abgesprochen, nach links. Wortlos schlenderten wir durch die Fußgängerzone. Wir begutachteten die Auslagen der Schmuckgeschäfte, fanden zurück in eine lockere Unterhaltung, denn wir hatten jetzt wieder ein unverfängliches Thema. Die Kleidergeschäfte ließ Bettina glücklicherweise links liegen, und auch Haushaltswaren schienen sie nicht weiter zu interessieren.

Bettina hatte recht gehabt. Die ersten, schweren Regentropfen klatschten geräuschvoll aufs Pflaster, als wir eben vor einem Schaufenster mit den neuesten Handys standen. Meine Stunde war gekommen. Ich holte den kleinen Regenschirm, den ich immer im Rucksack mit mir herumtrug, hervor und spannte ihn auf. Da der Schirm wirklich klein war, musste ich mich zwangsläufig sehr nah zu Bettina stellen, um ihr Schutz vor dem Regen geben zu können.

Wir setzten unseren Bummel fort, gingen eng nebeneinander, so eng, dass wir uns immer wieder berührten. Jedes Mal zuckten wir beide zurück, als hätten wir uns verbrannt.

Wir schwiegen jetzt. Ich war zu aufgewühlt, um überhaupt noch sprechen zu können. Bettinas Nähe machte mich hilflos. Ich musste mich zusammenreißen, um sie nicht in meine Arme zu ziehen und sie endlich zu küssen. Mein Herz raste, und trotz des schneidenden Windes stand mir der Schweiß auf der Stirn. Lange hielt ich das nicht mehr aus.

Bildete ich mir das nur ein, oder lehnte sich Bettina tatsächlich an mich? Ich traute meinen Sinnen nicht, denn mir war bewusst, dass meine Sehnsucht nach dieser Frau meine Wahrnehmung beeinflusste.

Wir standen vor der Auslage eines Büchergeschäftes, studierten mit scheinbarem Interesse die ausgestellten Bücher, doch ich nahm nur Bettina wahr. Da sie etwas kleiner war als ich, hatte ich mich hinter sie gestellt. So konnte ich ihr Schutz vor dem Regen bieten – und die Distanz zwischen unseren Körpern beeinflussen.

Das Knistern zwischen uns übertönte das Prasseln des Regens. Ich rang nach Atem – und Selbstbeherrschung. Bettina lehnte sich tatsächlich an mich. Ich spürte ihren Körper weich und warm an meinem. Ich blieb wie angewurzelt stehen, untersagte mir jede Bewegung aus Angst, dieses wunderbare Gefühl würde sich dann in Luft auflösen.

Wie lange hatten wir so dagestanden? Ich wusste es nicht, es spielte auch überhaupt keine Rolle. Irgendwann drehte sich Bettina zu mir um. Sie lächelte mich an, ihre Augen glänzten, sie hob ihre rechte Hand, strich mir kaum wahrnehmbar über die Wange. Die Berührung verbrannte mich. Die Wärme ihrer Hand und die Sanftheit trafen mich so unvermutet und so tief, dass ich nicht reagieren konnte.

»Danke für den schönen Tag, Simone«, sagte Bettina leise. »Ich muss gehen.«

»Ich . . .«, versuchte ich zu antworten.

»Schreibst du mir eine Mail, wenn du weißt, was in deinem Vertrag steht?«, unterbrach mich Bettina. Ich nickte nur hilflos. Bettina hatte mich gefragt, was in meinem Vertrag stand, doch ich wusste es nicht, da ich ihn ja noch nie gelesen hatte. Er war immer noch bei Lotte, meiner besten Freundin.

»Also dann, bis bald«, hörte ich Bettinas Stimme nahe an meinem Ohr. Sie hauchte mir einen Kuss auf die Wange, drehte sich um und ging mit schnellem Schritt davon. Fassungslos starrte ich ihr nach.

Der plötzliche Abgang verunsicherte mich zutiefst. Natürlich war mir bewusst, dass schon später Nachmittag war, doch Bettina hatte nichts von weiteren Plänen erwähnt. Sie hatte mich nicht vorgewarnt, sondern ließ mich hier im sprichwörtlichen Regen stehen. Aber dieses warme Gefühl, das ich verspürt hatte, als sie sich an mich gelehnt hatte, das konnte mir niemand mehr nehmen, das speicherte ich ganz tief in meinem Herzen.

»Was ist denn mit dir passiert? Du siehst ziemlich zerzaust aus«, begrüßte mich Lotte.

Ich versuchte mich an einem Lächeln. »Hast du mal nach draußen geschaut? Es regnet.«

Lotte bat mich in die Wohnung und setzte Kaffee auf.

»Wo ist Tom?«, fragte ich, da ich den Langzeitfreund meiner besten Freundin nirgends entdecken konnte.

Lotte seufzte: »Ach, der ist schon wieder auf Geschäftsreise. Ich hab ihn vor einer Stunde zum Bahnhof gebracht.«

»Findest du nicht, dass er sehr oft weg ist? Ist das«, wollte ich wissen, »eine gute Beziehung?«

»Ach, das kann man sicher unterschiedlich beurteilen«, erwiderte Lotte.

Sie stellte zwei Becher mit frischem, heiß dampfendem Kaffee auf den Tisch.

»Ich bin eigentlich ganz zufrieden. Auf der einen Seite habe ich einen Partner, der mich stützt, wenn ich ihn brauche, auf der anderen Seite lässt er mir aber – wohl zwangsläufig – sehr viele Freiheiten.«

Mich überzeugte das nicht. Ich stellte mir vor, dass meine Partnerin so gut wie immer für mich da war. Tom verbrachte jeden Monat zusammengerechnet mindestens zwei Wochen außerhalb der gemeinsamen Wohnung. Manchmal waren es zwei, drei Tage, manchmal aber auch, wenn es beispielsweise nach Fernost ging, gleich mehrere Wochen. Ob Bettina auch oft lange aus dem Koffer leben musste, wenn sie auf Lesereise war?

Ich erinnerte mich daran, warum ich auf dem Nachhauseweg einen Abstecher zu Lottes Wohnung gemacht hatte.

»Du hast doch am Donnerstag den Vertrag eingesteckt . . .«, begann ich, »könnte ich den bitte haben?«

»Bist du denn jetzt in der Lage, ihn zu verstehen?« Meine

Freundin lachte. Sie verschwand kurz im Nebenraum, dem kleinen Büro, und kam mit dem Dokument zurück.

»Natürlich verstehe ich den Vertrag«, meinte ich beleidigt. »Wieso auch nicht?«

Lotte grinste frech. »Du warst ja nicht mehr Herr deiner Sinne, als wir im Verlag waren. Hast du das denn wieder in den Griff bekommen?«

»Wie ich dir schon sagte, es war nur vorübergehend. Es ist nichts passiert«, verteidigte ich mich schwach.

Ich kam mir ziemlich schäbig vor, weil ich meine beste Freundin belog. Es war sehr wohl etwas passiert, sehr viel sogar. Aber ich war mir und meiner Gefühle nicht sicher, sodass ich nicht darüber reden konnte und wollte. Über ungelegte Eier schwieg ich lieber, und solange ich nicht wusste, was Bettina für mich empfand – ob sie überhaupt etwas für mich empfand –, so lange würde ich keinen Ton über meinen Kontakt zu ihr verlauten lassen.

»Simi, ich bin noch immer der Ansicht, du solltest dich bei dieser Krimiautorin melden«, vernahm ich Lottes Forderung.

»Schau, du liebst doch Krimis. Ich bring dir die von Bettina Gut, du liest sie, und dann rufst du sie an. So hättest du einen Vorwand, ein Gesprächsthema«, führte sie aus.

Ich verkniff mir das Lachen. Lottes Plan war genial, dachte ich, doch dass sie auf den Punkt mein Vorgehen rekapitulierte, amüsierte mich. Irgendwann würde ich ihr beichten, dass ich es genauso angestellt hatte – allerdings noch ehe sie es mir vorgeschlagen hatte.

»Bitte, Lotte«, unterbrach ich sie, »lass es gut sein. Es hat keinen Sinn, mich zu drängen. Wer weiß, was die Gut privat für ein Mensch ist? Vielleicht würde ich, falls sie gute Krimis schreibt, jede Menge Energie aufwenden, nur um dann feststellen zu müssen, dass sie menschlich eine Enttäuschung ist.«

Lotte schüttelte vehement den Kopf. »Das kann niemand wissen, doch aufzugeben, ehe man etwas versucht hat, das nenne ich, den Kopf in den Sand stecken«, belehrte sie mich. »Vielleicht ist sie eine Enttäuschung, vielleicht verschenkst du aber auch die Chance deines Lebens!«

Wenn sie wüsste, dass ich mir genau das auch sagte! Noch

musste ich meine beste Freundin im Ungewissen lassen, denn erst brauchte ich für mich die Gewissheit – so oder so!

Da ich mich standhaft weigerte, das Thema *Bettina Gut* zu vertiefen, unterhielten wir uns eine Weile über andere Dinge, bis der Kaffee ausgetrunken war. Endlich konnte ich mich verabschieden, ohne Verdacht zu erwecken.

Zu Hause, ich hatte auf dem Heimweg den Vertrag studiert, setzte ich mich sogleich an den PC. Noch war alles offen, alles im Fluss, ich wollte diese Dynamik nutzen und Bettina schreiben. Trotz aller Fragen und Zweifel – die positiven Gefühle überwogen.

Meine Mail, obwohl ich die Sachverhalte des Vertrags wiedergab, klang schon eher persönlich als sachlich, dessen war ich mir wohl bewusst. Nach dem abrupten Ende unserer sonntäglichen Verabredung war mir aber auch klar, dass Bettina heute wohl kaum mehr antworten würde. Innerlich stellte ich mich also auf einen einsamen Abend ein.

Das Fernsehprogramm bot keine Abwechslung, den Krimi, den ich am Lesen war, mochte ich heute auch nicht mehr zur Hand nehmen, denn ich war an einer Stelle angelangt, an der es ziemlich brutal, fast schon blutrünstig zur Sache ging. Danach stand mir heute garantiert nicht der Sinn. Viel lieber hätte ich etwas Romantisches, Gefühlvolles gelesen, Happy End garantiert.

Wie ich so vor meinem Büchergestell stand – ich wusste, dass sich darin meine abendliche Wunschlektüre nicht finden würde –, kam mir ein Satz aus dem Vertrag in den Sinn. Da hatte etwas gestanden, dass weitere Manuskripte der Autorin vom Verlag wohlwollend geprüft würden. Als Laie übersetzte ich das so, dass die Chance auf weitere Veröffentlichungen meiner Geschichten bestand, wenn ich denn welche schrieb, die den Ansprüchen genügten.

»Das ist es«, sagte ich mir. Wenn mir mein Leben im Moment zu wenig an Gefühl bot, so konnte ich doch auf meine Phantasie ausweichen und mir die Romantik, nach der mein Sinne lechzten, selbst zimmern.

Diesmal ging ich sehr strukturiert zu Werke. Als Erstes überlegte ich mir die wichtigsten Punkte, Ereignisse der Geschichte.

Anschließend kreierte ich die Personen, gab ihnen Aussehen und Biografie. Selbstverständlich, das hatte mir Lotte bei meinem ersten Schreibversuch ja sehr deutlich gemacht, bastelte ich auch einige Konflikte, die der Geschichte die nötige Würze und Spannung verleihen würden.

Die kreative Arbeit hatte mich von meiner eigenen, wirren Gefühlswelt erfolgreich abgelenkt. Nun spürte ich die Müdigkeit in meinen Knochen, ich konnte auch kaum mehr einen Satz tippen, ohne dass ich gleich haufenweise Fehler produzierte. Ehe ich den PC ausschaltete, rief ich noch einmal das Mailprogramm auf. Ich wusste, dass Bettina noch nicht geantwortet hatte, trotzdem musste ich es mit eigenen Augen sehen. Die Mailbox war leer.

Der Dämmerzustand, dieser Übergang zwischen Wachen und Schlafen, übte seit jeher eine unerklärliche Faszination auf mich aus. Wenn ich zu müde war, um meine Gedanken zu kontrollieren, machten sich diese selbstständig, wilderten im Unbewussten, holten verborgene Wünsche und Träume hervor, Emotionen, die ich längst überwunden glaubte. Es entstanden oft unverständliche Gedankenkonstrukte, irgendwo zwischen Phantasie, möglicher und wirklicher Realität. Meist erinnerte ich mich am folgenden Morgen nicht mehr daran, doch es gab auch Phasen, in denen mich diese von meinem bewussten Ich unbeeinflussten Gedanken beschäftigten, ja, manchmal auch beunruhigten.

An diesem Abend ließ ich meine Verabredung mit Bettina nochmals wie einen Film vor dem inneren Auge Revue passieren. Ich fühlte, wie sich angenehme Wärme in meinem Körper ausbreitete. Ihr Lächeln, ihre Stimme, die Sanftheit, die sie ausstrahlte, das alles wirkte wie ein Wiegenlied, das mich in den Schlaf hinübertrug – zumindest beinahe.

Als ich in meinem Gedankenspaziergang bei der Stelle angekommen war, an der Bettina mir den Kuss auf die Wange hauchte, verabschiedete sich mein Gedächtnis von der Wirklichkeit. Stattdessen trat jetzt das Wunschdenken in Aktion.

Bettinas Lippen wanderten über meine Wange, fanden endlich meinen Mund. Wir küssten uns leidenschaftlich, atemlos.

Wir befanden uns plötzlich in einem dezent beleuchteten Raum, im Hintergrund lief leise Instrumentalmusik. Wir hielten uns eng umschlungen, bewegten uns kaum, nur unsere Hände waren aktiv. Ich spürte Bettinas heiße Hände unter meinen Pullover gleiten, wie sie über meine Seiten nach oben strichen, meinen Rücken streichelten. Ich erschauerte.

Noch immer waren wir in unserem Kuss gefangen, der an Leidenschaft gewann. Ich drängte Bettina sanft Schritt für Schritt tiefer in den Raum hinein, an dessen Rückwand ein breites Bett stand. Ohne die Umarmung zu lösen, ließen wir uns auf die weiche Matratze fallen. Hastig und ohne auf irgendwelche Materialschäden Rücksicht zu nehmen, befreiten wir uns gegenseitig von unseren Kleidern.

Ich wollte Bettina spüren, sie mit allen Sinnen in mich aufnehmen, mit ihr verschmelzen, um auf alle Zeit mit ihr eins zu sein. Diese Sehnsucht war so real, dass sie schmerzte. Ich schob mich auf ihren nackten Körper. Ihre Arme umschlangen mich, ihr Mund saugte mich aus, ich löste mich auf unter ihrem Streicheln. Die Leidenschaft, die mich getrieben hatte, schwand. An ihre Stelle trat ein anderes Gefühl, eines, das ich nicht benennen konnte, das ich noch nie so wahrgenommen hatte. Ehe ich mich entscheiden konnte, ob dies nun ein schönes Gefühl war, hatte mich der Schlaf eingeholt.

Als ich am Montagmorgen das Büro betrat, hätte ich am liebsten gleich wieder linksum kehrt gemacht. Auf meinem Schreibtisch sah es auf, als hätte ihn jemand mit einem Archiv verwechselt. Akte stapelte sich auf Dossier, darauf als Garnitur Ordner. Was sich in zwei Arbeitstagen ansammeln konnte!

Da ich wie üblich die Erste im Büro war, konnte ich die nächste Stunde in Ruhe arbeiten. Diese Form der Ablenkung hatte immer schon recht gut funktioniert, so war es auch diesmal. Während des ganzen Morgens gelang es mir, die Gedanken an Bettina aus meinem Kopf auszusperren.

In der Mittagspause gesellte sich Romana zu mir. Sie war so etwas wie eine Freundin, doch uns war beiden klar, dass wir, würden wir nicht im gleichen Büro arbeiten, kaum näheren Kontakt miteinander hätten.

»War dein Donnerstag erfolgreich?«, fragte Romana ohne Einleitung.

»Hm, ja, ich glaube, das kann man so sagen«, erwiderte ich.

Romanas Stärke lag nicht in der Verschwiegenheit, darum wog ich immer erst ab, was und wie viel ich ihr erzählte. Dies führte häufig dazu, dass ihre Neugier angestachelt wurde. So geschah es auch jetzt.

»Lass dir nicht alles aus der Nase ziehen«, insistierte sie. »Du hast gar nicht so genau erzählt, was du bei diesem Verlag wolltest.«

»Nun ja, ich ... Es ging um eine Geschichte, die ich mal geschrieben habe. Der Verlag interessierte sich dafür«, fasste ich zusammen.

»Eine Geschichte? Du hast eine Geschichte geschrieben?« Romana schüttelte ungläubig den Kopf. »Um was ging es denn da?«

Tja, nun saß ich in der Falle. Zwar hatte ich nie ein Geheimnis aus meinem Leben und auch nicht um meine Vorlieben gemacht, doch da ich in Sachen Privatleben äußerst zurückhaltend war, hatte ich auch nie wirklich viel von mir erzählt.

»Es geht um zwei Frauen, die sich kennenlernen, sich verlieben, einige Schwierigkeiten meistern müssen, schließlich aber doch glücklich vereint leben«, ging ich zum Frontalangriff über.

»Ach ... äh ... aha«, stammelte Romana ziemlich überrumpelt. »Die Frauen, also sind die ... ich meine ...«

Ich konnte mir das Lachen nicht verkneifen. Meine Kollegin, berüchtigt für ihre scharfe Zunge und nie um einen Kommentar verlegen, wand sich vor meinen Augen wie ein Aal und suchte nach passenden Worten, um eine Frage zu formulieren, deren Antwort doch auf der Hand lag.

»Ja, Romana, sie sind lesbisch, genau wie ich«, erklärte ich gönnerhaft.

Nun verschlug es ihr vollständig die Sprache. Stumm löffelte sie ihren Joghurt, schüttelte immer wieder offensichtlich fassungslos den Kopf. Schließlich blickte sie hoch, fixierte mich mit ihren braunen Augen.

»Ich wusste es nicht, Simone, doch eigentlich hätte ich es merken müssen, nicht wahr?«, fragte sie ungewohnt zahm.

»Keine Ahnung, ob du es hättest merken müssen, ich trag's ja nicht auf der Stirn tätowiert«, meinte ich schulterzuckend.

»Ändert das jetzt etwas zwischen uns?«, fragte ich vorsichtig, denn meine Kollegin schien durch die neu gewonnene Erkenntnis doch ziemlich aus der Spur geworfen.

»Ich ... also nein ... wenn's nach mir geht, dann nicht«, beschied sie mir.

Der Nachmittag verlief anschließend störungsfrei – aber eben auch kommunikationslos, denn Romana saß völlig in Gedanken versunken an ihrem Arbeitsplatz. Nach Feierabend, wir waren wie üblich gemeinsam auf dem Weg zur U-Bahn, erklärte sie mir, worüber sie so intensiv nachgedacht hatte.

»Weißt du«, begann sie, »ich dachte immer, ich hätte ein ziemlich gutes Feeling für Menschen. Bei dir hat mich meine Menschenkenntnis aber echt im Stich gelassen. Was mich irgendwie, wie soll ich sagen, na ja, irgendwie halt etwas betroffen macht, ist die Tatsache, dass ich mir nie wirklich überlegt habe, wie du eigentlich lebst.«

Ich sah, dass es Romana peinlich war, mir das zu gestehen. Wenn es nach mir gegangen wäre, hätte sie sich über mein Leben aber auch in Zukunft keine Gedanken machen brauchen.

»Kein Problem«, beruhigte ich sie, »das ist absolut okay. Arbeit ist Arbeit und hat mit dem Privaten nichts zu tun. Das ist für mich wirklich in Ordnung.«

»Schon«, erwiderte sie. Sie setzte einige Male an, wollte etwas sagen, brachte aber keinen ganzen Satz heraus.

»Was ist los?«, fragte ich irritiert.

»Nun ja ... es ist ... weißt du ... ich habe ja ein eher lockeres Mundwerk«, gestand sie endlich. »Vielleicht rede ich manchmal wirklich zu viel, aber ich würde nie etwas weitergeben, was mir im Vertrauen erzählt wurde. Ich meine ... du ... wir sind doch irgendwie ... befreundet, oder?«

Ich nickte.

Irgendwie hat sie wohl recht, dachte ich, *aber eben nur irgendwie.*

Worauf Romana hinaus wollte, konnte ich noch nicht erkennen.

»Du bist lesbisch, aber du hast mir das nie gesagt«, ließ sie endlich die Katze aus dem Sack. »Vertraust du mir denn gar nicht?«

Hoppla, nun musste ich aufpassen. Es war mir wichtig, mit meiner Kollegin gut auszukommen, doch ich hatte keinen Bedarf an neuen Freundinnen. Und es stimmte, so ganz traute ich ihr wirklich nicht.

»Es war halt einfach nicht so wichtig«, redete ich mich heraus.

Romana ließ es tatsächlich dabei bewenden, was untypisch war für sie. Da ihre Bahn eben einfuhr, mussten wir das Thema glücklicherweise nicht mehr vertiefen. Romana verabschiedete sich kurz und überließ mich endlich meinem Feierabend.

Zu Hause stürzte ich sofort an den PC. Ungeduldig wartete ich, bis sich der Posteingang des Mailprogramms endlich öffnete. Ich sprang von meinem Stuhl hoch, als ich sah, dass Bettina geschrieben hatte. Mit heftig klopfendem Herzen klickte ich die Mail an.

»Liebe Simone ...« Ich las die Mail, ohne einmal zu atmen. Mein Lächeln wurde immer breiter, meine Stimmung hob sich mit jedem Wort, das ich in mich aufsaugte.

Bettina schrieb, wie sie sprach. Ich vermeinte, ihre samtweiche Stimme zu hören. Die Mail war sehr persönlich gehalten. Bettina bedankte sich noch einmal für den schönen Sonntag, gratulierte mir zum guten Vertrag und bestärkte mich, doch weiter zu schreiben.

Eigentlich wollte ich die Mail sofort beantworten, doch das verkniff ich mir. Ich wollte die Vorfreude auskosten, sie noch etwas verlängern. Ich schaltete den Computer aus, ging in die Küche und nahm mir sehr viel Zeit zum Kochen. Während ich aß, las ich in Bettinas Krimi weiter. Im Hinterkopf hatte ich immer den Gedanken, dass ich ihr heute noch eine Mail schreiben durfte.

Die Tage vergingen in beruhigender Gleichförmigkeit. Romana sprach das Thema *Freundschaft und Vertrauen* glücklicherweise nicht mehr an. Sie arbeitete aber ungewöhnlich still vor sich hin. Selten kratzten wir an persönlichen Themen, wenn wir uns unterhielten. Für mich war es eine Erleichterung zu merken, dass sie mich offensichtlich weiterhin akzeptierte, und auch, dass sie ihr Wissen nicht weitergab. Zwar hätte mich das nicht unbedingt gestört, ich war aber der Meinung, dass es meine Sache sei, wer was wann über mich erfuhr.

Den Höhepunkt des Tages bildete jeweils die Mail, die ich abends von Bettina erhielt und die ich in gleichem Maße ausführlich beantwortete. Wir verließen bald schon die Allgemeinplätze und wandten uns den persönlichen Dingen zu.

Bettina erzählte mir von ihrer Familie, von ihrem Beruf als Sekretärin der Pathologie, von Ländern, die sie bereisen wollte, und sie beantwortete all meine Fragen, die ich ihr in meinen Mails stellte.

Gleiches Recht für alle, war mein Motto, darum ließ ich Bettina nicht im Ungewissen über meine Familie, meinen Beruf und meine Wunschreiseziele. Und auch ich bemühte mich, ihre Fragen offen und ehrlich zu beantworten.

Das Mailschreiben wurde zum schönen Ritual, auf das ich mich den ganzen Tag freute. Selbst am Wochenende kam der tägliche elektronische Brief.

Mit der Zeit jedoch merkte ich, dass ich etwas vermisste. Seit fast drei Wochen schrieben wir uns immer persönlicher werdende Mails, fassten Wünsche und Träume in Worte, und doch fehlte mir etwas. Nach langem Grübeln kam ich schließlich auf die Lösung: Ich wollte endlich wieder Bettinas Stimme hören. Mir fehlte der direkte Kontakt mit ihr. Mir fehlte ihr Lachen, mir fehlte die Wärme ihrer Stimme, und mir fehlte das Leuchten ihrer graublauen Augen.

Da ich vermutlich nicht alles gleichzeitig haben konnte, fragte ich Bettina in einer Mail, ob wir uns denn nicht mal wieder telefonisch austauschen könnten.

Den Tag beschloss ich jeweils mit Lesen. Inzwischen hatte ich alles, was von Bettina Gut auf dem Markt erhältlich war, gekauft. Ich verschlang einen Krimi nach dem anderen, die hatten wirklich Suchtpotenzial. Schließlich blieb nur noch ein dünnes Bändchen übrig mit gesammelten Kurzgeschichten verschiedener Autorinnen. Darin fand sich auch eine Geschichte meiner Lieblingsautorin. Auf fünf Seiten war es gleichwohl nicht möglich, eine Kriminalgeschichte zum Besten zu geben.

Gespannt begann ich zu lesen. Verwundert, um nicht zu sagen irritiert, legte ich wenig später das Büchlein beiseite. Die Geschichte, eine glasklare Liebesgeschichte, hatte mich nicht besonders berührt. Sprachlich unterschied sich der Stil kaum von Bettinas Krimis, doch irgendwie fehlte etwas. Während sie in ihren Krimis die harten Fakten klar beschrieb, sie ins Zentrum stellte, schmuggelte sie jeweils in die zwischenmenschlichen Verwicklungen, die sich zwischen den Hauptpersonen anzubahnen pflegten, subtile, sinnliche Hinweise. Auf diese Weise entstanden zwei Geschichten, die man unabhängig voneinander betrachten konnte, die aber jede für sich genommen zu wenig gewesen wäre. Durch das geschickte Verflechten von Fakten und Emotionen kreierte die Autorin eine dichte Atmosphäre, der man sich als Leserin kaum entziehen konnte.

Der Liebesgeschichte, die ich eben gelesen hatte, fehlte das Geheimnisvolle, das Unterschwellige. Es gab keine Andeutungen, keine überraschenden Wendungen, die weit im Vorfeld vorbereitet worden wären und darum einer erst im Nachhinein erkennbaren Logik folgten. Ich hatte den Eindruck, dass sich die Autorin hier in einem Genre versucht hatte, das ihr nicht geheuer gewesen war. Sie zeigte zwar Qualität in der Sprache, Kreativität durch die ausgefallenen Ideen, doch so ganz wollte das alles nicht zusammenpassen.

Das Klingeln des Telefons riss mich aus meinen Gedanken. Da es bereits spät war und ich mit Lotte meinen täglichen Plausch schon absolviert hatte, konnte es nur meine Mutter sein, die mein Zubettgehen hinauszögerte. Seufzend erhob ich mich von der Couch. Sollte ich mich gleich mit »Hallo Mama« melden? Nein, trotz der sehr hohen Wahrscheinlichkeit, dass sie am anderen Ende mit dem neuesten Dorfklatsch auf meine Reaktion wartete, konnte ich mir nicht sicher sein.

»Mertens«, meldete ich mich knapp. Das Gähnen, das sich sozusagen präventiv eingestellt hatte, unterdrückte ich.

»Guten Abend, Simone. Tut mir leid, dass ich so spät noch anrufe«, vernahm ich Bettinas Stimme.

Meine Knie wurden augenblicklich weich, ich musste mich setzen.

»Bettina«, hauchte ich überrascht.

»Störe ich etwa?«, fragte sie vorsichtig.

»Nein, ganz und gar nicht«, beeilte ich mich zu verneinen. »Ich hatte nur jemand anderen erwartet.«

»Dann will ich dich nicht weiter aufhalten. Nicht, dass du den anderen Anruf verpasst«, zog sich Bettina rasch zurück.

»Nein, nein, du verstehst mich falsch«, intervenierte ich fast panisch. Sie durfte nicht einhängen!

Ich erklärte ihr, dass ich angesichts der fortgeschrittenen Stunde erwartet hatte, die Stimme meiner Mutter zu vernehmen, da sie die Angewohnheit besaß, mich zu jeder Tages- und Nachtzeit anzurufen. Es spielte für sie keine Rolle – wenn ihr in den Sinn kam, sie könnte mir dies oder das oder jenes erzählen, rief sie an, egal wann.

Bettina lachte ihr weiches Lachen. Ich entspannte mich. Alles war gut – und alles würde noch besser werden.

Wir redeten bis weit nach Mitternacht. Ich fragte mich immer wieder, warum es so einfach war, sich mit Bettina zu unterhalten. Warum konnte ich mit ihr über Dinge reden, die ich sonst nie in Worte fasste? Selbst Nebensächlichkeiten wurden interessant, wenn Bettina meine Gesprächspartnerin war.

Da wir beide anderntags wieder arbeiten mussten, vereinbarten wir, unsere Unterhaltung zu einem anderen Zeitpunkt fortzusetzen.

In den nächsten Tagen kam es mir vor, als ob schon Weihnachten wäre. Tatsächlich blieb bis zum Fest der Liebe noch ein Monat, doch ich schwebte durch meinen Alltag, als hätte mir jemand kleine Flügelchen verpasst. Das tägliche Mailschreiben hatten Bettina und ich beibehalten, doch nun telefonierten wir auch fast jeden Tag. Wenn es einmal nicht möglich war, uns live zu hören, dann war ich frustriert und spürte das Fehlen des direkten Kontakts fast schon körperlich.

Vor allem am Telefon entstand immer mehr Nähe. Manchmal schwiegen wir gemeinsam, weil wir dem Gesagten nachspüren mussten. Mal war es Bettina, die überrascht meinte, genauso hätte sie das jetzt auch sagen wollen, mal war ich es, die gestand, dass sie wohl meine Gedanken gelesen hätte.

»Können wir uns sehen?«

Diese Frage – Bettina stellte sie an einem vorwinterlich trüben Mittwochabend – lag mir schon seit Tagen auf der Zunge. Ich hatte nicht gewagt, sie auszusprechen, da ich nicht zu rasch vorpreschen wollte. Innerlich jubelte ich. Endlich kam Bewegung in die Sache. Lotte hatte mich längst gedrängt, etwas zu unternehmen, denn ihr war meine Verfassung nicht verborgen geblieben.

Nachdem mich Lotte tagelang gelöchert hatte, war ich vor zwei Wochen endlich mit der Wahrheit herausgerückt. Ich gestand, dass ich in regelmäßigem Kontakt mit Bettina Gut stand. Lotte bohrte nach, wollte wissen, worüber wir uns denn so allgemein und speziell unterhielten. Auch das sagte ich ihr, allerdings nahm ich da starke Zensuren vor.

Lotte wäre nicht Lotte, wenn ihr das genügt hätte. Sie nötigte mich, ihr meine Gefühlswelt offenzulegen, ihr zu gestehen, wie es denn emotional aussähe. Tja, und da begannen meine nicht unerheblichen Probleme. Ich versuchte, abzublocken, auszuweichen, meine beste Freundin mit Halbwahrheiten abzuspeisen. Nichts von alledem funktionierte. Schließlich ergab ich mich.

»Ja, ich finde Bettina ... toll«, erklärte ich während eines gemeinsamen Sonntagsfrühstücks.

»Toll? Kannst du noch etwas ungenauer werden? Rück endlich raus mit der Sprache«, forderte mich Lotte auf und drohte mir mit einem Butterhörnchen.

»Na ja, ich weiß nicht, wie ich sagen soll. Sie ist mir wichtig«, ging ich einen Schritt weiter.

Man sollte nicht versuchen, seine beste Freundin für dumm zu verkaufen, denn das reizt diese, mit schwerem Geschütz aufzufahren. So geschah es auch an diesem Sonntagmorgen.

Lotte setzte zum Verhör an: »Du denkst Tag und Nacht an sie?«

Ich nickte.

»Dein Herz klopft schneller, wenn du ihre Stimme hörst?«

Wieder nickte ich.

»Es wird dir warm, wenn sie etwas Nettes sagt?«

Auch diese Vermutung bestätigte ich.

»Du hast dich in sie verliebt«, entschied Lotte in einem Ton, der keinen Widerspruch zuließ. »Du hast dich verliebt – und zwar bis über beide Ohren!«

»Ich weiß nicht so recht«, versuchte ich ein letztes Ausweichmanöver. »Vielleicht ein bisschen.«

Lotte lachte mir ins Gesicht. Dass sie das nicht glauben würde, hätte ich mir denken können.

»Das willst du mir doch nicht weismachen? Wie ich ja bereits bei eurer ersten Begegnung festgestellt habe, ist da etwas zwischen euch, war es immer schon, von Anfang an«, behauptete sie.

»Wie sieht es denn bei ihr aus? Schwebt sie auch wie du immer ein paar Zentimeter über dem Boden?«, fragte Lotte fast etwas gönnerhaft.

Ich schüttelte bedauernd den Kopf und antwortet wahrheitsgemäß: »Ich habe keine Ahnung. Wir haben nie darüber gesprochen. Jedenfalls nicht so direkt.«

»O Simi! Meine Güte, wie alt bist du denn?«, fragte Lotte mitleidig. »Unternimm endlich etwas! Seit Wochen schleichst du da offensichtlich wie die Katze um den heißen Brei! Wenn sie dich bisher nicht abgewimmelt hat, kann das doch nur bedeuten, dass es ihr ähnlich geht wie dir. Braucht ihr eine Hebamme? Ich organisiere gern etwas für euch . . .«

Jetzt wurde es gefährlich. Alle Alarmglocken in meinem Kopf gingen gleichzeitig los. Die Aktionen, die Lotte jeweils in bester Verkuppelungsabsicht startete, endeten mit schönster Regelmäßigkeit in einem Fiasko. Das durfte mir bei Bettina auf keinen Fall passieren. Nicht bei Bettina!

»Ich hab's!« rief Lotte da bereits freudestrahlend. »Ich organisiere einen Autorentreff in der Buchhandlung. Da kann ich verschiedene Autorinnen und Autoren einladen, die aus der Umgebung, sagen wir mal im Umkreis von zweihundert Kilometern, kommen. Auf diese Weise würde es nicht so auffallen, wenn Bettina dabei ist. Da du selbst ja noch nicht veröffentlicht hast, kommst du einfach als meine Assistentin zum Einsatz, schließlich brauche ich jemanden, der die Brötchen und die Getränke herumreicht.«

Lotte war kaum zu stoppen. Immer, wenn ich etwas einwenden wollte, brachte sie mich mit einer resoluten Handbewegung zum Schweigen und schmückte ihre Pläne weiter aus.

Endlich war alles Pulver verschossen. Meine beste Freundin blickte mich auffordernd an. Nun hätte ich ihr applaudieren müssen, doch am liebsten hätte ich ihr stattdessen den Kopf abgerissen. So etwas Hirnverbranntes würde ich nie und nimmer mitmachen.

»Lotte, ich weiß ja, dass du es nur gut meinst«, begann ich vorsichtig.

Ich wollte sie nicht verletzen, und es ehrte sie sicherlich, dass sie sich so sehr um mein Wohl kümmerte.

»Ich finde nicht, dass das eine erfolgversprechende Idee ist. Hast du dir überlegt, wie groß der Aufwand sein würde? Wer würde die Kosten übernehmen? Du müsstest kräftig die Werbetrommel rühren. Und das alles nur, damit ich Bettina sehe? Nein, Lotte, das ist wirklich mit Kanonen auf Spatzen geschossen.«

Lotte wollte etwas einwenden, doch diesmal brachte ich sie mit der gleichen resoluten Handbewegung, die sie zuvor erfolgreich eingesetzt hatte, zum Schweigen.

»Die Sache mit Bettina ist mir sehr wichtig, Lotte. Ich möchte nicht, dass da irgendwas danebengeht. Wenn sie dahinterkommt, dass ich nicht den Mut hatte, direkt mit ihr zu reden, ihr meine Gefühle zu gestehen, dann wird sie mir noch nicht mal mehr die kalte Schulter zeigen. Du hast schon recht, ich bin alt genug, um mein Leben – auch mein Liebesleben – selbst in die Hand zu nehmen«, schloss ich meinen Vortrag.

Während ich Lotte die Sachlage erklärt hatte, war mir klargeworden, dass ich wirklich handeln musste. Dieser Zustand ließ sich kaum mehr länger aufrechterhalten.

Meine Sehnsucht nach Bettina wuchs mit jeder Mail und jedem Telefonat. Ich träumte nicht nur vor dem Einschlafen von ihr, von ihren Augen, von ihrem Lächeln und von ihrer weichen Haut, ich saß manchmal minutenlang vor dem Bildschirm meines Computers im Büro, ohne auch nur eine Taste zu berühren, und erinnerte mich an ihre Stimme.

Lotte war verstimmt. Lange sagte sie nichts und kaute nur lustlos an einem Bissen Brot. Betont langsam und ausgiebig spülte sie diesen dann hinunter.

»Vielleicht hast du recht«, meinte sie schließlich.

Ich seufzte innerlich auf vor lauter Erleichterung.

»Die Kosten hatte ich zu wenig bedacht«, fuhr meine Freundin fort. »Aber ich sage dir eins: Du musst wirklich was tun. Wenn du nichts unternimmst, dann werde ich aktiv. Mir fällt da schon etwas ein«, drohte sie.

Natürlich versprach ich ihr, dass ich die Situation mit Bettina klären würde. Wie, das wusste ich zwar nicht, doch Lotte fragte mich glücklicherweise nicht danach.

Jetzt war es also soweit. Bettina wollte mich sehen! Am liebsten wäre ich gleich losgerannt, hätte mir ein Taxi gerufen und wäre zu ihr gefahren.

»Hast du am Wochenende schon etwas vor?«, hörte ich mich stattdessen fragen.

Am liebsten hätte ich mir die Zunge abgebissen. War ich denn von allen guten Geistern verlassen?

»Dieses Wochenende?«, fragte Bettina hörbar überrascht zurück.

»Hm.« Ich wagte es nicht, meinen Mund zu öffnen.

»Nein, ich habe nichts vor«, beschied mir meine Gesprächspartnerin. »Woran hast du denn gedacht? Was hast du geplant?«

Jetzt war Improvisation gefordert. Ich hatte ja keine Ahnung, was ich plante. Mein Blick fiel auf eine Werbung in der Zeitung.

»Kommst du mit mir zum Christkindlmarkt nach München?«, fragte ich.

Besser als nichts, dachte ich. Wenn ihr dieser Vorschlag nicht behagte, konnte sie jetzt einen besseren bringen. Ich hatte immerhin meinen Kopf zumindest für den Moment aus der Schlinge gezogen.

»Oh, du willst ... Also, das wäre dann ... das ganze Wochenende?«, fragte Bettina.

»Ähm, ja ... ich dachte ...«, stotterte ich.

Ja, was hatte ich denn gedacht? *Gar nichts*, musste ich zugeben. Wenn ich mit Bettina redete, war meine Gehirnleistung häufig eingeschränkt, ich versank einfach in ihrer Stimme und ließ mich treiben.

»Ja ... wir hätten etwas mehr Zeit ...«, bestätigte Bettina.

Sie schien mit sich zu ringen. *Warum eigentlich?*, fragte ich mich. Schließlich war sie wie ich frei und ungebunden. Wir konnten uns verabreden und waren niemandem Rechenschaft schuldig. Oder täuschte ich mich?

»Wir müssten dann ... da übernachten«, meinte Bettina leise.

»Ich ... das wäre wohl ..., ja, das müssten wir«, antwortete ich.

Das war ein neuer Aspekt. Den hatte ich überhaupt nicht bedacht. Eine Nacht mit Bettina! Mir blieb die Luft weg. Eine Nacht mit der Frau, die ich in meinen Träumen schon so oft verführt hatte – und die mich mindestens ebenso oft verführte.

»Willst du ... oder soll ich zwei ... aber nein, ich glaube, es wäre ... irgendwie ...«, stammelte Bettina.

Ich hatte keine Ahnung, was ich wollte – und auch nicht, was sie wollte. Wovon sprach Bettina?

»Was meinst du? Wer das Zimmer reservieren soll?«, fragte ich.

Die sonst so wortgewandte Autorin schwieg. Sie schien nach Ausdrücken zu suchen, und diese Suche war nicht besonders erfolgreich.

»Zimmer ... ja, eines wahrscheinlich.«

Endlich kapierte ich. Ich errötete beschämt. Natürlich war ich davon ausgegangen, dass wir ein Doppelzimmer teilen würden. Ich war in meinen Gedanken ja schon wesentlich weiter, hatte Bettina bereits aufs Bett geworfen und ihr aus den lästigen Winterkleidern geholfen.

»Wenn es dir nichts ausmacht.« Ich bemühte mich, meine Stimme neutral klingen zu lassen. Da keine Antwort kam, sprach ich weiter: »Ich schnarche nicht, ich schlage nicht um mich, ich kann mich also durchaus benehmen. Ein Doppelzimmer ist halt einfach günstiger.«

»Ja, sicher«, bestätigte meine Lieblingsautorin, doch begeistert klang das nicht.

»Soll ich mich darum kümmern? Ich würde das Zimmer gleich via Internet buchen«, schlug ich vor.

Auch wenn es jetzt plötzlich ziemlich schnell ging, ich wollte mir die Gelegenheit auf keinen Fall nehmen lassen. Bettina hatte nicht abgelehnt – aber leider auch nicht wirklich zugestimmt.

Ehe sie es sich anders überlegte, musste ich Nägel mit Köpfen machen. Wer wusste schon, wann ich das nächste Mal dazu kommen würde.

»Ja, das wäre gut«, bestätigte Bettina lau. »Vielleicht nicht zu weit weg vom Bahnhof. Also, ich meine, wenn das geht.«

»Da wird sich schon was machen lassen«, beruhigte ich sie.

Wir klärten anschließend noch einige Details, ehe sich Bettina ungewohnt knapp von mir verabschiedete. Ihre Reaktion auf meinen Vorschlag irritierte mich zwar, ich hätte mir etwas mehr Begeisterung und Vorfreude gewünscht, doch darüber wollte ich mir nicht weiter den Kopf zerbrechen. Wir waren verabredet für Samstagmorgen. Wir würden gemeinsam nach München fahren, es gab eine Art Beschäftigungsprogramm, und es bestand die Möglichkeit einer ersten gemeinsamen Liebesnacht.

Ich versuchte, meine Erwartungen zu dämpfen, indem ich mir immer wieder vorsagte, dass weder Bettina noch ich je von Liebe gesprochen hatten.

Täglich schrieben wir uns lange Mails, täglich telefonierten wir, und wir redeten über Gefühle. Hätte uns jemand zugehört, wäre er vermutlich versucht gewesen, unsere Telefonate als Liebesgeflüster zu bezeichnen, auch wenn wir alle Begriffe, die das Wort »Liebe« beinhalteten, geflissentlich mieden.

Längst hatte ich mir meine Liebe – zumindest meine Verliebtheit – eingestanden. Doch wie sah es bei Bettina aus? Wieso veranstaltete sie so einen Terz um das gemeinsame Zimmer? Hatte sie vielleicht doch noch ein anderes Eisen im Feuer? War sie möglicherweise weniger frei, als sie vorgab?

Nein, entschied ich, das konnte nicht sein. *Sie könnte sonst nicht so mit mir reden*, dachte ich. *Ihr geht es wie mir.*

Dass wir nicht von Liebe sprachen, lag daran, dass man sich so etwas nicht am Telefon oder per Mail gestand, zumindest nicht, wenn es andere Möglichkeiten gab – und wir waren in der glücklichen Lage, dass uns alle Möglichkeiten offenstanden.

So beruhigt, konnte ich mich um die Buchung des Hotelzimmers kümmern; ich reservierte auch zwei Plätze im Zug, der uns nach München bringen würde, und verbrachte die verbleibenden zwei Tage im stimmungsmäßigen Dauerhoch.

3

Den dunklen Haarschopf sah ich schon von Weitem. Bettina wartete bereits auf dem Bahnsteig, als ich am Samstagmorgen dort eintraf. Der Anblick dieser Frau ging mir unter die Haut. Ich hatte sie so lange nicht gesehen, Wochen waren seit jenem Brunch vergangen, doch ich fühlte mich ihr trotzdem sehr nah. Eine heiße Welle schwappte durch meinen Körper.

Jemand stieß mich von hinten in die Seite. Ich murmelte eine Entschuldigung. Tatsächlich war ich mitten im Durchgang stehengeblieben.

Vielleicht sollte ich mich wieder einkriegen, dachte ich, *es wäre wohl besser, denn die Peinlichkeit, dass mir der Zug vor der Nase abfährt, kann ich mir nicht leisten.*

»Jetzt hab dich nicht so, Simone«, redete ich mir leise zu.

»Es ist nicht das erste Mal, dass du ihr begegnest. Selbst wenn sie deine Gefühle nicht erwidern sollte – was sehr unwahrscheinlich ist, wie Lotte sagt –, so hast du wenigstens ein interessantes, gemütliches Wochenende mit deiner Lieblingsautorin vor dir.«

So und ähnlich beschwor ich mich. Der lockere Gang, den ich mir aufzwang, kostete mich enorme Überwindung. Mein Herz klopfte ohne jeden erkennbaren Rhythmus, die Reisetasche wurde mit jedem Schritt, den ich auf Bettina zuging, schwer und schwerer. Ich würde nie bei ihr ankommen.

»Hi, da bist du ja.« Bettina hatte mich entdeckt.

Sie stand auf, deutete eine Umarmung an, griff nach ihrer Tasche, die sie zwischen ihren Füßen platziert hatte. Eben fuhr der Zug ein.

Unsere Plätze waren schnell gefunden, denn es gab nur wenige andere Fahrgäste, die mit uns einstiegen.

Da saßen wir nun, eng nebeneinander, Bein an Bein, Schulter an Schulter. Mein Herz wollte sich nicht beruhigen. Ich hoffte inständig, dass Bettina mir meine Aufregung nicht anmerkte.

»Wir fahren also nach München«, hörte ich sie neben mir sagen. Es klang ungläubig.

»Hm, ja.« Was hätte ich sonst antworten sollen?

»Wieso eigentlich München?«

Diese Frage hatte ich erwartet und mir darum eine passende Antwort zurechtgelegt: »Ich habe gelesen, dass der Markt da ziemlich groß und schön sei. Es gibt Busunternehmen, die fahren während der Vorweihnachtszeit jedes Wochenende dorthin.«

»Ja, davon habe ich auch schon gehört«, nahm Bettina den Faden auf.

Mit entspanntem Geplauder verging die Reise in die bayerische Landeshauptstadt sehr schnell.

In München schnappten wir uns ein Taxi, das uns zum Hotel brachte. Während der Bahnfahrt hatte sich mein Herzschlag normalisiert, doch jetzt geriet er wieder außer Rand und Band. Täuschte ich mich, oder wurden Bettinas Schritte immer kürzer, je näher wir dem Zimmer kamen?

Was würde hinter dieser Tür heute passieren, fragte ich mich, während ich mit zittrigen Fingern versuchte, den altertümlichen Schlüssel ins Schloss zu bekommen. Endlich sprang die Tür auf. Wir betraten ein völlig normales, standardisiertes Doppelzimmer ohne besondere Merkmale.

Die Zuteilung der Bettseiten brachten wir ohne Worte hinter uns, ebenfalls mittels Zeichensprache gab mir Bettina zu verstehen, dass sie mal eben ins Bad verschwinden würde. Als sich die Tür geschlossen hatte, atmete ich erst mal tief durch.

War dieses Wochenende wirklich eine gute Idee gewesen? Bettina schien reserviert, sobald wir allein waren.

»Nimmst du mich so mit auf den Markt?«, fragte meine Lieblingsautorin wenig später.

Sie hatte sich mindestens drei Schichten an warmen Kleidungsstücken angezogen. Ihr schwarzes Haar bedeckte eine lustige Mütze, die mich irgendwie an den Nikolaus erinnerte.

»Keine Handschuhe?«, erkundigte ich mich mit Blick auf die bloßen Hände.

»Nein, das ist nicht nötig«, informierte mich Bettina jetzt gutgelaunt, »ich habe immer warme Hände. Liegt wohl an den Genen.«

»Schön für dich«, meinte ich ein bisschen neidisch.

Ich fror dauernd an Hände und Füßen.

»Also komm, lass uns den Christkindlmarkt erobern«, forderte Bettina.

Hatte sie auf der Toilette irgendwelche Drogen geschluckt? Wieso war sie jetzt so fröhlich und unternehmungslustig? Ich beschloss, diese Fragen auf später zu verschieben, und beeilte mich, Bettina, die schon an der Tür stand, zu folgen.

Der Markt war wirklich groß. Ich hatte keine Gedanken daran verschwendet, mir zu überlegen, was wir da tun würden, überhaupt hatte der Markt an sich in meinen Überlegungen nie eine Rolle gespielt. Ich wollte nur mit Bettina zusammen sein, egal wo, egal wie.

Bettina machte es offensichtlich Spaß, sich die Stände anzuschauen. Sie ließ sich vieles zeigen, ihre Augen glänzten, wenn sie etwas besonders Ausgefallenes, Verrücktes oder Kitschiges entdeckte.

Ich folgte Bettina mit zwei Schritten Abstand, freute mich, dass sie so gutgelaunt war, dass sie an diesen kleinen Dingen Freude hatte. In ihrer Begeisterung fasste sie mich immer wieder am Arm, zog mich mit. Ich musste mir diverse Mützen aufsetzen lassen, wie viele Handschuhe ich an diesem Tag probierte, weiß ich nicht mehr, ganz zu schweigen von all dem Krimskrams, den ich in Bettinas Auftrag begutachtete.

»Wir sind zwei große Kinder im Wunderland«, lachte Bettina einmal.

Ihr Lachen ging mir wieder einmal unter die Haut.

»Aber jetzt hab ich Hunger«, fuhr sie fort.

Aha, dachte ich, das war wohl mein Stichwort. Ich hatte einen Pizza-Hut entdeckt, den steuerte ich nun zielstrebig an.

Die Wahl fand Bettinas Zustimmung. Wenig später saßen wir an einem kleinen Tischchen und studierten die Karte. Wir einigten uns auf zwei Pizzas, die wir anschließend gerecht teilten.

Während wir in Harmonie unsere Mägen zum Schweigen brachten, überlegte ich fieberhaft, wie ich das Gespräch auf die wirklich brennenden Themen bringen könnte.

»Wir sitzen hier, als wären wir seit Jahren ein Paar«, stellte Bettina unvermittelt fest.

Was war ich froh, hatte ich noch einen Bissen Spinatpizza im

Mund – so durfte ich aus Gründen des Anstands und der guten Erziehung gar nicht antworten.

»Habe ich dich jetzt ... überrumpelt?«, fragte Bettina mit einem Seitenblick auf mich.

»Äh ... schon ... ja, ein bisschen«, gestand ich.

In Wahrheit hatte ich nie und nimmer damit gerechnet, dass sie das Thema anschneiden würde.

Bettina griff nach meiner Hand. Sie hatte recht, ihre Hände waren immer warm. Sie streichelte mit dem Daumen über meinen Handrücken.

»Wir haben nie darüber gesprochen, ich weiß«, begann sie.

Tut mir leid, dachte ich, *ich kann jetzt nicht sprechen*.

Ich hatte keine Worte mehr, noch nicht einmal Gedanken. Meine ganze Wahrnehmung konzentrierte sich auf dieses Gefühl, das Bettinas Berührung in mir auslöste. Sämtliche inneren Organe purzelten durcheinander.

Bettina seufzte. »Das hätte ich mir denken können«, meinte sie mit einem leisen Lachen. »Jetzt schlägt bei dir wieder die Sprachlosigkeit zu.«

Was blieb mir anderes übrig, als einfach zu nicken?

»Okay, dann muss ich wohl das Reden übernehmen. Die Sache ist doch eigentlich klar: Seit Wochen führen wir sehr, sehr persönliche Gespräche. Ich habe das Gefühl, wir sind uns sehr nahegekommen.«

Bettina unterbrach sich, blickte mir auffordernd in die Augen. Das hätte sie besser nicht getan, denn jetzt begann ich zu schmelzen. Diese Augen! Dieses Funkeln in den Augen! Irgendwie schaffte ich es dennoch zu nicken. Mehr wurde von mir offenbar nicht erwartet, denn Bettina nahm ihren Monolog wieder auf.

»Dein Vorschlag, ein gemeinsames Wochenende zu verbringen, hat mich ziemlich überrascht, wie du ja bestimmt bemerkt hast. Erst wollte ich ablehnen, doch dann dachte ich ... also, ich meine, wir sind beide erwachsen, beide Single ... und so ... ähm ... also, wem wollen wir eigentlich etwas vormachen? Ist es nicht ... offensichtlich?«

Meine wortgewandte Autorin hatte sich wohl in eine Sackgasse manövriert. Was offensichtlich sein sollte, sagte sie nicht, und auch sonst begnügte sie sich mit ziemlich vagen Formulierungen.

»Was meinst du denn?«, fragte ich.

Auf keinen Fall wollte ich mir die Finger verbrennen. Ich hätte ihr sicher sagen können, was für mich offensichtlich war, doch meinte ich das Gleiche wie sie?

»Du könntest mir ruhig helfen ... Mensch«, seufzte Bettina.

Sie gab sich einen sichtbaren Ruck. Mit einer Hand griff sie unter mein Kinn und zwang mich, sie anzusehen.

»Ich habe mich in dich verliebt, Simone Mertens«, bekannte sie leise, aber unmissverständlich.

Ich tanzte, ich jubelte, ich überschlug mich, ich drehte tausendundeine Pirouette, ich machte Kopf- und Handstand gleichzeitig, ich flog zur Sonne und zurück.

»Könntest du ... bitte, Simone ... sag was ... irgendwas«, flehte Bettina.

»Ich ... ja ... das stimmt ...« Mehr brachte ich nicht hervor.

»Wenn du nur einfach ... reagieren könntest«, bat Bettina. »Irgendein Zeichen ... bitte.«

Da meine Stimmbänder spontan in Streik getreten waren, musste ich anders als mit Worten reagieren. Noch immer saß ich wie festgeklebt auf meinem Stuhl. Ich wusste, dass ich völlig abgeklärt wirken musste, so, als ginge mich das alles gar nichts an.

Ich umfasste Bettinas Gesicht. Es war mir egal, wo wir uns befanden. Es spielte keine Rolle, dass der Geräuschpegel im Restaurant sehr hoch war. Ich sah nur dieses rundliche Gesicht, diese Augen ... und diese verführerischen Lippen. Langsam neigte ich mich nach vorn.

Die Lippen waren weicher, als ich es mir erträumt hatte, der Kuss war zärtlicher, als ich es mir je vorgestellt hatte.

Das ist es, fuhr es mir durch den Kopf.

Nach einer kleinen Ewigkeit, sie war viel zu kurz gewesen, lösten wir uns voneinander und strahlten uns um die Wette an.

»Lass uns gehen.«

Diesmal war ich es, die diese Worte sagte. Und diesmal bestand kein Zweifel daran, wohin wir gehen würden.

Endlich! Die Tür fiel hinter uns ins Schloss. Im nächsten Moment lag Bettina in meinen Armen.

»Perfekt«, murmelte ich.

»Ja, perfekt«, flüsterte sie.

Wenn es je einen Kuss für die Ewigkeit gegeben hatte, so war es dieser, der nun folgte. Wir konnten uns nicht mehr voneinander lösen. Engumschlungen stolperten wir zum Bett. Wir landeten wenig elegant auf den weichen Matratzen.

Bettina lag auf mir, bedeckte mein Gesicht mit Küssen, von denen einer süßer als der andere war. Ihre Hände nestelten an meiner Jacke, die sie nach etlichen Versuchen aufbekam.

Wer hatte die Heizung angedreht? Ich verbrannte unter diesen Händen, die meinen Pullover hochschoben, meine Haut streichelten. Ich schmolz unter den Lippen, die mich so zart berührten, dass in mir unwillkürlich das Bild von Schmetterlingen aufstieg.

Wir sprachen kein Wort. Unsere Körper, unser Hände, Lippen, unsere Haut hatten das Kommando. Wir überließen uns der Zärtlichkeit, die zur Leidenschaft wurde. Wir ließen geschehen, was sich über Wochen angebahnt hatte. Und es war wunderschön.

Es gab nichts, womit ich diese erste Nacht mit Bettina hätte vergleichen können, keine Worte, die beschreiben könnten, was ich empfand, wenn sie mich liebte, wenn sie mich berührte, auf, unter, in mir war.

Längst war es Nacht in München. Ein Wintersturm hatte beschlossen, für Unruhe zu sorgen, doch ich fühlte mich so sicher und geborgen wie nie zuvor in meinem Leben. Bettina schlief in meinen Armen. Auf ihrem Gesicht lag ein Lächeln, glücklich und zufrieden sah sie aus. Sie war das Schönste, was ich je gesehen hatte. Mein Herz drohte zu platzen, es war übervoll mit Gefühlen.

Kurz geriet ich in Versuchung, meine Liebste zu wecken. Nein, dachte ich, bei meiner Sprachlosigkeit, die mich regelmäßig in ihrer Gegenwart befiel, war das keine gute Idee. Lange beobachtete ich die Frau in meinen Armen, ich bewachte ihren Schlaf, prägte mir ihr entspanntes, friedlich gelöstes Gesicht ein. Was auch immer kommen würde, dieses Bild würde mir

Kraft geben.

Bettina träumte. Sie drehte sich auf die andere Seite. Ich folgte ihr. »Ich lass dich nie wieder los«, flüsterte ich. »Ich liebe dich!«

Hatte ich ihr das eigentlich je gesagt, überlegte ich plötzlich. Nein, ich war noch gar nicht dazu gekommen.

Der Samstag, der so verhalten begonnen hatte, war zu einer Wundertüte mutiert und hatte mir Überraschungen beschert, die ich mir in meinen kühnsten Träumen nicht zu erhoffen gewagt hatte.

Konnte ein Mensch glücklicher sein? Aber es war klar, ich würde es Bettina sagen, sobald sie erwachte. Nicht nur sagen, nein, ich würde es ihr zeigen, jeden Tag, den wir zusammen waren – und auch jeden Tag, den wir getrennt würden verbringen müssen.

Mit solchen und ähnlichen Gedanken schlief ich wieder ein. Der Wintersturm indes deckte in München und um München herum ein paar Dächer ab, auch der Christkindlmarkt kam nicht ungeschoren davon.

»Aufwachen, Bärchen, wach auf«, flüsterte die Stimme an meinem Ohr.

Bitte nicht, dachte ich, *ich träume einen wunderschönen Traum.*

Die Stimme gab nicht auf. Der zärtliche Weckversuch wurde intensiviert durch Küsse, die auf meinem Gesicht und meinem Hals landeten. Vielleicht träumte ich ja gar nicht? War Bettina wirklich da?

Vorsichtig öffnete ich meine Augen einen Spaltbreit. Bettinas graublaue Augen strahlten mich an. Ich zog ihren Kopf zu mir herab. Meine Lippen suchten ihren Mund. Mit einem zärtlichen Kuss geweckt zu werden, stand ab sofort zuoberst auf meinem Tagesprogramm.

Atemlos löste sich Bettina Minuten später von mir.

Sie meinte lachend: »Du bist wohl eine Genießerin? Gut zu wissen, wie man dich wachbekommt!«

Mit einer schnellen Bewegung entkam sie meinen Händen, die nach ihr griffen. Sie hüpfte aus dem Bett und streckte sich ausgiebig. Mir stockte der Atem, denn Bettina war nackt – und wunderschön.

»Kommst du?«, fragte sie.

»Wie? Wohin willst du denn jetzt schon?«, fragte ich zurück. Meine Gedanken waren noch nicht bei mir angekommen.

»Frühstück, Bärchen. Wenn wir uns nicht ein wenig beeilen, ist das Buffet leergeräumt«, erklärte meine Liebste lächelnd.

»O nein«, stöhnte ich und drehte mich auf die andere Seite. »Ich will jetzt nicht aufstehen. Wir können das Frühstück doch ausfallen lassen.«

Bettina legte sich zu mir ins Bett. Sie zwang mich mit sanftem Druck in die Rückenlage, dann schob sie sich auf mich. Ihre Küsse waren ein einziges Versprechen, die Wärme ihrer Haut Verführung pur.

Meine Erregung stieg. Ich umfasste meine Geliebte, erwiderte ihre Küsse leidenschaftlich, fordernd. Bettinas weiche Lippen wanderten langsam meinen Hals hinab. Sie stoppten bei meinen Brüsten, saugten an ihnen. Die Zunge streichelte über die Brustwarzen, ließen sie hart werden.

Bettina stützte sich plötzlich auf ihre Hände, hob ihren Oberkörper und lächelte mich an.

»Das war die Vorspeise, Süße«, informierte sie mich.

Ich sah sie wohl ziemlich verständnislos an, denn sie fuhr geduldig fort: »Nach dem Frühstück machen wir genau da weiter ... und dann werde ich nicht eher aufhören, ehe du nicht mindestens im siebten Himmel gelandet bist. Je schneller wir zurück sind, umso eher werde ich dich ... entspannen.«

»Meine Güte!«, entfuhr es mir. »Du Biest! Das ist Erpressung!«

Bettina lachte: »Kann schon sein, Bärchen. Ich bin einfach hungrig und habe keine Lust, allein zu frühstücken.«

Ich ergab mich, denn ich hatte schon bei anderen Gelegenheiten feststellen können, dass sich Bettina kaum von etwas abbringen ließ, wenn sie sich erst mal entschieden hatte. Also bedeutete das, erst Frühstück – dann Liebe!

Wir stillten unser primäres Bedürfnis in überraschend schnellem Tempo. Eigentlich hatte ich befürchtet, dass sich Bettina absichtlich viel Zeit lassen würde mit dem Frühstück, doch ihre Erkundungstour über meinen Körper hatte sie wohl mehr erregt, als sie zugeben wollte.

Kaum war der Kaffee ausgetrunken, standen wir auch schon auf und sprinteten fast zurück ins Zimmer. Bettina schob die Tür ins Schloss – zuvor hatte sie geistesgegenwärtig noch das »Bitte nicht stören«-Schild an die Türklinke gehängt –, da fiel ich auch schon über sie her.

Ich zog sie in meine Arme, küsste sie hungrig. Ich ließ ihr keine Zeit, sich auszuziehen, ich riss ihr die Kleider vom Leib, drängte sie zum Bett, fiel mit ihr, fiel auf sie.

Wir liebten uns, als wäre es das Letzte, was uns in diesem Leben noch bliebe. Unsere Körper umschlangen sich, verschmolzen miteinander, sodass sie nie wieder getrennt werden konnten. Jeder Orgasmus war doppelt. Wenn ich Bettina zum Höhepunkt streichelte, überrollte die Welle auch mich. Umgekehrt geschah dasselbe.

Schließlich lagen wir schweißüberströmt und engumschlungen auf dem Bett. Wir streichelten uns zärtlich, ohne einander zu erregen.

»Ich liebe dich«, flüsterte ich endlich.

Bettinas Gesicht begann zu strahlen, ihr Lächeln raubte mir den Verstand.

»Ich liebe dich auch«, antwortete sie schließlich leise.

Sie unterstrich ihr Geständnis mit einem dieser unvergleichlichen Küsse, die mich immer an Sommer und Ewigkeit erinnerten.

Ein störender Gedanke machte sich in mir breit: Wir mussten bis Mittag das Zimmer räumen. Uns blieb nicht mehr viel Zeit.

»Liebling, wir sollten duschen«, sagte ich bedauernd.

Erschrocken schaute Bettina auf die Uhr. Sie nickte, natürlich wusste sie, dass wir bald aus dem Bett geworfen würden, wenn wir nicht freiwillig das Zimmer räumten.

»Kommst du mit?«, fragte Bettina keck.

Ich schüttelte sprachlos den Kopf. Nein, wenn ich mit dieser umwerfenden Frau unter die Dusche stieg, dann würden wir bestimmt dreimal so viel Wasser wie gewöhnlich brauchen und mindestens fünfmal so viel Zeit ... und erfrischen würde uns das Duschen dann wohl eher nicht.

Bettina hatte mir die Gedanken offensichtlich vom Gesicht

ablesen können. Sie lachte herzhaft, winkte und zog die Tür zur Nasszelle zu. Wenig später vernahm ich das Rauschen des Wassers.

»Was stellen wir an mit dem angebrochenen Tag?«, fragte Bettina später.

Wir standen am Bahnhof vor den Schließfächern, in denen wir unsere Taschen verstaut hatten. Jetzt schon zurückfahren, wollten wir beide nicht, doch nochmals auf den Markt gehen, dazu hatten wir auch keine Lust.

»Wie wär's mit dem Englischen Garten?«, schlug ich vor.

Nicht, dass ich mich in München ausgekannt hätte, doch dieser Park war schon ziemlich berühmt.

»Gute Idee«, sagte Bettina mit einem strahlenden Lächeln.

Nachdem wir die richtige U-Bahn eruiert hatten, machten wir uns auf den Weg zu einem ausgedehnten winterlichen, sehr friedlichen Sonntagsspaziergang.

Hand in Hand schlenderten wir durch den Englischen Garten, der um diese Jahreszeit einer mehrheitlich offenen Winterlandschaft glich – von Gartenbeeten keine Spur, wie Bettina scherzhaft bemerkte.

Während wir durch unser persönliches Wintermärchen spazierten, unterhielten wir uns, als wären wir schon seit ewigen Zeiten ein Paar. Wir beobachteten die gleichen Menschen, lachten über die gleichen Eichhörnchen, die auf den Ästen herumturnten, und verfielen ohne erkenntlichen Grund manchmal in einträchtiges Schweigen.

Bei einer Bude legten wir einen Halt ein und gönnten uns ein Sandwich und ein heißes Getränk.

Allmählich brach die Dämmerung herein, ein untrügliches Zeichen, dass sich unser gemeinsames Wochenende dem Ende zuneigte. Mit leisem Bedauern machten wir uns auf den Weg zum Bahnhof, holten unsere Taschen und stiegen wenig später in den Zug, der uns in den Alltag zurückbringen würde. Wie würde dieser Alltag jetzt aussehen?

Ich hielt die Ungewissheit nicht aus, darum fragte ich, kaum hatten wir uns auf unsere Plätze gesetzt: »Bleibst du heute Nacht bei mir?«

Bettina hatte diese Frage wohl erwartet, denn sie antwortete ohne nachzudenken: »Nein, Bärchen, das geht leider nicht.«

Ich versuchte gar nicht erst, meine Enttäuschung zu verbergen. Bettina lieferte sofort die Erklärung für ihre abschlägige Antwort: »Montags ist in der Gerichtsmedizin immer sehr viel los, da muss ich früh anfangen. Deine Wohnung liegt sehr ungünstig – in Bezug auf mein Büro, meine ich. Mit den öffentlichen Verkehrsmitteln komme ich da keinesfalls rechtzeitig zur Arbeit, und mein Auto steht leider zu Hause in der Garage.«

Ich hätte ihr gern meinen Wagen angeboten, doch ich besaß keinen.

»Süße, ich würde die Nacht doch auch lieber mit dir verbringen«, fuhr Bettina fort, »doch das ist nun mal nicht möglich. Dafür komm ich morgen nach der Arbeit gleich zu dir, okay? Dann hab ich das Auto dabei . . .«

Das war eine sehr schöne Aussicht, doch die Enttäuschung über die Absage nagte an mir. Ich überlegte, ob ich mit zu ihr fahren sollte. Dadurch hätte ich natürlich einen weiteren Arbeitsweg, doch das hätte mir nichts ausgemacht. Bei mir kam es nicht so darauf an, wann ich im Büro auftauchte – solange ich es nur vor neun Uhr schaffte, war die Welt in Ordnung.

Selbst einladen wollte ich mich nicht, doch meine Lieblingsautorin dachte offensichtlich nicht daran, mir diesen Vorschlag zu unterbreiten.

»Ich bin, offen gestanden, auch ziemlich müde«, ließ sie sich stattdessen vernehmen.

»Du bist . . . ganz schön ausdauernd.«

Diese Aussage trieb mir die Schamesröte ins Gesicht, wenngleich ich mich sehr gut daran erinnerte, dass auch Bettina über eine außerordentlich gute Kondition verfügte.

»Von daher wäre eine Nacht wirklich schlafen vielleicht keine dumme Idee«, schloss meine Liebste mit einem versöhnlichen Lächeln.

Da hatte ich wohl nichts mehr dazu zu sagen. Bettina hatte für sich entschieden, dass sie allein, ohne mich, schlafen wollte. Das musste ich wohl oder übel akzeptieren.

»Ich könnte morgen noch einkaufen, ehe ich zu dir komme. Dann könnten wir gemeinsam kochen«, schlug Bettina vor.

Für sie war die Situation klar und im Guten bereinigt. Ich nickte folgsam. Gemeinsam kochen klang nicht schlecht, obwohl ich an alles andere als an Essen dachte, wenn ich mir vorstellte, dass meine Herzkönigin zu mir in die Wohnung kommen würde.

Der Rest der Fahrt verlief sehr ruhig. Wir dösten vor uns hin, redeten kaum und nahmen es schließlich als unabdingbares Schicksal hin, dass wir uns am Bahnhof voneinander verabschieden mussten.

Zu Hause blinkte der Anrufbeantworter aufgeregt. Meine beste Freundin platzte fast vor Neugierde. Sie hatte dreimal angerufen an diesem Sonntagnachmittag und mir jedes Mal aufgetragen, mich sofort bei ihr zu melden, wenn ich aus München zurück sei.

»Egal, wie spät es ist«, hieß es immer am Ende der Mitteilung.

Und wenn Bettina mitgekommen wäre? Ich hätte Lotte bestimmt nicht angerufen!

»Hallo, altes Haus«, begrüßte mich Lotte wenig später aufgeräumt.

»Nun erzähl schon, wie war's? Hast du ihr deine Gefühle gestanden? Wie hat sie reagiert? Empfindet sie so wie du? Bestimmt, da bin ich mir ziemlich sicher ... Aber hat sie's dir auch gesagt?«

»Mach mal Pause«, unterbrach ich den Redeschwall meiner besten Freundin. »Ich erzähl ja schon. Also erstens: Sie hat zuerst gesagt, dass sie sich in mich verliebt hat. Zweitens habe ich ihr gestanden, dass ich sie liebe. Drittens war es ein sehr schönes Wochenende, das leider viel zu schnell verging.«

»Simone ist verliebt! Yeah!«, jubelte Lotte. »Und? Erzähl, habt ihr's getan? War's schön?«

Man sollte ihr den Mund verbieten, dachte ich.

Was sie mit »Habt ihr's getan« meinte, brauchte ich nicht zu fragen, obwohl ich versucht war, mich dumm zu stellen.

Ich verspürte nun aber die Müdigkeit der fast schlaflosen Nacht in den Knochen und sehnte mich nach einem heißen Bad. Lotte würde keine Ruhe geben, darum rückte ich mit den gewünschten Informationen ohne Umschweife heraus. Es ärgerte Lotte hörbar, dass sie mir bis auf das allgemeine Geständnis, dass wir's getan hätten und es sehr, sehr schön gewesen sei, keine Details entlocken konnte. Irgendwann gab sie dann glücklicherweise auf.

»Bist du eigentlich allein?«, fragte sie plötzlich.

»Ja, sonst würde ich kaum mit dir telefonieren«, erwiderte ich.

»Wie das? Ihr seid doch frischverliebt, oder? Will man da nicht jeden Moment, jede Sekunde zusammen sein?«, bohrte Lotte ungläubig nach.

»Hm«, bestätigte ich vage. »Bettina muss morgen schon sehr früh zur Arbeit, und ohne Auto schafft sie es nicht von hier aus«, erklärte ich mit wenig Überzeugung.

»Und umgekehrt? Du hättest ja mit zu ihr fahren können«, kam auch schon die befürchtete Frage.

»Weißt du, wir haben sehr wenig geschlafen ... wir sind beide ziemlich müde. Da dachten wir, es sei besser, wenn wir uns erst morgen Nachmittag wieder treffen«, rechtfertigte ich Bettinas Entscheidung, die ich nach wie vor sehr bedauerte.

Natürlich merkte Lotte, dass diese Idee nicht von mir stammte. Sie löcherte mich mit Fragen über Bettina, über die Art, wie sie ihre Liebe zeige, und wollte schließlich wissen, ob ich denn sicher sei, dass ich die richtige Frau gefunden hätte.

»Ja«, antwortete ich voller Zuversicht, »ja, da bin ich mir sogar sehr sicher!«

In der folgenden Viertelstunde erklärte ich meiner besten Freundin, warum man Bettina einfach lieben MUSSTE, warum sie absolut perfekt zu mir passte, und stellte ihr – sozusagen als Krönung meiner Ausführungen – in Aussicht, dass sie bald eine Einladung zu einer Umzugsparty erhalten würde. Da waren die Pferde komplett mit mir durchgegangen, denn von einer gemeinsamen Wohnung war nie auch nur im Ansatz die Rede gewesen zwischen Bettina und mir.

Lotte schien mir das auch nicht so ganz abzukaufen. Sie fragte etwas zu kritisch nach, mir gingen indes die Antworten aus. Schließlich zog ich mich aus der Affäre, indem ich meiner besten Freundin beschied, dass ich wirklich hundemüde sei.

»Na dann, Similein«, meinte Lotte gönnerhaft, »wünsche ich dir eine traumhaft schöne Nacht. Und denk daran, du musst Schlaf nach- aber auch vorholen.«

Mit einem wohligen Seufzer ließ ich mich wenig später ins wohltemperierte Badewasser gleiten. Ich hatte mir wie üblich ein Buch mitgenommen, doch ich konnte mich nicht auf die Wörter konzentrieren, die bei jedem erneuten Versuch, sie zu entziffern, sinnloser zu werden schienen.

Meine Gedanken kreisten unablässig um Bettina, ich spielte das Wochenende bestimmt zum hundertsten Mal Minute um Minute vor meinem inneren Auge ab.

O ja, ich hatte nicht übertrieben, das Wochenende war von dem Moment an, in dem mir Bettina ihre Liebe gestanden hatte, wunderschön und unbeschreiblich gewesen. Den Wermutstropfen der bevorstehenden, einsamen Nacht blendete ich aus. Bald schon konnte ich meine Liebste wieder in die Arme schließen – und ich würde es mit so viel Zärtlichkeit tun, dass sich diese nie wieder würde aus meinen Armen lösen können.

»Ich wusste nicht, dass man das jetzt auch schon im Abo bekommt«, knurrte Romana am Montagmorgen.

Wir hatten nach einem »Guten Morgen« nicht mehr miteinander gesprochen, jede war vertieft in ihre Arbeit. Mir wurde alle paar Sekunden bewusst, dass ich Bettina bald sehen würde. Welche Rolle konnte es da schon spielen, dass das Wetter miserabel und die Laune meiner Kollegin unausstehlich waren? Mich ließ heute alles kalt, die ganze Welt konnte mir gestohlen bleiben, wenn ich nur meine Bettina bald wiedersehen und berühren durfte.

»Was kriegt man im Abo?«, fragte ich nun aber doch mit Verspätung.

»Na, das Grinsen, das du heute schon die ganze Zeit spazieren führst«, antwortete Romana unwillig.

»Oh, das ist mir nicht aufgefallen. Mir geht's halt gut, das soll schon mal vorkommen«, erwiderte ich.

Was sollte das denn? Wollte Romana, dass ich eine ebenso miesepetrige Laune an den Tag legte wie sie?

»Schön für dich«, meinte meine Bürokollegin keineswegs

fröhlicher.

Sie vergrub sich wieder in ihren Unterlagen. Das kurze Gespräch war somit beendet, was mir endlich wieder die Möglichkeit gab, mich um die wirklich wichtigen Dinge zu kümmern, also um endlich wieder von Bettina und unserem Wiedersehen zu träumen.

Die erste Gelegenheit, das Büro zu verlassen, nutzte ich. Da es das erste Mal war, dass Bettina meine Wohnung betreten würde, wollte ich diese natürlich auf besonders gemütlich trimmen. Ungeduldig wechselte ich im Bus dauernd das Standbein. Es hätte genügend Platz gehabt, um mich zu setzen, doch das hielt ich nicht aus. Ich stand unter Strom, wollte endlich tätig werden, fast den ganzen Tag hatte ich mit Büroarbeit verschwendet.

Glücklicherweise blieb mir noch eine Stunde, bis Bettina eintreffen würde. Ich rauschte mit Wischmopp und Staubsauger durch die Wohnung, deckte schon mal den Tisch, verzichtete nicht auf Kerzen und Rosen und kleine, rote Plastikherzchen, die ich mir in einem Krimskramsladen gekauft hatte. Anschließend durchsuchte ich meine CD-Sammlung. Die Musik lief bald dezent im Hintergrund, sehr melodisch – wenn man genau hinhörte, konnte man gar die Texte verstehen, die allesamt von großer, romantischer Liebe handelten. Nachdem ich mit einer Duftkerze im Wohnzimmer für die richtige olfaktorische Stimmung gesorgt hatte, kümmerte ich mich um mein eigenes Erscheinungsbild. Eine kurze Dusche sorgte für Reinheit, Bodylotion mit Seidenextrakt für eine hoffentlich weiche Haut. Auf Make-up verzichtete ich, denn auch Bettina schien nichts von solchen Hilfsmittelchen zu halten.

Mein Schicksal kann kommen, dachte ich.

Da Bettina bisher zu unseren Verabredungen – wenn man das denn so nennen wollte – immer zu früh gekommen war, ging ich davon aus, dass sie vor dem angegebenen Zeitpunkt bei mir eintreffen würde. Da täuschte ich mich, wie ich bald feststellte.

Die Uhr zeigte schon halb sechs, doch von meiner Liebsten, die um fünf hatte da sein wollen, fehlte jede Spur. Meine SMS blieb unbeantwortet. Vielleicht steckte sie im Stau? Vielleicht hatten sich vor den Supermarktkassen lange Schlangen gebildet?

Ich schrieb noch eine SMS, doch auch da kam nichts zurück.

Schon sechs Uhr! Allmählich wuchs die Unruhe in mir. Wieso kam Bettina nicht? Und warum meldete sie sich nicht per Handy oder Telefon? Sie hatte doch alle Möglichkeiten, doch sie ließ mich völlig im Ungewissen. Meine Vorfreude, die mir den Tag versüßt hatte, wandelte sich in Sorge. Wenn Bettina etwas passiert war und sie sich gar nicht melden konnte? Würde ich es dann je erfahren?

Ehe ich ganz durchdrehte und begann, die Krankenhäuser der Stadt mit Anrufen zu bombardieren, klingelte es endlich an der Tür.

Ich öffnete mit heftig pochendem Herzen. Vor mir stand Bettina mit einem riesengroßen Strauß roter Rosen und einem strahlenden Lächeln, das alle Sorgen und negativen Gedanken zum Schweigen brachte.

»Endlich!«, seufzte ich erleichtert.

Ich zog Bettina in meine Arme. Dass ich mich dabei an den Dornen stach und auch die Nachbarschaft diese innige Begrüßungsszene mitbekommen konnte, war mir völlig egal.

Lachend löste sich Bettina von mir.

»Bist du immer so stürmisch?«, fragte sie.

»Nur wenn ich vor Sorge um meine Liebste fast verrückt geworden bin – und ich meine Süße seit Ewigkeiten nicht mehr gesehen habe«, informierte ich die Dunkelhaarige.

»Wie? Warum hast du dir Sorgen gemacht?«, wollte Bettina wissen.

Sie hatte inzwischen die Wohnung betreten und sah sich um. »Oh, schön! Meine Güte, du hast ja eine ausgeprägt romantische Ader«, kommentierte sie hörbar erstaunt.

Ihr gefiel, was sie sah, hörte und roch. Sie zog mich in ihre Arme und küsste mich mit so viel Zärtlichkeit, dass ich fast schon vergaß, was sie gefragt hatte.

»Lass uns die Einkäufe in die Küche bringen«, schlug ich vor.

Bettina hatte zwei große Tüten aus dem Supermarkt mitgebracht. Als ich mir den Inhalt anschaute, stieg in mir die Befürchtung auf, dass wir den ganzen Abend mit Kochen verbringen würden.

»Was war das jetzt mit den Sorgen?«, hakte Bettina nach.

Sie schnippelte bereits Gemüse, während ich einen Kochtopf mit Wasser aufsetzte.

»Wir waren doch um fünf verabredet. Als du dann nicht gekommen bist, hab ich dich per SMS versucht zu erreichen, doch du hast nicht darauf reagiert«, erklärte ich etwas beschämt. Mir kam plötzlich in den Sinn, dass die Dunkelhaarige meine SMS als Kontrolle verstehen könnte. So hatte ich sie sicher nicht gemeint.

»Du hast mir eine SMS geschickt? Das kann doch gar nicht sein«, meinte Bettina irritiert.

Sie wusch sich rasch die Hände, ging zu ihrer Jacke und suchte nach ihrem Handy.

»Wo ist dieses blöde Ding?«, hörte ich sie schimpfen.

Bettina kam mit zerknirschtem Gesichtsausdruck zurück in die Küche.

»Schatz, da ist wohl ein Fehler passiert. Ich habe dir noch eine Mail geschickt, dass ich erst noch zu einer kurzfristig anberaumten Besprechung müsse und darum erst später loskäme. Das Handy habe ich wohl im Büro liegengelassen – hoffe ich jedenfalls, denn es ist nicht in meiner Jacke«, erklärte sie.

»Schon okay«, beschwichtigte ich meine Liebste.

Möglicherweise hatte ich den PC schon ausgeschaltet, als Bettinas Mail kam.

»Du bist ja jetzt da, und alles ist gut.«

»Ja«, strahlte Bettina, »mehr als gut!«

Wir schafften es tatsächlich, zu kochen und zu essen, ohne uns dabei dauernd zu umarmen, zu streicheln oder zu küssen. Natürlich gab es immer wieder solche »Attacken«, schließlich mussten wir uns gegenseitig davon überzeugen, dass wir wirklich zusammen waren, dadurch dauerte das Abendessen ziemlich lange.

»Worauf hast du jetzt Lust?«, fragte ich, nachdem wir den Tisch abgeräumt hatten.

Bettina hatte es sich auf der Couch gemütlich gemacht. Sie blätterte in einer Zeitschrift, die auf dem Couchtisch gelegen hatte. Auch wenn meine Wohnung recht klein war, ich fand, Bettina würde perfekt in diese Räume passen.

»Das ist keine ernstgemeinte Frage«, konterte Bettina.

Das Glitzern in ihren graublauen Augen verriet mir, dass sie in Gedanken wohl schon den Raum gewechselt hatte.

»Sobald ich mich wieder einigermaßen bewegen kann – ich habe zu viel gegessen –, werde ich dich vernaschen, mein Bärchen«, drohte sie mir lachend.

»Immer gern«, gab ich salopp zurück, obwohl mein Herz bei Bettinas Worten einen Riesensatz gemacht hatte. »Ich stehe zur Verfügung. Der Nachtisch hat ja dem Menü eh noch gefehlt.«

»Komm mal her zu mir, du Kasper«, forderte mich Bettina auf.

Nur zu gern leistete ich dieser Bitte Folge. Bettina nahm mich in ihre Arme, begann mich ganz sanft zu küssen.

»Ich habe dich vermisst«, flüsterte sie.

Da sie ihre Küsse intensivierte, musste ich nicht antworten. Welch ein Glück, denn vermutlich hätte ich keinen Ton herausgebracht.

Bettinas Hände hatten sich unter meinen Pullover geschlichen. Sie berührten meine Haut, die sich erwärmte, unter ihrem Streicheln zu glühen begann. Bald fiel der Pullover zu Boden, Bettinas Bluse folgte, dann ihr BH. Atemlos betrachtete ich ihr Gesicht. Es war leicht gerötet, die Augen funkelten wie Kristalle. Mein Blick glitt über ihren Hals zu den Brüsten.

»Berühr mich! Deine Blicke machen mich verrückt«, sagte Bettina mit rauer Stimme.

Langsam, fast andächtig neigte ich meinen Kopf. Meine Lippen trafen die eine Brustwarze. Mit meiner Zunge streichelte ich sie, ließ sie wachsen, saugte die Brust in meinen Mund. Bettina stöhnte unterdrückt auf. Mit gleicher Zärtlichkeit verwöhnte ich nun auch die zweite Brust. Bettina begann, sich unruhig zu bewegen. Ihre Hände strichen über meinen Rücken, Fingernägel ritzten meine heiße Haut. Ihre Hände umfassten meinen Kopf, pressten ihn gegen ihren Oberkörper. Ich hörte ihr Herz schnell und laut schlagen.

»Liebe mich«, bat sie.

Dieser Aufforderung hätte es nicht bedurft, denn ich stand in Flammen und hätte gar nicht anders gekonnt, als sie tief und zärtlich zu lieben.

Langsam glitt ich an Bettina hinab. Ich öffnete ihre Hose,

strich sie ihr von den Beinen, bedeckte diese mit heißen Küssen.

Bettina lag da mit geschlossenen Augen. Sie genoss jede Berührung, jeden Kuss. Als ich mit meinen Fingern dem Saum ihres Slips entlangfuhr, zuckte sie zusammen. Fast im Zeitlupentempo befreite ich sie von diesem störenden Stück Stoff. Ich musste mich sehr beherrschen, um nicht gleich in die Nässe zwischen ihren Schenkeln einzutauchen, doch ich wollte jede Sekunde unseres Liebesspiels auskosten.

Ich robbte mich langsam, mit vielen ausgiebigen Kussunterbrechungen, wieder nach oben. Bettina hatte mich bereits erwartet. Ihr Kuss war Feuer und Leidenschaft. Sie verschlang mich fast, saugte sich an meinem Mund fest. Ihre Hände fuhren hinab zu meiner Hose, öffneten Knopf und Reißverschluss, glitten hinein.

»Ich will dich nackt«, keuchte meine Geliebte.

Diesen Wunsch erfüllte ich ihr mit Freude. Rasch zog ich mich aus, legte mich wieder auf Bettina, die mich mit offenen Armen erwartete.

»O ja«, stöhnte sie, als unsere Brüste aufeinandertrafen.

Bettinas Hand glitt zwischen uns, suchte sich den Weg zwischen meine Beine. Synchron begannen wir uns zu streicheln.

»Ich will dich«, keuchte Bettina.

Im nächsten Moment spürte ich ihre Finger, die tief in mich eindrangen. Ich stöhnte auf. Jedes Mal, wenn Bettina ihre Finger zurückzog, folgte ich ihnen. Ich nahm sie tief in mich auf, fing jeden Stoß auf, trieb sie an, sich schneller in mir zu bewegen.

Gleichzeitig glitten meine Finger in die warme Nässe zwischen Bettinas Beinen. Sie tasteten sich vor bis zu ihrem Eingang. Bettina war weit und mehr als bereit für mich. Meine Erregung stieg mit jedem Keuchen von Bettina. Sie kam mir entgegen, erhöhte ihrerseits den Rhythmus. Sie umklammerte mich mit ihren Beinen, stieß hart gegen meine Hand.

Plötzlich zuckte ich zusammen. Ich hatte mich auf meine Geliebte konzentriert und versucht, die eigene Lust beiseitezuschieben, doch jetzt rieben Bettinas Finger über meine harte Perle. Ich hatte das Gefühl zu explodieren, in einen Vulkan zu stürzen, in einem Meer aus Feuer und Farbe unterzugehen. Ich verlor nicht nur die Kontrolle über mich, ich verlor auch die Orientierung. Ich nahm noch wahr, wie Bettina schrie, wie sie sich unter mir aufbäumte, mich fast abwarf, dann überschwemmte mich ein gigantischer Orgasmus.

»Süße? Hörst du mich?« Bettinas Stimme drang wie durch Watte zu mir durch.

Ich spürte einen kühlen Luftzug. Bettina hatte sich ein wenig von mir gelöst. Verschwommen überlegte ich, wie sie das anstellte, denn schließlich hatte ich doch auf ihr gelegen. Ich schlug die Augen auf. Meine Überraschung war groß, als ich sah, dass wir auf dem Boden lagen.

Bettina lag neben mir und lächelte mich an.

»Na, mein Bärchen? Bist du wieder da?«, fragte sie liebevoll.

»Hm, ja«, antwortete ich mit einer Stimme, die von weit her zu kommen schien.

»Aber wieso liegen wir auf dem Boden?«, wollte ich wissen.

»Tja, nun ... also, wir waren ziemlich wild«, hob Bettina an. Sie errötete leicht, was ihr außerordentlich gut stand.

»Ich kann's nicht genau sagen, wie das passiert ist. Ich hatte ... einen Aussetzer ... du warst ... wow ... es war einfach ... unbeschreiblich.«

Bettina räusperte sich.

»Bequem finde ich das aber nicht gerade«, gestand sie.

Ich nickte zustimmend, denn der Boden war trotz Teppich hart und kalt.

»Im Bett wäre es bequemer«, lockte ich.

»Worauf warten wir noch«, kam prompt die Antwort.

Im nächsten Moment war Bettina auch schon aufgestanden und zog mich hoch – in ihre Arme. Auf dem Weg ins Schlafzimmer, den wir engumschlungen und mit etlichen Stopps zurücklegten – Küssen beim Gehen war immer schon etwas schwierig –, überlegte ich, dass ich wohl diese Nacht wenig Schlaf bekommen würde. Diese Aussicht erfreute und erregte mich gleichermaßen.

Ich erwachte mitten in der Nacht, nein, eigentlich war es schon früher Morgen. Vorsichtig löste ich mich aus Bettinas Armen. Sie grummelte etwas Unverständliches, schlief aber weiter. Leise tappte ich ins Wohnzimmer.

Auf dem Schreibtisch, der eher eine improvisierte Ablagefläche darstellte, fand ich schnell, was ich suchte. Aus rotem Papier schnitt ich ein großes Herz aus und beschriftete es mit »Der Schlüssel zu mir«. Ich fröstelte, denn ich hatte es versäumt, mir etwas überzuziehen. Mir wäre darum fast der Zweitschlüssel, den ich mitten in das Herz klebte, aus den Händen gefallen. Zufrieden mit dem Resultat meiner Bemühungen legte ich dieses auf Bettinas Platz auf dem Esstisch und schlich zurück ins Schlafzimmer.

Bettinas Körper wärmte mich. Glücklich und geborgen schlief ich bald wieder ein.

Viel zu früh klingelte der Wecker. Ich wollte nicht aufwachen, doch als Bettina sich über mich beugte und mich mit einem zärtlichen Kuss weckte, erwiderte ich ihn.

»Aufstehen, Bärchen«, hauchte sie mir ins Ohr.

Im nächsten Moment war sie auch schon außer Reichweite. Im Bad sang sie unbekümmert vor sich hin, während ich mich bemühte, meine Morgenmuffellaune zu entschärfen.

Ich hatte Kaffee gekocht und Brötchen aufgebacken, als meine Liebste endlich das Bad für mich freimachte.

»Schatz ... das ist so süß!«, empfing sie mich, als ich in die Küche kam.

Mit leuchtenden Augen hielt sie das Papierherz mit dem Schlüssel hoch.

Ihre Umarmung und der Kuss zeigten mir, dass sie sich wirklich darüber freute. Mir fiel ein Stein vom Herzen, denn ich hatte heute Morgen kurz den Gedanken gewälzt, dass ich vielleicht zu schnell einen Schritt zu weit gegangen sein könnte.

4

Die Tage vergingen viel zu schnell. Zwar leerte Bettina täglich ihren Briefkasten nach der Arbeit, sie versorgte auch ihre Pflanzen, von denen sie nach eigenen Angaben einen ganzen Dschungel voll hatte, mit genügend frischem Wasser und deckte sich mit den nötigen Kleidern zum Wechseln ein. Unser Leben spielte sich aber vornehmlich in meiner Wohnung ab.

Wir verbrachten die Abende mit Reden, Spielen, Fernsehen, Lesen – und Liebe. Manchmal war ich versucht, mich selbst zu kneifen, denn ich kam mir vor wie in einem wunderschönen Traum. Jeden Abend schlief ich in den Armen der wundervollsten Frau ein und wurde jeden Morgen von dieser zärtlich wachgeküsst. Dieses Leben gefiel mir ausnehmend gut, ich wollte nie wieder ein anderes.

Selbstredend kümmerte sich auch meine beste Freundin Lotte um mein seelisches Wohl. Täglich rief sie an und erkundigte sich nach dem Stand der Dinge. Sie freute sich mit mir, gönnte mir meine Liebe aufrichtig, dennoch stellte sie auch immer wieder unbequeme Fragen.

»Wie ist das nun mit der neuen Adresse, Simone? Tut sich da was?«, fragte sie nach ein paar Tagen.

»Dazu ist es noch viel zu früh, Lotte«, wiegelte ich ab. »Wir lernen uns doch erst gerade richtig kennen. Wir probieren aus, ob wir gemeinsam unter dem gleichen Dach miteinander klarkommen.«

»Ich weiß«, lenkte Lotte ein. »Mir fällt halt einfach auf, dass ihr immer bei dir seid. Du warst noch nie bei dieser Bettina.«

Wie das klang: »bei dieser Bettina«! Misstraute Lotte meiner Liebsten?

»Ich meine ... nun ja ... vielleicht hat sie ja was zu verbergen«, bestätigte Lotte meine Befürchtung.

»Quatsch! Was soll das jetzt? Bettina hat sicher keine Leichen im Keller«, fuhr ich Lotte unfreundlich an.

»Meine Wohnung ist praktischer von der Lage her. Da Bettina ein Auto hat, ist es für sie einfacher, zu ihrem Büro zu kommen, als wenn ich mir einen Weg suchen müsste von ihrer Wohnung aus. Sie wohnt doch ein Stück außerhalb, da fahren die Busse nicht so regelmäßig.«

Meine Argumente schienen zu überzeugen, Lotte ließ das Thema ruhen. Den kleinen Stachel Misstrauen aber hatte sie in meinem Herzen gepflanzt. Ich versuchte, ihn zu ignorieren.

Am Freitagabend hatten meine Liebste und ich uns auf der

Couch aneinandergekuschelt und schauten einträchtig einen historischen Film. Ich lag hinter Bettina, sodass ich ihr dichtes, dunkles Haar durchwuscheln konnte, was zu einer meiner Lieblingsbeschäftigungen beim gemeinsamen Fernsehen geworden war.

Irgendwie schien Bettina aber genau dies heute nicht zu genießen. Sie bewegte sich unruhig, wirkte abgelenkt. Wenn ich einen Kommentar zum Film abgab, kam lange keine Antwort und dann oft eine unpassende.

»Was ist denn los mit dir?«, fragte ich schließlich.

Ich stoppte die DVD und setzte mich aufrecht hin. Bettina war gezwungen, sich nun auch hinzusetzen und mich anzuschauen.

»Ich . . . also, die Sache ist die . . .«, druckste Bettina herum.

Aha, mein Gefühl hatte mich nicht getäuscht. Da war etwas im Busch, und wahrscheinlich würde es mir nicht gefallen, wenn ich wüsste, was.

»Am Wochenende . . .«, begann Bettina wieder.

Am Wochenende wollte ich mit ihr mal ein bisschen raus, einen ausgiebigen Waldspaziergang machen, vielleicht lecker essen gehen oder einen neuen Film im Kino ansehen.

»Ich habe versprochen, dieses Wochenende bei meinen Eltern zu verbringen«, rückte meine Lieblingsautorin endlich mit der Sprache heraus.

Puh! Es waren nur die Eltern! Ich hatte wesentlich Schlimmeres erwartet.

»Ich habe dir ja erzählt, dass sie sich sehr schwertun mit meiner Vorliebe für Frauen. Sie haben es inzwischen endlich akzeptiert, doch sie respektieren es nicht. Das heißt, die Frau an meiner Seite gehört nicht ins Bild, das sie von ihrer Tochter haben – und so soll es bleiben«, führte Bettina aus.

»Das bedeutet, du darfst wohl lesbisch sein, es aber nicht ausleben – oder wie?«, fragte ich nach.

Meine Familie hatte mein Lesbischsein am Rande mitbekommen, doch da der Kontakt zwischen uns eher sporadisch erfolgte, war es nie wirklich ein brennendes Thema. Hatte ich eine Freundin, war es einfach eine Freundin, niemand schien wissen zu wollen, wie das Verhältnis genau aussah.

»Ja, irgendwie so. Für sie ist Lesbischsein eine Art Krankheit, eine Gefühlsverwirrung, nicht von Gott gewollt«, erklärte Bettina ein. »Ich habe genügend Distanz zu meinem Elternhaus und lebe meine Gefühle aus, aber ich konfrontiere meine Eltern nicht damit. Ich will meine Ruhe haben, und damit wär's vorbei, würde ich darauf bestehen, dass sie meine Freundin als das akzeptierten, was sie ist, als meine Partnerin.«

»Im Klartext: Du fährst immer allein zu deinen Eltern, damit sie sich den Tatsachen nicht stellen müssen«, fasste ich zusammen.

Es verletzte mich unerwartet tief. Eigentlich hatte ich gedacht, dass ich es akzeptieren könnte, wenn Bettina mich nicht in ihre Familie einführte. Falsch gedacht! Es machte mir sogar ziemlich viel aus, wenn ich mir vorstellte, dass meine Freundin mich verleugnete, mich aus diesem Teil ihres Lebens ausschloss.

Vielleicht musste ich ihr aber auch einfach etwas mehr Zeit geben, um sich daran zu gewöhnen, überlegte ich. Wenn sie sicher war, dass wir zusammengehörten, dann würde sie eher den Mut haben, mich auch ihren Eltern vorzustellen. Unsere Beziehung musste noch wachsen, das war mir durchaus bewusst. Ob ich schon nach einer Woche ihren Eltern begegnen wollte, hatte ich mir noch gar nicht überlegt.

»Das klingt ziemlich hart, wenn du es so sagst«, wehrte sich Bettina.

»Wenn ich eine Beziehung habe, dann möchte ich natürlich, dass meine Eltern das akzeptieren. Ich glaube aber, dass die Chancen dafür eher schlecht stehen. Zu lange sind sie das, was sie sind. Außerdem haben sie von dir noch nie etwas gehört, Bärchen. Sie wären komplett überrumpelt, wenn ich jetzt da mit dir auftauchen würde.« Bettina seufzte. »Offen gestanden, ich befürchte, sie werden es nie wirklich annehmen, dass ich Frauen liebe. Für sie ist die Religion wichtiger als das Glück ihrer Tochter.«

Trotz meiner Verletzung konnte ich Bettinas Vorbehalte verstehen. Ich lenkte ein und erklärte meiner Liebsten, dass ich das nachvollziehen könne.

»Ich fahre morgen Früh und komme Sonntag am späten

Nachmittag zurück«, erklärte Bettina. »Vielleicht hast du dann Lust, mich zu sehen?« Die letzte Frage klang ungewohnt schüchtern.

»Natürlich will ich dich dann sehen«, beschied ich ihr im Brustton der Überzeugung. »Keine Frage! Ich werde dich wahnsinnig vermissen!«

»Du könntest ja ... also nur, wenn du magst ... das ist gar nicht so schwer ...«, begann Bettina zu stottern.

Was kam jetzt? Hatten wir die Sache noch nicht geklärt? Irritiert blickte ich in die graublauen Augen, die mir auswichen.

»Ich meine, du könntest mal zu mir kommen«, ließ sie die Katze aus dem Sack.

In Gedanken zeigte ich Lotte die gelbe Karte! Sie und ihre Theorien!

»Gern, ja ... sehr gern sogar!«, stimmte ich Bettinas Vorschlag freudig zu.

Mit der Aussicht auf einen Abend bei meiner Geliebten ließ sich die Zeit ohne sie wesentlich besser überleben, entschied ich.

Den Samstagmorgen verschlief ich zum großen Teil. Bettina hatte sich schon früh verabschiedet und mich dem einsamen Wochenende überlassen, das ich aber ausnützen wollte. Es blieben noch zwei Wochen bis Weihnachten, höchste Zeit also, sich um Geschenke für die Liebsten zu kümmern, vor allem um ein Geschenk für die Allerliebste.

Meine Schwester war eine sehr vorausschauende Person, darum hatte ich bereits im Oktober die Liste mit den Wünschen meines Neffen, meiner Nichten und meines Schwagers erhalten, nur was die persönlichen Wünsche meiner großen Schwester betraf, da war meine Kreativität gefragt.

Die Liste, die mein Bruder mir auf Anfrage hatte zukommen lassen, unterschied sich kaum von denjenigen anderer Jahre. Bei all den Büchern, Dokumentationsfilmen und Reiseführern konnte er bald ein eigenes Reisebüro eröffnen. Als Werbeslogan stellte ich mir etwas in der Art von »Profitieren Sie von den persönlichen Erfahrungen eines Globetrotters« vor.

Selbst die Ideen für Geschenke für meine Eltern und meine

beste Freundin waren schon geboren. Bei einem Bummel durch die Stadt wollte ich zudem noch für die eine oder andere Person in meinem engeren Umfeld etwas kaufen, vielleicht kam sogar Romana in den Genuss meiner Spendierlaune. Eigentlich hätte sie es nicht verdient, überlegte ich, als ich mir den letzten Schlaf unter der Dusche abspülte, denn in der vergangenen Woche hatte sie sich sehr unzugänglich, um nicht zu sagen abweisend verhalten. Je besser meine Laune war, umso schlechter wurde ihre. Sie schien mir mein Glück nicht zu gönnen, sie wollte noch nicht mal wissen, was denn der Grund für meine sonnige Laune war.

Was aber sollte ich meiner Herzallerliebsten schenken? Diese Frage trug ich nun schon seit ein paar Tagen mit mir herum. Sollte es etwas Großes, Spektakuläres sein? Das würde schon passen, schließlich war die Liebe zu ihr das Größte, was mir je passiert war. Ich befürchtete allerdings, dass ich mir nichts leisten konnte, was diesem Empfinden auch nur annähernd hätte Ausdruck verleihen können.

Es war wohl besser, wenn ich mich auf die Symbolik der kleinen Zeichen verließ.

Der Gedanke zählt, sagte ich mir, doch das half mir nicht weiter.

Ich könnte eine Geschichte schreiben, die unsere Liebe zum Inhalt hätte, nur für sie. Die Idee fand meine Zustimmung, doch der Zeitpunkt war noch nicht gekommen, sie in die Tat umzusetzen. Erst müsste sich diese Beziehung noch entwickeln.

Einen besonders herzlichen Schlüsselanhänger für den Schlüssel zu meiner Wohnung vielleicht? Duftkerzen? Bettina schien die meinen zu mögen. Ein Bärenfell? Ohne gemeinsame Wohnung – am besten mit offenem Kamin – machte das keinen Sinn. Einen Büchergutschein? Bettina hatte von sich behauptet, eine Leseratte zu sein, was ich noch nicht wirklich bestätigen konnte. Oder vielleicht doch ein Geschenk, von dem ich selbst auch profitieren würde: ein gemeinsames Wochenende an einer Destination ihrer Wahl?

Warum musste ich mich eigentlich entscheiden, überlegte ich, ich könnte doch alle Geschenke besorgen.

Ehe ich nach einem hastig verzehrten Frühstück die Wohnung

verließ, setzte ich die Waschmaschine in Betrieb. Schließlich war Samstag, das bedeutete, dass heute dem Haushalt mehr Aufmerksamkeit entgegengebracht werden musste als während der Arbeitswoche.

In der Stadt herrschte wie erwartet großes Gedränge. Ich störte mich nicht daran, denn ich wusste, wohin ich gehen musste, um die Artikel, die auf meiner Liste standen, zu bekommen. Die Menschen schienen ziemlich gestresst, doch ich hatte das Gefühl, als würde jemand vor mir hergehen, um mir den Weg freizumachen. Ich erhielt alles bis auf das Bärenfell, das ich aber aus praktischen Überlegungen von der Liste gestrichen hatte, ich wurde nett bedient, alles lief wie am Schnürchen, und bald schon lenkte ich die Wolke, auf der ich durch die Stadt geschwebt war, wieder heimwärts.

Erstaunt erkannte ich, dass ich doch sehr viel Zeit mit den Einkäufen verloren hatte. Bestimmt hätte ich nicht alles erledigen können, würde ich nicht jedes Geschenk selbst einpacken, denn ich erinnerte mich dumpf, dass vor den Einpacktischen unendlich lange Menschenschlangen gestanden hatten.

Die Wäsche war längst fertig, doch ich musste ja noch den wöchentlichen Wohnungsputz absolvieren, der diesmal ausgiebiger ausfiel. Ich ging davon aus, dass Bettina auch die nächste Zeit hier ein- und ausgehen würde, und da sollte alles sauber und staubfrei sein.

Bettina meldete sich in regelmäßigen Abständen von der Heimatfront. Sie schien nicht besonders glücklich zu sein und schrieb mir in ihren Kurznachrichten, dass sie mich vermisse. *Tja, hätte sie mich halt mitgenommen*, dachte ich nicht ganz ernsthaft.

Sie freue sich auf Sonntag, meinte sie. Da konnte ich ihr nur zustimmen. Ich freute mich sehr darauf, endlich ihre Wohnung zu betreten, zu sehen, wie sie lebte, mit welchen Dingen sie sich umgab – und ob sie wirklich so viele Bücher besaß, wie sie immer behauptete.

Was sollte ich mit dem Rest des Samstags anfangen? Lotte hatte gefragt, ob ich sie ins Kino begleiten würde, denn Tom – wie konnte es anders sein? – weilte mal wieder auf Geschäftsreise. Dazu verspürte ich nicht die geringste Lust. Ich hatte mir sowieso vorgenommen, dass der nächste Kinobesuch einer mit Bettina sein müsse.

Fernsehen lenkte mich nicht ab. Bettina fehlte auf meiner Couch, in meinen Armen, überall. Schließlich kramte ich die angefangene Geschichte hervor und versuchte, sie weiterzuschreiben. Sehr effektiv war ich nicht, doch immerhin brachte ich ein paar Gedanken zu Papier.

Mangels Alternativen ging ich schon sehr früh zu Bett. Ich wollte mich eben ins Reich der Träume beamen, als das Telefon im Wohnzimmer klingelte. Leise vor mich herschimpfend hob ich ab.

»Hi, mein Liebling«, begrüßte mich Bettina.

»Du?« Ich war sehr überrascht. »Schön, dich zu hören, mein Schatz.«

»Ich kann nur kurz reden, Bärchen«, informierte mich Bettina leise, »denn meine Eltern werden wohl bald schon wieder hier sein.«

»Hast du deine Eltern weggeschickt, um mit mir zu reden?«, fragte ich ungläubig.

Bettinas weiches Lachen drang an mein Ohr. Diese Frau machte mich einfach schwach. Ich musste sie weder ansehen noch anfassen, sie ging mir nur mit ihrer Stimme und vor allem mit ihrem Lachen unter die Haut.

»Nein, das nicht. Wir haben eine Einladung, meine Tante feiert ihren 60. Geburtstag. Jetzt sind meine Eltern losgefahren, um meine Oma, sie wohnt im Nachbardorf, abzuholen. Sie werden bald wieder da sein, denn schließlich ist es nur ein Fahrdienst, sie selbst nehmen am Fest nicht teil. Die Gelegenheit, einmal unbelauscht zu sein, konnte ich mir nicht entgehen lassen«, erklärte meine Liebste.

Seltsam, überlegte ich, *wieso fahren sie denn überhaupt dahin?*

Die Frage stellte ich nicht, irgendwie schien sie nicht zu passen, stattdessen antwortete ich Bettina nur auf den letzten Satz.

»Ja, da hast du vollkommen recht«, lachte ich. »Ich vermisse dich sehr, mein Schatz.«

»Ich dich auch, Bärchen, doch ich bin ja bald wieder da. Ich hätte nicht gedacht, dass mir jemand nach einem Tag schon so fehlen könnte«, gestand Bettina.

Wir bestätigten uns weitere fünf Minuten lang, dass das völlig verrückt sei. Außerdem waren wir ja erst seit einer Woche ein Paar, also konnten wir einander gar nicht so sehr vermissen. Wir bildeten uns das bestimmt nur ein! Aber es war so, aller Vernunft zum Trotz.

Viel zu bald verabschiedete sich Bettina wieder. Ich setzte meinen Plan, früh zu Bett zu gehen, in die Tat um und schlief auch wirklich sehr bald ein. Bestimmt träumte ich von Bettina, von ihrer Zärtlichkeit und unserer Liebe, nur leider konnte ich mich am Sonntag, als ich erwachte, nicht mehr daran erinnern.

Am Sonntag war ich völlig von der Rolle. Wann hatte ich mich das letzte Mal so sehr auf ein Wiedersehen mit einem Menschen gefreut? Und wann war ich das letzte Mal so nervös gewesen? Wie ich es schaffte, zu baden, ohne zu ertrinken, weiß ich nicht. Überhaupt erlebte ich den Tag wie durch eine Nebelwand.

Ich versuchte alles, um mich abzulenken und die Zeit irgendwie zu überbrücken. Wie eine vorbildliche Hausfrau putzte ich das Bad nochmals, holte die Wäsche, bügelte sie auch gleich. Dass ich nicht auch noch die Fenster putzte, lag nur an der Kälte. Bei den Minusgraden, die herrschten, wäre das Putzwasser eingefroren.

Der Versuch, an meiner Geschichte weiterzuschreiben, scheiterte kläglich, denn ich war in Gedanken immer bei Bettina. Diese hatte sich nur zweimal gemeldet. Ihre Eltern nahmen sie wohl ziemlich stark in Anspruch.

Alle zwei Minuten schaute ich zur Uhr und konnte nicht glauben, dass die Zeit so langsam zerrann. Ich versuchte es mit Musikhören, doch irgendwie ging mir jedes Geräusch auf die Nerven. Das Lesen funktionierte auch überhaupt nicht, denn ich verstand kein Wort von dem, was mir meine Augen ins Gehirn funkten.

Schließlich surfte ich ziellos im Internet. Ich erwischte mich dabei, wie ich immer wieder auf der Homepage von Bettinas Heimatstadt landete. Die Live-Kamera zeigte Bilder einer Kleinstadt ohne Besonderheiten, Menschen, die dick eingepackt über Plätze eilten und einen trüben Winterhimmel. So angestrengt ich die Szenerie auch beobachtete, Bettina konnte ich nicht entdecken.

Die Wetterseite klickte ich ebenfalls alle paar Minuten an. Waren die Straßenverhältnisse so, dass Bettina ohne Schwierigkeiten nach Hause fahren konnte? Wie stand es mit Staus? Bestimmt hundertmal vergewisserte ich mich, dass die Buslinie, die mich in Bettinas Stadtteil bringen sollte, auch sonntags fuhr.

In den wenigen lichten Momenten des Tages lachte ich über mich selbst. Ich führte mich wirklich auf wie ein Teenager, der das erste Mal verliebt war – aber so fühlte ich mich auch, das erste Mal wirklich verliebt.

Natürlich ging ich viel zu früh los zur Bushaltestelle. Ich fror die Viertelstunde, die ich in der Kälte warten musste, erbärmlich. Da nur wenige das Bedürfnis hatten, an einem Sonntagabend Bus zu fahren, war es auch im Gefährt selbst eher kühl.

Nach einer endlosen Fahrt mit unzähligen völlig überflüssigen Stopps erspähte ich endlich den Namen der Station, die mir Bettina aufgeschrieben hatte. Mit ihrem Lageplan bewaffnet, machte ich mich auf den Weg durch die mir noch unbekannten Straßen.

Mein Ziel stellte sich als schmuckes Mehrfamilienhaus heraus. Im schneebedeckten Garten lag ein vergessener Schlitten, der von einem Schneemann mit Handschuhen bewacht wurde. Die Erbauer des weißen Aufpassers hatten sich wohl um seine Gesundheit gesorgt, dachte ich belustigt, denn er trug auch einen bunten Schal und eine überdimensionale Mütze.

Mit heftig klopfendem Herzen betrat ich den schmalen Gehweg, der zur Haustür führte. Auf dem Klingelbrett entdeckte ich Bettinas Namen in der obersten Reihe. Musste das sein? Mit meinem aufgeregten Herzen und meinen weichen Knien sollte ich bis in den fünften Stock laufen?

Ich atmete dreimal tief durch, dann drückte ich auf die Klingel.

»Ja?«, fragte Bettina.

»Ich bin's«, erklärte ich und wollte meinen Namen nachliefern, denn immerhin gab es sehr viele »Ichs« auf der Welt. Aber da hörte ich schon das Summen des Türöffners.

Bestimmt lag es an den vielen Treppenstufen, die ich erklommen hatte – mein Herz klopfte mir bis zum Hals, als ich atemlos in der obersten Etage ankam. Die Tür zu Bettinas Wohnung stand einen Spaltbreit offen. Sehr aufmerksam, dachte ich, so musste ich mir die beiden anderen Wohnungseingänge gar nicht erst ansehen.

Tief durchatmen, befahl ich mir in Gedanken, doch dazu kam ich nicht mehr, denn in diesem Moment öffnete sich die Tür ganz. Bettina stand unter dem Türrahmen. Sie sagte nichts, sie strahlte mich nur an und streckte mir die Hand entgegen.

Ich flog in ihre Arme. Es war wie nach Hause kommen. Ihre Wärme zu spüren, verlieh mir das Gefühl der Unbesiegbarkeit.

»Komm rein«, bat Bettina nach unserer stürmischen Begrüßung, »und fühl dich daheim.«

Auf wackeligen Beinen betrat ich die geräumige Wohnung. Der Flur führte direkt in ein großzügig geschnittenes Wohnzimmer. Erstaunt riss ich die Augen auf, als ich die riesige Bücherwand erblickte. Bettina hatte nicht übertrieben, als sie behauptet hatte, viele Bücher zu besitzen.

Das Licht im Wohnzimmer war gedimmt. Auf dem Salontisch standen mehrere Kerzen, die einen sanften Schein verbreiteten. Neben dem Fernseher befand sich eine Pflanze, die mich an eine Agave erinnerte. Es war bei Weitem nicht das einzige Grün im Raum, überall fanden sich kleinere Pflanzen und solche mittlerer Größe. Die Couch war nicht einfach eine Couch, sondern eher schon eine einladende »Lümmellandschaft«. Ich stellte überrascht fest, dass es nichts in diesem Raum gab, das alle Aufmerksamkeit auf sich zog, alles schien sorgfältig austariert. Hier musste man sich einfach wohlfühlen.

Von Bettina war nichts zu sehen, als ich ihr meinen Eindruck mitteilen wollte. Sie hatte mich meinen Betrachtungen überlassen und war in die Küche gegangen. Auf dem Weg dahin kam ich am Bad und am Schlafzimmer vorbei. Da alle Türen offenstanden, riskierte ich einen neugierigen Blick in die Räume. Auch hier fiel mir das Gleichgewicht auf, das zwischen den Möbelstücken, Teppichen, Pflanzen und Bildern herrschte.

Am liebsten hätte ich mich auf das einladend große Bett gelegt und die ruhige, erholsame Atmosphäre des Raums einfach auf mich wirken lassen, doch Bettina rief nach mir.

Meine Liebste stand in der Küche. Bei ihrem Anblick musste ich mir das Lachen verkneifen, denn ich hatte sie noch nie in einer Kochschürze gesehen. Es wirkte sehr professionell – und irgendwie auch ein bisschen mütterlich. Bettina hatte den Anflug der Erheiterung in meinem Gesicht gesehen. Bestürzt blickte sie an sich herunter, dann lachte sie.

»Ich gebe zu, dass ich selten Schürzen trage, doch wenn ich ausgiebiger koche und nicht dazu komme, mich vorher umzuziehen, dann ist das eine praktische Sache«, erklärte sie.

Der festlich gedeckte Tisch zog nun meine Aufmerksamkeit auf sich. Mein Liebling stand mir in Sachen romantische Dekoration in nichts nach – von Rosen über Kerzen bis hin zu Herzchen war alles schön sorgfältig um die Teller und Gläser platziert.

»Bitte setz dich, Bärchen, das Essen ist fertig«, forderte mich Bettina auf. »Ich hoffe, du hast Hunger mitgebracht?«

»Ja, Liebling«, antwortete ich und trat zu ihr.

Vorsichtig nahm ich ihr die Salatschüssel aus der Hand, stellte sie auf den Tisch und zog Bettina in meine Arme. Mein Kuss fiel in der Tat sehr hungrig aus. Ich wollte sie spüren, ich wollte sie mit jeder Faser meines Körpers in mich aufnehmen.

Atemlos löste sich Bettina von mir. Sie schob mich ein paar Zentimeter von sich. Ihre Augen glänzten, ihr Gesicht war leicht gerötet.

»Das war eine sehr deutliche Antwort«, meinte sie leise, »und ich verspreche dir, ich werde auch diesen Hunger stillen. Jetzt lass uns aber erst essen, ehe alles kalt wird. Oder willst du, dass ich nach wenigen Minuten unter deinen Zärtlichkeiten entkräftet in Ohnmacht falle?«

»Auf keinen Fall«, erwiderte ich gespielt entsetzt. »Da müsste ich ja Mund-zu-Mund-Beatmung machen ...«

Das Essen war ausgezeichnet und die Stimmung sehr locker, als Bettina von ihrem Wochenende mit der Verwandtschaft erzählte. Wenn sie schwieg, konnten wir die erotische Spannung, die zwischen uns herrschte, fast knistern hören.

»Hast du dir die Wohnung eigentlich ganz angesehen«, fragte mein Schatz unvermittelt.

Ich nickte: »Wohnzimmer, Bad, Schlafzimmer mit einem

sehr großen Bett, Küche.«

»Dann fehlt noch der Arbeitsraum«, informierte mich Bettina.

»Du hast einen Arbeitsraum?«, fragte ich überrascht.

»Hm, ich brauche einen Raum, in dem ich ungestört schreiben kann, wo ich nicht abgelenkt bin durch irgendwelche Gegenstände – und auch nicht in Versuchung gerate, mich mit etwas anderem zu beschäftigen, wenn's mal gerade nicht so läuft«, erklärte Bettina. »Das ist übrigens auch der Grund, warum ich mir diese Wohnung vor zwei Jahren gemietet habe.«

Wieder nickte ich. »Es hat sicher Vorteile, wenn man einen eigenen Raum zum Schreiben hat«, bestätigte ich. »Dazu reicht es bei mir bisher noch nicht.«

Das wäre jetzt Bettinas Einsatz gewesen. Irgendwas in Richtung »wir könnten uns zusammen eine Wohnung suchen« hätte meiner Ansicht nach perfekt gepasst. Nichts dergleichen kam. Bettina studierte das Muster der Salatblätter auf ihrem Teller. Schließlich blickte sie mich an, nickte in Gedanken, aß die Salatblätter auf und erhob sich. Das Essen und das Gespräch waren gleichermaßen beendet.

»Was möchtest du jetzt tun?«, fragte mich meine Lieblingsautorin, nachdem sie den Tisch abgeräumt hatte.

Ich runzelte die Stirn. Hatte ich das nicht schon vor dem Essen deutlich gemacht?

»Ich meine ... also, nicht dass du denkst ... du könntest ... auch Musik hören wollen ... oder ... ich weiß nicht ... meine Bücher anschauen ... ich will nicht, dass du meinst ... aber natürlich können wir auch ...«, stammelte Bettina plötzlich ziemlich verlegen und zusammenhanglos.

»Red Klartext, Schatz, ich versteh kein Wort«, forderte ich.

»Sag mir einfach, was du willst«, antwortete Bettina ausweichend.

Ich brauchte nicht zu überlegen: »Ich will dich! Dich, dich und nochmals dich! Ganz und gar!«

Erleichtert lächelte mich Bettina an. »Gut! Dann treffen sich unsere Wünsche!«

»Und warum hast du dann vorhin so rumgestottert?«, hakte ich nach.

Wieder errötete meine Liebste: »Nun ja ... wenn ich dir jetzt gesagt hätte, dass ich vor Sehnsucht nach dir fast durchdrehe, dass ich dich spüren will, dass ich dich spüren muss, dann hättest du womöglich gedacht, ich wolle nur das eine ... du verstehst?«

»Das denkst du nicht wirklich«, widersprach ich überrascht. »Wenn dem nämlich so wäre, müsstest du ja das Gleiche von mir annehmen!«

Bettina antwortete nicht mehr. Sie trat zu mir, zog mich vom Stuhl hoch, küsste mich mit brennender Leidenschaft. Ihre Hände schob sie unter meinen Pullover, öffnete den BH, strich nach vorn über meine Brüste.

Meine Beine drohten einzuknicken. Ich keuchte. Das Tempo, das meine Geliebte anschlug, war in der Tat atemberaubend.

Sie zog mich aus der Küche in den Flur, hörte nicht auf, mich zu streicheln, mich zu küssen, mich immer hilfloser werden zu lassen. Eine Hand schob sie hinten in meine Jeans, zog mich weiter in Richtung Schlafzimmer. Da angekommen, verpasste sie mir einen leichten Stoß, sodass ich nach hinten auf das Bett fiel. Ich war noch nicht ganz auf der Matratze gelandet, lag Bettina auch schon auf mir. Wie sehr hatte ich mich nach ihren Küssen, nach ihren Zärtlichkeiten und nach ihrem Körper auf meinem gesehnt!

Bettina hielt ihr Versprechen. Sie stillte meinen Hunger – immer und immer wieder, bis wir engumschlungen, satt und erschöpft einschliefen.

»Bärchen, aufwachen!« Die Stimme war hartnäckig. Ich rollte mich auf die andere Seite, doch die Stimme folgte mir.

»Die Arbeit ruft«, hauchte sie mir ins Ohr.

»Ich bin taub«, knurrte ich.

Jetzt schon aufstehen? Bestimmt war noch nicht Morgen, das konnte gar nicht sein, denn ich fühlte mich völlig unausgeschlafen.

»Der Kaffee ist fertig«, flüsterte die Stimme. Sie wurde jetzt unterstützt von zärtlichen Lippen, die über mein Gesicht strichen.

»Hm«, seufzte ich. Ich griff nach meiner Geliebten, die mich so liebevoll weckte, doch sie entzog sich meinen Händen.

»Bitte, Bärchen, steh auf. Wir kommen sonst zu spät zur Arbeit«, forderte sie mich aus sicherer Distanz auf.

Bettina schien schon fit und munter, sie stand unter der Tür und lächelte mich an. Offenbar war sie bereits länger wach, denn sie hatte die Morgentoilette hinter sich gebracht und war auch schon ausgehfertig angezogen.

Mir blieb wohl keine andere Wahl. Immer noch ziemlich brummig schälte ich mich aus den Laken und tappte ins Bad. Etwas erfrischt, wenngleich noch nicht wach, folgte ich dem Kaffeeduft, der deutlich wahrnehmbar aus der Küche kam.

»Oh! Was ist das denn?«, entfuhr es mir überrascht, als ich die Küche betrat.

Neben der Kaffeetasse, »meiner« Kaffeetasse, saß ein dunkelbrauner, knuddeliger Plüschteddy. In seinen Händen hielt er ein rotes Herz – und an diesem roten Herz war ein Schlüssel befestigt.

»Dein Schlüssel, Bärchen«, informierte mich Bettina lächelnd.

»Ach, und den Bären krieg ich, weil du mich immer so nennst?«, fragte ich.

»Hm ... ja ... ich fand ihn halt einfach süß. Er erinnerte mich irgendwie an dich«, erklärte sie.

Das musste ich genauer wissen, darum bohrte ich nach.

Während wir frühstückten, das bedeutete, wir tranken eine Tasse Kaffee und löffelten einen Joghurt, erfuhr ich Neues über mein Wesen.

»Du hast gewisse Ähnlichkeiten mit einem Bären: Du wirkst sehr stark, doch auch gemütlich, du bist vor allem morgens eher brummig, aber immer auch knuddelig. Am liebsten würde ich den ganzen Tag in deinen Armen liegen und mit dir kuscheln«, schloss Bettina.

»Hm ... ich ... hätte gar nichts dagegen, wenn du den ganzen Tag in meinen Armen liegen würdest«, beschied ich ihr.

Bettina lachte ihr perlendes Lachen, das mir wie immer direkt ins Herz fuhr. Sie schüttelte den Kopf und forderte mich auf, mich ein bisschen zu beeilen.

Das wird wohl nichts mit dem Kuscheln, dachte ich, doch das hatte ich auch gar nicht erwartet, dazu schien meine Liebste viel zu verantwortungsbewusst. Unvorstellbar, dass sie einfach einen Tag blaumachen würde. Sie war der Typ Mensch, der erst halbtot sein und mindestens vierzig Grad Fieber haben musste, ehe er sich für einen Tag ins Bett legte.

Bettina brachte mich zur U-Bahn-Station. Dort trennten sich unsere Wege. Sie fuhr mit dem Auto weiter nach Osten, während ich mich nach Norden bringen ließ. Wie üblich war ich die Erste im Büro, was mich aufgrund des längeren Arbeitsweges überraschte.

Der Tag verlief ohne besondere Vorkommnisse. An Romanas schlechte Laune hatte ich mich bereits gewöhnt, sie fiel mir nicht weiter auf.

Immer wieder ertappte ich mich dabei, wie ich den Bildschirm anlächelte, im Toilettenspiegel erkannte ich mich fast nicht wieder, denn da strahlte mich ein glückliches Gesicht an.

Was Verliebtsein so alles bewirkt, dachte ich lächelnd.

Über Wolken gehen? Kein Problem! Mit dem Herzen sehen? Natürlich, womit denn sonst? Das Leben ist ein Fest? Aber sicher!

Ich hätte den ganzen Tag singen können, durch die Gänge tanzen und wildfremde Menschen mit meinen Lebensweisheiten beglücken.

Dass ich es nicht tat, lag an der Fülle der Arbeit, die sich auf meinem Schreibtisch stapelte. Zudem zweifelte ich daran, dass meine Euphorie auf großes Verständnis gestoßen wäre.

Alle befanden sich im Vorweihnachtsstress, das trübe Wetter – statt Schnee fiel seit Tagen nur noch Regen – drückte auf die Stimmung, und dass kein Weihnachtsgeld ausbezahlt wurde – Sparmaßnahme nannte das die Führungsetage –, hob die Laune auch nicht besonders.

Mir war das alles egal. Ich schwebte durch diesen Montag, ich schwebte auch am Dienstag und an all den folgenden Tagen. Da Bettina und ich uns erst jeweils am Nachmittag entschieden, bei wem wir den Abend verbringen würden, kam ich mir vor wie eine Abenteurerin im Miniformat, immer gerüstet auf das Unvorhergesehene.

Die Zeit verging in meinem Glückstaumel viel zu schnell. Als meine Schwester anrief und von mir wissen wollte, wann ich denn bei ihrer Familie auftauchen würde, musste ich angestrengt überlegen, bis ich darauf kam, was sie meinte. Weihnachten!

Natürlich musste ich als pflichtbewusste Tante meiner Familie die Aufwartung machen. Aber wann?

Ich hatte mit Bettina nie über Weihnachten gesprochen, wir hatten noch keine gemeinsamen Pläne für die Festtage gemacht. Ich wusste nicht, wie und wo sie üblicherweise diese Zeit verbrachte. Mir wurde plötzlich bewusst, dass ich, was ihre Familie betraf, über ein eher rudimentäres Wissen verfügte.

Eines Abends, es waren noch vier Tage bis zum Fest der Liebe, sprach ich meine Geliebte auf ihre Weihnachtspläne an. Wir saßen gemütlich auf der Couch, diesmal in ihrer Wohnung, jede mit einem Buch in der Hand.

»Liebling, was machen wir eigentlich Weihnachten?«, fragte ich einleitend.

»Weihnachten?« Fragend hob Bettina den Kopf. »Ach ja, das ist ja bald. Keine Ahnung, ich habe noch nicht darüber nachgedacht.«

»Nicht? Aber Schatz, das ist unser erstes gemeinsames Weihnachten«, insistierte ich.

»Hm, ich dachte, du bist bei deiner Schwester«, wich Bettina aus.

Was sollte das werden? Sämtliche Antennen in mir gingen auf Empfang. Hatte ich in meinem Liebesglück etwas verpasst?

»Ich werde meine Schwester besuchen, ja«, erklärte ich, »aber das muss nicht an Heiligabend oder Weihnachten sein. Ich kann auch am 26. oder 27. hinfahren.«

»Okay«, erwiderte Bettina knapp.

»Was: okay? Was heißt okay?« Meine Unruhe wuchs. Wieso verhielt sich Bettina so desinteressiert?

»Wenn du später fährst, hätten wir die beiden Tage, die ich frei habe, für uns«, meinte Bettina.

»Du musst arbeiten zwischen Weihnachten und Neujahr?«, fragte ich fassungslos.

Bettina nickte nur und vertiefte sich wieder in ihr Buch.

»Aber ... Schatz, ich wollte doch ... wieso hast du nichts gesagt?«, wollte ich wissen.

»Was wolltest du? Natürlich muss ich arbeiten, gestorben wird auch an Weihnachten, da noch häufiger als sonst.«

»Du magst Weihnachten nicht besonders«, stellte ich fest.

Bettina seufzte. Sie klappte das Buch zu und legte es auf den Glastisch.

»Das hat nichts mit mögen zu tun, Bärchen. Mir sagt das Fest nichts, es hat für mich keine Tradition. Ich habe dir erzählt, dass meine Eltern uns Kinder nach den strengen Regeln der Zeugen Jehovas erzogen haben. Zwar habe ich mich längst aus ihrem Einflussbereich verabschiedet, ich führe mein ganz eigenes Leben und lasse mir nichts mehr befehlen, doch meine Eltern gehören nach wie vor zu dieser Sekte«, erklärte mir Bettina jetzt.

Ja, überlegte ich, sie hatte mir wirklich erzählt, wie sie im Dunstkreis der Zeugen aufgewachsen war, wie einengend die Regeln gewesen waren, wie fanatisch aber ihre Eltern, vor allem ihre Mutter, genau diesen Regeln nachlebten. Sie fanden für alles, was geschah, eine Erklärung in der Bibel. Ihre Mutter konnte sich stundenlang darüber ereifern, dass die Welt so blind war und nicht erkannte, was man ihnen mit dem »Wachtturm«, der Zeitschrift der Zeugen Jehovas, an Wissen, an Fakten und an Prophezeiungen um die Ohren schlug.

»Sie ist zuerst Zeuge, dann erst Mensch«, hatte Bettina ihre Mutter beschrieben.

Mir war ein solcher religiöser Fanatismus fremd. Wir waren katholisch erzogen worden, doch man hatte uns immer die Freiheiten gelassen, die wir brauchten, um erwachsen zu werden. Bettina schien einen sehr viel schwierigeren Weg hinter sich zu haben, einen, der sie offensichtlich geprägt hatte.

Ich rutschte näher zu Bettina heran. Vorsichtig legte ich den Arm um sie. Da sie mich nicht abschüttelte, wagte ich es, sie behutsam an mich zu ziehen.

Bettina legte ihren Kopf an meine Schulter. Lange schwiegen wir.

»Weihnachten«, vernahm ich Bettinas Stimme. »Weißt du, wie alt ich war, als ich das erste Mal Weihnachten so erlebte, wie es für die meisten Menschen hier üblich ist?«

»Nein, das hast du mir nie erzählt«, gestand ich.

Bettina bewegte sich nicht. Ich wollte ein wenig von ihr abrücken, damit ich ihr Gesicht sehen konnte, doch sie hielt mich fest.

»Bitte bleib«, bat sie mich. »So fühle ich mich irgendwie ... sicher.«

Ihr Wunsch war mir Befehl. Meine Schulter begann zu schmerzen, doch ich rührte mich nicht, hielt meine Liebste im Arm und wartete darauf, dass sie mir ihre ganz persönliche Weihnachtsgeschichte erzählte.

Schließlich atmete sie hörbar ein und begann: »Meine Mutter war krank. Sehr krank. Ich war damals zwölf Jahre alt – und alles bereitete sich auf Weihnachten vor. Überall hingen diese kitschigen Engel und Sterne und Lichter. Nun gut, es ist ein paar Jahre her, inzwischen ist ja noch der amerikanische Santa dazugekommen.«

Bettina lächelte etwas gezwungen. »Ich hatte mich immer gefragt, was dieses Weihnachten eigentlich sei, denn von meinen Eltern hörte ich nur, dass es ein heidnisches Fest sei, genauso wie Silvester oder Ostern. Mir kam das damals seltsam vor, denn ich sah doch, wie sich alle darauf freuten, wie sich die Erwachsenen ins Zeug legten, wie Aufführungen einstudiert wurden, wie die Innenstadt aus den Nähten quoll. Aber natürlich war das alles von Satan gesteuert ...«

Bettina brach ab, sammelte sich und nahm das eigentliche Thema wieder auf. »Wie erwähnt, meiner Mutter ging es schlecht, so schlecht, dass sie im Krankenhaus gepflegt werden musste. Mein Vater arbeitete wie üblich über die Feiertage Schicht, mein kleiner Bruder und ich hatten Schulferien und sollten irgendwo untergebracht werden. Wenn immer möglich, sollten die Zeugen Jehovas den Kontakt zu Laien, zu Nichtgläubigen meiden. Dies war der Grund, warum uns mein Vater über die Festtage zu einer Familie bringen wollte, die auch zu den Zeugen gehörte. Mit zwölf Jahren macht man sich aber doch schon so seine eigenen Gedanken, beginnt vielleicht, nicht alles ungefragt hinzunehmen – jedenfalls war das bei mir so. Die Familie, die sich mein Vater ausgesucht hatte, war mir äußerst unsympathisch, ich misstraute ihnen, hatte ein ganz blödes Gefühl, wenn ich mir vorstellte, dass ich dort über eine Woche sein sollte. Vor allem der Mann war mir zuwider, richtig unheimlich. Obwohl er sich immer sehr freundlich gab, traute ich ihm nicht über den Weg.«

Bettina unterbrach ihre Erzählung. Sie schmiegte sich noch enger an mich.

»Wo war ich?«, fragte sie. Sie erwartete keine Antwort, denn sie nahm die Geschichte wieder auf.

»Ich wagte es, meinem Vater zu widersprechen, eigene Wünsche anzubringen. So etwas ist nicht gern gesehen in dieser hierarchisch straff durchorganisierten Gemeinschaft. Das war mir aber so was von egal. Ich wollte nicht zu dieser komischen Familie, ich wollte zu Hause bleiben. Meinem Vater hätte ich so ziemlich alles versprochen, wenn ich nur nicht wegmusste. Aber er blieb hart. Er hätte keine Zeit, könne sich nicht um uns kümmern, müsse arbeiten und dafür sorgen, dass meine Mutter im Krankenhaus richtig gepflegt würde.

Je nachdrücklicher er auf seiner Entscheidung bestand, umso hartnäckiger und panischer wurde meine Gegenwehr. Schließlich weinte und tobte ich. Als ich dann sozusagen als Höhepunkt damit drohte, wegzulaufen und nie wiederzukommen, gab mein Vater endlich nach und telefonierte mit seiner Schwester, meiner Tante. Die war natürlich sofort bereit, uns für die kurze Zeit aufzunehmen. Diese Tante – du erinnerst dich, sie hatte kürzlich Geburtstag – war stets so etwas wie mein Rettungsanker. Sie gehörte nicht zu den Zeugen und versuchte auch immer wieder, meinen Eltern die Augen zu öffnen.«

Wieder verfiel meine Liebste in Schweigen. Ihre Gedanken befanden sich auf einer Reise in die Vergangenheit, von der ich zwar einiges an Fakten kannte, doch die damit verbundenen Emotionen waren mir fremd.

»Stefan und ich platzten mitten in die Weihnachtsvorbereitungen. Meine Cousinen waren mit dem Schmücken des Baumes beschäftigt, während mein kleiner Cousin aus lauter Angst, etwas zu verpassen, ständig allen im Weg herumstand.

Meine Tante hatte sich nie darum gekümmert, was wir laut den Regeln der Zeugen durften oder nicht. Sie fragte uns, was wir tun wollten, was uns gefiel, wo wir dabei sein wollten. Sie zwang uns nie etwas auf, sondern überließ es uns, uns dafür oder dagegen zu entscheiden. Beides akzeptierte sie.

Natürlich war ich neugierig, ich wollte alles sehen, erleben, was Weihnachten für andere bedeutete. Wir besuchten einen, ähm, Familiengottesdienst. Vom ersten Moment an war ich fasziniert. All diese Lichter, die vielen Kerzen, die Lieder, die Menschen, die Wärme! Ich kam mir vor, als hätte ich ein Wunderland betreten.

Es gab da auch ein, wie sagt man, Weihnachtsspiel? Wie auch immer, jedenfalls führten Kinder die Weihnachtsgeschichte auf. Kannst du dir vorstellen, dass ich so etwas noch nie gesehen hatte?

Und immer wieder diese Musik. Ich glaube, das hat mich am meisten in den Bann gezogen. Sie schuf eine Atmosphäre, die mich vollkommen ergriff.

Der Rest ist schnell erzählt. Das Fest war wunderschön. Es gab Geschenke – auch für uns –, und wir sangen unter dem Weihnachtsbaum. Es war so völlig anders als alles, was ich kannte. Bei unseren Treffen, zu denen ich ja immer mitgenommen wurde, gab es nichts Derartiges. Da wurde zwar aus der Bibel vorgelesen, uns wurde erklärt, wie wir die Bibel verstehen müssen und was wir Nichtgläubigen antworten sollten, wenn sie uns vom rechten Weg abbringen wollten. Bei meiner Tante, da war alles ganz anders. Sie las auch aus der Bibel vor, aber ich hatte den Eindruck, dass das eine andere Bibel war.

Inzwischen weiß ich natürlich, dass die Zeugen Jehovas zwar die gleiche Bibel haben, sie jedoch streng nach ihren Ansichten auslegen, sodass es wirkt, als hätten sie eine eigene. Sie haben sich Interpretationen der Bibelstellen zusammengebastelt, die ihren Vorstellungen entsprechen und ihre Thesen stützen, mit denen sie missionieren.«

Das folgende Schweigen hätte ich gern gebrochen, denn es lastete wie ein schwarzer Schleier auf uns. Ich wagte es indes nicht, Bettina schien so in ihre Gedanken versunken, dass ich fürchtete, sie zu erschrecken, wenn ich etwas sagte.

Mit einem Ruck richtete sich Bettina plötzlich auf. Sie blickte mich an, versuchte ein Lächeln und schloss ihre Erzählung ab: »Dass mein Vater es zugelassen hatte, dass wir dieses heidnische

Fest mitfeiern durften, hat ihm öffentlichen Tadel von den Zeugen eingebracht. Mir war das natürlich völlig egal, denn ich hatte das Erlebnis tief in mir eingeschlossen, das konnte mir niemand mehr nehmen oder im Nachhinein schlechtmachen. Ich hatte mir auch vorgenommen, dass ich nicht mehr alles glauben würde, was man mir an diesen Treffen als einzig richtige, als einzig seligmachende Wahrheit verkaufen wollte.

Bis ich mein nächstes Weihnachten feierte, vergingen aber mehr als zehn Jahre. Da war ich längst von zu Hause ausgezogen, hatte meine eigene Wohnung, mein eigenes Leben, meine eigene Lebensauffassung – und sogar meine eigene Liebe, die natürlich auch nicht ins Bild der Zeugen passte, was ich diesen aber selbstredend nicht auf die Nase band.

Auch wenn ich inzwischen Weihnachten kenne, ich habe keinen wirklichen Bezug dazu. Mir fehlt wohl einfach die kindliche Erfahrung, die emotionale Bindung an dieses Fest. Tut mir leid, Bärchen, für mich hat dieses Fest wohl nicht die Bedeutung wie für dich.«

Was sollte ich dazu sagen? Mir fiel nichts Passendes ein, also schwieg ich. In mir wuchs der Wunsch, für meine Liebste ein Weihnachten zu gestalten, das ihr als unvergesslich schön in Erinnerung bleiben würde. In Gedanken schmückte ich eine Blautanne, stellte überall Kerzen auf, suchte nach Rezepten für Weihnachtsplätzchen und türmte unter dem Weihnachtsbaum Geschenke in glänzendem Papier auf, während im Hintergrund leise Weihnachtsmusik klang.

»Mich schreckt dieser Konsumwahn vor Weihnachten ziemlich ab«, hörte ich Bettina plötzlich sagen.

»Konsumwahn?«, fragte ich irritiert.

Mit Konsum hatten meine Gedanken nur entfernt zu tun.

Bettina nickte. »Schau dir doch mal die Kaufhäuser an. Da bekommst du das Gefühl, wenn du nicht Hunderte von Euros für Geschenke ausgibst, gehörst du nicht dazu. Und immer dieses Gedudel im Hintergrund angefangen von *I'm dreaming of a white Christmas* bis hin zu *Jingle Bells*. Das kann man irgendwann doch nicht mehr hören.«

Der Hinweis war angekommen. Ich musste bei unserem ersten gemeinsamen Weihnachtsfest subtiler zu Werke gehen, um meine Lieblingsautorin nicht zu vergraulen. Manchmal war weniger wohl doch mehr. Ich begann also, in Gedanken meine Weihnachtsorganisation umzustellen.

So saßen wir, jede ihren Gedanken nachhängend, lange schweigend auf der Couch. Plötzlich spürte ich Bettinas Lippen an meinem Hals. Sie küssten sich hoch bis zu meinem Ohr. Bettina hauchte leise »Ich liebe dich!« hinein. Ein Schauer der Erregung jagte durch meinen Körper, fast hätte ich mich geschüttelt.

»Du machst mich schwach«, gestand ich leise. Ich zog sie enger an mich, küsste sie mit wachsender Leidenschaft.

Jetzt zählte nur noch der Augenblick, nur noch die Sehnsucht, die Lust. Jeder vernünftige Gedanke musste der Liebe weichen.

5

Zwei Tage später stand Bettina bereits in der Küche und wusch Salat, als ich bei ihr zu Hause eintraf. Als ich sie von hinten umfasste und in den Nacken küsste, zuckte sie heftig zusammen.

Sie drehte sich um, lächelte entschuldigend. »Du hast mich erschreckt, Bärchen. Ich habe dich nicht kommen hören«, erklärte sie.

In ihrer Stimme klang etwas mit, das mich irritierte. Ich musterte Bettinas Gesicht aufmerksam. War es nicht verschlossener als gewöhnlich? Und warum wichen ihre Augen meinem Blick aus?

»Liebling, was ist los?«, fragte ich vorsichtig.

»Nichts«, antwortete Bettina zu schnell. »Was sollte sein?«

»Ich weiß es nicht, darum frage ich. Und sag mir nicht, dass nichts ist, wenn du mir nicht in die Augen sehen kannst«, konterte ich.

Vielleicht war ich in gewissen Dingen naiv, aber ich war nicht blöd. Ich sah meiner Lieblingsautorin an, dass sie etwas beschäftigte.

»Ja, okay«, gab diese sich geschlagen. »Wir haben etwas zu besprechen, doch lass uns das während des Abendessens tun.«

Was Bettina an diesem Abend auf den Tisch zauberte – sie war eine ausgezeichnete Köchin –, weiß ich nicht mehr, denn ich versuchte, mich gegen alle möglichen und unmöglichen Gefahren zu wappnen. Dass das, was meine Liebste mir mitzuteilen gedachte, wahrscheinlich nicht besonders angenehm sein würde, schloss ich aus ihrer Schweigsamkeit. Sie setzte zwar mehrfach zum Sprechen an, schüttelte dann aber nur den Kopf und aß ruhig weiter.

Schließlich hielt ich die Spannung zwischen uns nicht mehr aus.

»Bitte rede mit mir«, flehte ich. »Was auch immer es ist, ich verspreche, gefasst zu bleiben.«

»Bärchen, es wird dir nicht gefallen«, schickte Bettina voraus.

Sie lehnte sich zurück und fixierte mich mit ihren graublauen Augen, die jetzt völlig unergründlich wirkten.

»Das werde ich dann schon selbst entscheiden. Sag mir endlich, was los ist«, forderte ich erneut.

»Die Sache ist die ... Nein, ich muss anders anfangen.« Bettina setzte sich aufrecht hin. »Wir wissen beide, dass wir unterschiedliche Vorstellungen und Erfahrungen haben, was Weihnachten betrifft. Für mich sind diese Tage einfach angenehm, weil ich dann frei habe, weiter haben sie keine besondere Bedeutung. Ich weiß aber, dass es für die meisten Menschen wichtig ist, dass sie in dieser Zeit«, Bettina stockte, ehe sie den Satz beendete, »nicht allein sind.«

Bis hierher konnte ich meiner Freundin problemlos folgen. Ich hatte ihr nichts von meinen Plänen erzählt. Für sie sollte Weihnachten dieses Jahr auch etwas ganz Besonderes werden – das war eigentlich das größte Geschenk, das ich für sie plante.

»Ich hatte ja eine langjährige Beziehung«, fuhr Bettina fort.

Ich riss überrascht die Augen auf. Was hatten irgendwelche abgelegte Beziehungen mit Weihnachten zu tun? Mir schwante Übles.

»Vor zwei Jahren habe ich mich von Linda getrennt. Es passte sehr vieles nicht mehr, vielleicht hatte es auch nie gepasst, und ich hatte es einfach nur sehr lange nicht wahrhaben wollen.

Dennoch, die gemeinsamen Jahre verbinden.

Linda hat heute angerufen. Ihr geht es nicht besonders gut. Nein, das ist untertrieben, ihr geht es ziemlich schlecht. Ihre derzeitige Partnerin hat mit ihr wohl das abgezogen, was sie mit mir gemacht hat. Nun steht sie vor einem Scherbenhaufen«, erzählte Bettina.

Sie sah mich nicht mehr an, sondern studierte ihre Hände.

»Was willst du mir sagen?«, fragte ich vorsichtig.

Wenn ich mit meiner Ahnung richtig lag, dann ... Nein, dachte ich, das konnte unmöglich sein, schließlich liebten wir uns!

»Bärchen ... du weißt, ich ... also, ich meine ... ich kann doch nicht ...«, stammelte Bettina hilflos. Sie trank einen Schluck Wasser, gab sich einen Ruck und knallte mir dann ihre Entscheidung auf den Tisch mit den Worten: »Linda wird vom 24. bis zum 26. bei mir sein. Ich kann sie nicht allein lassen in ihrer jetzigen Verfassung.«

Ich hielt mein Versprechen und blieb ganz ruhig. Ich konnte nicht anders, denn mir war, als hätte sich plötzlich eine meterdicke Eisschicht über mich gelegt. Ich spürte mein Herz nicht mehr schlagen, die Küche verschwamm vor meinen Augen.

»Bärchen, bitte versteh doch ...«, hörte ich Bettinas Stimme wie durch Watte.

»Ich verstehe, dass es dir wichtig ist, deiner Ex zu helfen.« Meine Stimme klang fremd, sie erinnerte mich an Blech.

»Ja, das ist mir wichtig. Wir haben schließlich eine gemeinsame Geschichte«, bestätigte Bettina hart.

»Ja, so ist das wohl.« Ich stand auf. »Viel Vergnügen wünsche ich dir«, brachte ich noch über die Lippen, ehe ich aus der Küche stürzte.

Ich hörte Bettinas Stimme hinter mir, doch ich verstand kein Wort von dem, was sie mir nachrief. Ich musste raus, nur weg von hier, so schnell wie es nur ging.

Fast wäre ich die Treppe runtergestürzt, die Eingangstür des Hauses ging erst nicht auf, denn ich drückte dagegen statt zu ziehen. Irgendwie schaffte ich es doch, aus dem Haus zu kommen.

Der einst so eindrückliche Schneemann hatte sich aufgrund

des vielen Regens in ein elendes Häufchen Matsch verwandelt. Als ich an ihm vorbeihastete, dachte ich, dass das wohl ein passendes Bild für mein Herz abgeben würde.

Mein Handy klingelte. Ich drückte den Anruf weg. An der Busstation wartete ich ungeduldig, hielt es schließlich nicht mehr aus und rannte weiter bis zur nächsten Station, wo ich den Bus eben noch knapp erwischte.

Mein Handy klingelte wieder. Ich schaltete es aus. Es gab nichts mehr zu sagen. Bettina wusste doch, dass mir dieses Weihnachten mit ihr ungeheuer viel bedeutete, und was machte sie? Wie konnte sie sich nach zwei Jahren noch immer verantwortlich fühlen für ihre Ex? Wieso war diese Frau wichtiger als ich? Linda! Sie kam an erster Stelle, nicht Simone!

Zu Hause warf ich die Jacke auf den Boden, die Schuhe schleuderte ich in die Ecke. Ich war wütend und tief verletzt.

Das Telefon klingelte. Klar, das hatte ich erwartet. Aber ich konnte jetzt nicht mit Bettina reden. Ich würde ihr Dinge sagen, die sie verletzen würden, die ich wahrscheinlich später auch bereuen würde.

Der Anrufbeantworter sprang an.

»Bärchen, Liebling, bitte geh ran! Ich weiß doch, dass du da bist. Bitte, lass uns darüber reden«, vernahm ich Bettinas Stimme.

Irgendwann vielleicht, dachte ich, *aber nicht jetzt, jetzt geht einfach nicht.*

Ich musste mich beruhigen – so aufgewühlt, wie ich war, stellte ich eine Gefahr für mich und meine nicht anwesenden Mitmenschen dar.

Zwar klingelte das Telefon in immer kürzer werdenden Abständen, doch ich lag in der Badewanne und kümmerte mich nicht darum. Irgendwann verstummte das nervende Geräusch, worüber ich froh war, denn das Badewasser war inzwischen kalt geworden.

Die Zeit tröpfelte, sie zog sich dahin, die Nacht wollte nicht enden. Unruhig wälzte ich mich von einer Seite auf die andere, Schlaf fand ich kaum.

Erschlagen stand ich am anderen Morgen auf. Ich fühlte mich wie ein ausgespuckter Kaugummi. Ich schleppte mich zur Arbeit, konnte mich auf überhaupt gar nichts konzentrieren, fauchte meine Kollegin Romana an, als sie mir einen guten Morgen wünschte, verschüttete den Kaffee, verbrannte mir am zweiten die Zunge.

Da ich mich Bettinas Versuchen, mit mir telefonisch Kontakt aufzunehmen, widersetzte, schickte sie mir eine Mail. Ich las sie, doch da stand nichts, was meinen Schmerz gelindert hätte. Die Aussicht, dass ich früher zu meiner Schwester fahren könnte, erheiterte mich keineswegs, denn in dieser Verfassung stellte ich auch eine Zumutung für die Familie dar. Auch die Erinnerung an meine beste Freundin Lotte, die sicher mit mir Weihnachten feiern würde, war in meinen Augen völlig deplatziert. Lotte würde das Fest wie immer mit Tom verbringen. Am Weihnachtstag selbst waren sie zu ihren Familienbesuchen unterwegs. Ich würde nur stören, und das war das Letzte, was ich wollte.

Die Mail beantwortete ich nicht, auch die nächste und die übernächste ließ ich im Posteingang liegen. Bettina verstand ganz offensichtlich nicht, dass sie mich mit jedem Argument und jedem Versuch, mich zu beschwichtigen, nur noch mehr verletzte.

Ich liebte sie, sie behauptete, auch mich zu lieben, trotzdem ließ sie es zu, dass sich jemand zwischen uns drängte. Sie ließ mich allein, überließ mich meinem Schicksal, um sich um eine Frau zu kümmern, die sie hintergangen hatte. Spielte es eine Rolle, dass das Jahre zurücklag? Nein, entschied ich. Selbst wenn es erst gestern gewesen wäre, jetzt war ich ihre Partnerin, zumindest hatte ich das geglaubt.

Das Gute an der Zeit ist, dass sie immer vergeht, selbst dann, wenn man nicht daran glaubt. Sie ist dann zäh, länger, als wenn man glücklich ist, aber sie vergeht – und irgendwann ist der Tag überstanden.

Obwohl ich froh war, endlich aus dem Büro hinauszukommen, konnte ich mich nicht dazu überwinden, auf dem direkten Weg nach Hause zu fahren. Einerseits fürchtete ich, dass Bettina dort auf mich warten würde, andererseits fürchtete ich, dass sie genau das nicht tun würde.

Ziellos irrte ich in der Stadt herum. Ich betrat Kaufhäuser, um auf der anderen Seite wieder hinauszulaufen, ging in Geschäfte, um unter Menschen zu sein. Ich hörte keine Musik, und ich sah keine Lichter. Um mich herum schien alles dunkel, leer und kalt.

Als die Geschäfte ihre Türen schlossen, musste ich nach Hause fahren. Ich war durchfroren, todmüde und hungrig.

Die Treppen bis zu meiner Wohnung kamen mir endlos vor. Der Schlüssel passte nicht ins Schloss. Was ich auch versuchte, ich konnte die Tür nicht öffnen. Allmählich begann mein Gehirn zu arbeiten. Was war hier los?

Verunsichert schaute ich auf das Klingelschild. »Simone Mertens« stand da. Ich kontrollierte meinen Schlüsselbund. Auch da hatte ich mich nicht geirrt, ich hielt den richtigen Schlüssel in der Hand.

Warum konnte ich den nicht ins Schloss stecken? Hatte die Hausverwaltung die Schlösser ausgetauscht und das nicht gemeldet? Oder sie hatte informiert, und ich hatte es auf Wolke sieben, auf der ich geschwebt war, nicht mitbekommen?

Erneut versuchte ich, den Schlüssel ins Schloss zu stecken. Es ging nur ein paar Zentimeter. Ich rüttelte am Schlüssel, da knackte es, die Tür sprang auf – und Bettina stand vor mir. Bettina? Natürlich! Sie hatte ja einen Schlüssel, das war mir völlig entfallen.

»Endlich! Ich hab mir echt riesige Sorgen gemacht um dich«, brach es aus meiner Geliebten heraus. »Wo hast du so lange gesteckt? Wieso gehst du nicht ans Telefon? Warum bist du gestern einfach so abgehauen?«

»Darf ich reinkommen?«, antwortete ich mit einer Gegenfrage.

Ich erkannte an Bettinas Gesicht, dass sie geweint hatte. Ihr Sorge und nun ihre Erleichterung waren echt. Trotzdem wollte ich unsere Beziehung nicht im Treppenhaus mit ihr diskutieren.

»Oh . . . entschuldige . . . ja klar«, stammelte Bettina. Sie trat einen Schritt zur Seite und ließ mich eintreten.

Während ich Jacke und Schuhe auszog, ging sie in die Küche. Ich sah, dass sie bereits alles für das Abendessen bereitgemacht hatte. Jetzt roch ich es auch, es duftete ziemlich gut.

Da Bettina schon mal da war und ich mich ziemlich ausgelaugt fühlte, beschloss ich, einfach die Dinge auf mich zukommen zu lassen.

Bettina bewegte sich völlig selbstverständlich in der kleinen Wohnung, sie passte wirklich gut in diese kleinen Räume, dachte ich.

Wir setzten uns an den Tisch. Wortlos trug meine Freundin das Essen auf, ebenso wortlos begannen wir mit der Mahlzeit. Ich fing immer wieder Bettinas Blick auf. Er war fragend, ratlos, bittend, doch sie wagte es nicht, das Gespräch zu beginnen.

Der Tisch war bereits abgeräumt, wir saßen uns gegenüber und wussten beide, dass wir endlich miteinander reden mussten.

»Also«, begann ich schließlich, nachdem Bettina etliche Male zwar tief eingeatmet, dann aber doch geschwiegen hatte. »Du ziehst die Anwesenheit deiner Ex meiner vor. Du lässt dich von ihr als Seelentrösterin einspannen und schiebst mich auf die Seite. So jedenfalls sehe ich die Sache«, erklärte ich. Mir war bewusst, dass meine Worte sehr hart klangen, doch ich musste sie endlich loswerden.

Bettina riss erschrocken die Augen auf. »Bärchen, nein!«, wehrte sie ab. »So ist das sicher nicht. Du ahnst nicht, wie verzweifelt Linda ist. Ich habe einfach Angst, dass sie sich was antut, wenn jetzt niemand für sie da ist. Und sie hat niemanden.«

»Niemanden außer dich? Was ist das denn für ein Mensch? Niemand hat niemanden ... das kann ich mir nicht vorstellen. Außerdem könnte sie ja zu irgendeiner Party gehen, wo sich einsame Herzen treffen, von denen gibt's ja genug«, widersprach ich heftig.

»Was gibt's genug? Einsame Herzen oder Partys?«, fragte Bettina etwas aus dem Konzept gebracht.

»Beides«, antwortete ich knapp.

Merkte meine Liebste denn nicht, um was es mir wirklich ging?

Ich versuchte es noch einmal, diesmal deutlicher: »Schatz, Weihnachten ist nicht einfach irgendein Fest, es sind nicht einfach ein paar freie Tage. Für mich bedeutet Weihnachten wirklich sehr viel.

Ich habe mir die letzten Jahre, als ich ohne Beziehung dastand, immer gewünscht, mit einer Frau, die ich liebe, dieses Fest der Liebe, der Freude zu feiern. Es gibt kein Fest, das geeigneter wäre, um die Liebe zu feiern. Und du hast ja selbst gesagt, dass du mit zwölf Jahren diese ganz besondere Atmosphäre gespürt hast.«

Ich musste meine Kehle benetzen.

Bettina schwieg, also fuhr ich fort: »Du bist die Frau, die ich liebe. Ich möchte mit dir zusammen sein, auch und besonders an Weihnachten. Ich verstehe zwar, dass du deine Ex nicht hängenlassen willst, doch ich finde nicht, dass du für sie verantwortlich bist. Auch wenn für dich Weihnachten nicht den Stellenwert hat wie für mich . . . ich finde, meine Wünsche müssten über jenen deiner Ex stehen.«

Gewöhnlich bestach ich nicht durch die klare Formulierung meiner Wünsche. Im Gegenteil, ich ließ in der Regel den anderen den Vortritt. Ich selbst nahm mich nicht so wichtig, ich wartete einfach, bis ich an der Reihe war.

An diesem Abend warf ich die Regel über Bord. Ich hätte aus meinem Herzen eine Mördergrube gemacht, ich musste meine Bedürfnisse anbringen, denn sie schienen mir lebenswichtig. Weihnachten ohne die Frau, die ich liebte? Wie könnte ich das überstehen? Sie musste einsehen, dass sie mir das unmöglich zumuten konnte.

Bettina seufzte. Sie ließ sich reichlich Zeit mit ihrer Antwort.

Endlich sagte sie: »Okay, ich gebe zu, dass Weihnachten etwas Besonderes ist, weil die meisten ein riesiges Aufheben darum machen. Aber im Grunde sind es eben doch nur zwei Tage, in denen andere feiern. Es ist nett, ihnen dabei zuzusehen, denn sie sind meistens friedlicher als sonst – wenigstens zu Beginn der Feiertage.«

Das klang überhaupt nicht nach den Worten, die ich hatte hören wollen. In mir machte sich ein unangenehmes Gefühl der Angst breit.

»Wie lange kennen wir uns?«, fragte Bettina ohne Zusammenhang.

Ehe ich antworten konnte – ich war mir nicht schlüssig, wo das »Kennen« begonnen hatte –, redete sie schon weiter. »Es sind erst ein paar Wochen, seit wir zusammen sind. Wir haben noch so viele Weihnachten und Ostern und was weiß ich vor uns. Es sind doch nur ein paar Tage, die wir nicht zusammen sein werden. Ich mach das wieder gut, ich versprech's dir. Bitte versteh, dass ich jetzt für Linda da sein muss. Das kommt nicht wieder vor.«

In mir stieg Bitterkeit auf. »Weiß diese Linda eigentlich, dass du nicht mehr solo bist?«, fragte ich bissig.

Bettina nickte.

»Und trotzdem belabert sie dich, dass sie Weihnachten mit dir zusammen sein kann? Die Frau hat absolut keinen Respekt vor unserer Beziehung!«, stellte ich wütend fest.

Wieso ließ Bettina das zu? Empfand sie vielleicht gar noch etwas für ihre Ex? Ich spürte, dass sich die Angst in mir zur Panik steigerte. Was, wenn sie ihre Ex im Bett trösten würde? Könnte sie mich betrügen? Wir waren uns immer einig gewesen, dass Treue für ein absolutes Muss in einer Beziehung ist, doch wie sah es aus, wenn die – ach so verzweifelte – Ex körperliche Nähe brauchte?

»Bärchen, sei nicht so hart zu Linda. Du kennst sie doch gar nicht. Sie braucht mich jetzt. Wie ich sagte, wir waren einige Jahre zusammen, sie musste auch für mich da sein, jetzt ist es an mir«, informierte mich Bettina.

Der Klang ihrer Stimme machte mir überdeutlich, dass es da nichts zu verhandeln gab. Für sie war es klar: Wenn ich sie liebte, dann ließ ich sie die Samariterin für Linda spielen. Lehnte ich mich dagegen auf, dann war ich ein selbstsüchtiges, egozentrisches Miststück, das sie nicht lieben könnte.

Spitze! Ich hatte die Wahl zwischen Einsamkeit und Einsamkeit.

»Zwei Tage?«, fragte ich vorsichtig.

Bettina bestätigte mit einem Kopfnicken.

»Dann sehen wir uns am 26., also nach Weihnachten«, sprach ich weiter.

»Dann fährst du zu deiner Schwester«, erinnerte mich Bettina.

Ich wollte Einspruch erheben, denn meinen Besuch konnte ich auch vor- oder nachverlegen, doch meine Freundin sprach schon weiter: »Außerdem weiß ich ja nicht sicher, ob Linda nicht vielleicht noch ein, zwei Tage länger bleiben möchte.«

Ich schluckte hart an diesem Kloß, der mir das Atmen fast unmöglich machte. Noch ein, zwei Tage? Hatte sie nicht gesagt, dass sie nur über Weihnachten bei Bettina wäre? Und Bettina musste nach Weihnachten wieder arbeiten, nistete sich Linda dann bei ihr ein? Würde sie überhaupt wieder gehen?

»Bärchen, das ist zwar nicht so toll, doch wir werden uns halt ein paar Tage nicht sehen. Wir überstehen das«, beruhigte mich Bettina.

Das war der Moment, in dem ich um die Eisschicht, die mich innerlich bedeckte, froh war. Ich hätte Bettina sonst wohl irgendwas an den Kopf geworfen, was sie wirklich verletzt hätte. So schwieg ich und nickte nur ergeben.

Meine beste Freundin fand deutliche Worte, als ich ihr gestand, dass Bettina Weihnachten nicht mit mir verbringen würde. Sie ließ sich von mir nicht überzeugen, obwohl ich mich nach Kräften bemühte, die edlen Motive meiner Geliebten hervorzuheben.

»Simi, das ist eine ganz miese Nummer, die diese Frau mit dir abzieht«, schimpfte sie. »Sie lässt dich Weihnachten sitzen, ausgerechnet Weihnachten! Das soll Liebe sein?«

Es half nichts, dass ich die Situation dieser Linda sehr dramatisch schilderte. Lotte blieb dabei, dass es keine Entschuldigung für Bettinas Verhalten gab. Ich beschied ihr schließlich, dass das eine Sache zwischen Bettina und mir sei und wir uns geeinigt hätten. Das entsprach zwar nur im Ansatz der Wahrheit, doch das wagte ich Lotte nicht zu sagen. Es verletzte mich, dass sie Bettina kritisierte, ihr Verhalten verurteilte.

Nach meinem Gespräch mit Lotte, das ich am Tag vor Heiligabend mit ihr geführt hatte, zog ich mich in meine Wohnung zurück. Ich wollte nichts mehr wissen von der Welt. Ich fühlte mich alleingelassen und von allen Seiten unverstanden. Meine Wohnung wurde zu meiner Burg, meiner uneinnehmbaren Festung, zu der ich niemandem Zutritt gewährte.

Weihnachten war traurig. Weihnachten war einsam. Weihnachten war ein wahrer Horror. Irgendwann hatte ich keine Tränen mehr. Nach Stunden, die ich mit alten Filmen verbracht hatte, von denen ich aber nichts mitbekam, hörte ich die Glocken der nahe gelegenen Kirche läuten.

Ich verkroch mich ins Bett. Nach wenigen Minuten stand ich wieder auf, um das Handy aus dem Wohnzimmer zu holen. Ich kontrollierte bestimmt ein Dutzend Mal, ob es auch wirklich eingeschaltet war, der Akku noch genügend aufgeladen und die Lautstärke aufs Maximum eingestellt war.

Ich versuchte zu schlafen. Nach einer Stunde gab ich auf und verließ mein Bett. Wie ein gefangenes Tier wanderte ich durch die Wohnung, die plötzlich viel zu klein und viel zu eng war.

Von Bettina hatte ich seit unserem gemeinsamen Abendessen nichts mehr gehört. Es schien, als hätte sie mich aus ihrem Leben gestrichen. Auf meine SMS reagierte sie ebenso wenig wie auf Mails. Anzurufen wagte ich nicht, da ich nicht wollte, dass die andere – die Ex – vielleicht ans Telefon ging. Auch an diesem Abend – besser gesagt, in dieser Nacht – blieben Handy und Telefon stumm.

Irgendwann begann die Nacht zu weichen. Auf grauen Pfoten schlich der Tag heran, er war trüb gestimmt und passte perfekt zu mir.

Morgens um sieben stand ich völlig übernächtigt in der Küche und prostete mir mit der Kaffeetasse zu: »Fröhliche Weihnachten, Bärchen!«

Es war so traurig, dass ich schon fast wieder lachen musste. Wer war ich denn, dass ich mir das schönste Fest des Jahres durch eine Ex verderben ließ? Ich neigte nicht zum Masochismus, eher zum Zynismus. Ich las mir in Gedanken die Leviten und befahl mir, etwas gegen diese depressive Stimmung, die mich seit Tagen im Griff hatte, zu unternehmen.

Kurzentschlossen packte ich meine Reisetasche für drei, vier Tage. Ich leistete mir ein Taxi zum Bahnhof – mit den Geschenken, die zum Teil ziemlich unförmig waren, hätte ich in den öffentlichen Verkehrsmitteln Schwierigkeiten gehabt.

Ich saß bereits im Zug, als ich meine Schwester per Handy über mein baldiges Eintreffen informierte und sie bat, meinen Schwager zum Bahnhof zu schicken.

Es klappte wie am Schnürchen, der Mann stand noch etwas unausgeschlafen am Gleis, als der Zug einfuhr. Das Hallo zur

Begrüßung, das die Kinder veranstalteten, ließ mich für einen Moment vergessen, warum ich geflüchtet war.

Meine Schwester versuchte herauszubekommen, warum ich meinen Besuch vorverlegt hatte und vor allem, warum ich nicht so besonders fröhlich gelaunt war. Sie akzeptierte es aber, als ich ihr zu verstehen gab, dass ich nicht darüber reden wollte.

Die Tage mit der Familie waren angefüllt mit Spielen, Spaziergängen im Schnee, mit Lachen und Singen und dem Feiern von Weihnachten. Es tat mir gut, von den Kindern in Beschlag genommen zu werden, sie lenkten mich ab, ließen mir keine Zeit zum Grübeln und vertrieben meine düsteren Gedanken.

Wenn ich abends die Couch im Gästezimmer auszog und zum Bett umfunktionierte, verflog die Hochstimmung. Dann prasselten die quälenden Gedanken auf mich ein, dann stiegen die verdrängten Fragen wieder an die Oberfläche.

Was Bettina wohl gerade machte? Wie es ihr ging? Und diese Linda, was tat sie? War sie noch bei meiner Freundin? War meine Freundin noch meine Freundin? Warum meldete sie sich nicht?

Die pausenlose Aktivität, welche die Kinder abwechslungsweise einforderten, führte jeweils zu einer angenehmen Müdigkeit. Ich konnte tatsächlich abends einschlafen und wachte nur selten vor dem Morgen auf.

Mit jedem Tag, den ich bei meiner Familie verbrachte, wuchs meine innere Unruhe. Da ich Bettina offensichtlich nicht erreichen konnte, begann ich mir allmählich auch Sorgen zu machen. Es hätte ihr etwas passieren können – ich hätte es nicht erfahren.

Am 28. hielt ich es nicht mehr aus. Ich wusste, dass Bettina arbeiten musste, spätestens jetzt hätte sie die Möglichkeit gehabt, mir zu schreiben, doch es kam kein Zeichen von ihr.

Am 29. brach ich meine Zelte ab. Ich fuhr mit einem seltsamen Gefühl im Bauch zurück. Durfte ich mich freuen, Bettina bald wiederzusehen? Musste ich darauf gefasst sein, dass Linda sich wirklich zwischen Bettina und mich gestellt hatte? Was erwartete mich?

Die Wohnung empfing mich so, wie ich sie verlassen hatte: leer und kalt.

Ich öffnete die Fenster, um die abgestandene Luft gegen frische, allerdings eiskalte auszutauschen. Die Reisetasche stellte ich ins Schlafzimmer und schaltete erst die Stereoanlage ein. Die Stille konnte ich jetzt nicht ertragen. Zu den rockigen Klängen von Bruce Springsteen sah ich die Post durch, zu den etwas sanfteren von Sheryl Crow begann ich Zeitung zu lesen.

Das Blinken des Anrufbeantworters konnte ich irgendwann nicht mehr ignorieren. Auch wenn ich wenig Lust verspürte, die Stimme meiner besten Freundin zu hören, sie hatte doch ein Recht darauf zu erfahren, dass ich wohlbehalten wieder zurückgekehrt war.

Ich hatte mich nicht getäuscht, Lotte erkundigte sich dreimal via Anrufbeantworter nach mir. Die anderen fünf aufgezeichneten Anrufe stammten von Bettina. Sie klang mit jedem Mal aufgeregter und besorgter.

»Bärchen«, begrüßte sie mich bei ihrem ersten Anruf, »es tut mir so leid, dass ich dir das antun musste. Da du nicht zu Hause bist, nehme ich an, du weilst bei deiner Familie. Darüber bin ich eigentlich froh, denn das lenkt dich bestimmt ab. Ich wollte dir nur sagen, dass ich dich liebe und jeden Augenblick an dich denke.«

Der zweite Anruf hatte ungefähr den gleichen Inhalt, beim dritten vermeinte ich bereits, etwas Besorgnis in der Stimme meiner Liebsten zu erkennen. Im vierten gestand mir Bettina, dass sie ihr Handy nicht mehr finden könne. Sie vermutete, es irgendwo liegengelassen zu haben.

»Bärchen, wie lange bist du denn noch weg?«, fragte meine Lieblingsautorin im fünften Anruf. »Ich vermisse dich so sehr. Mein Handy ist übrigens noch immer nicht aufgetaucht. So ein Mist! Bestimmt hast du mir die eine oder andere SMS geschrieben und fragst dich, warum ich nicht antworte. Und ausgerechnet jetzt verlier ich dieses blöde Ding. Du wirst wohl kaum die Möglichkeit haben, ins Internet zu gehen. Bitte melde dich, wenn du wieder da bist. Du fehlst mir!«

Die Worte meiner Liebsten ließen mich lächeln. Ich fühlte, wie mir innerlich warm wurde, wie die Erstarrung, die ich inzwischen gar nicht mehr wahrnahm, allmählich wich. Sie liebte mich, sie vermisste mich!

Da es erst kurz nach Mittag war, wählte ich die Nummer von Bettinas Büro. Sie meldete sich nach dem zweiten Klingeln.

»Endlich! Du hast dir ja ganz schön viel Zeit gelassen«, begrüßte mich die sanfte Stimme. Sie klang erleichtert, war aber ohne jeden Vorwurf.

»Ich habe dich auch vermisst«, erwiderte ich lachend.

Es tat so gut, Bettina zu hören. Ich konnte ihr Lächeln durchs Telefon hören.

»Darf ich bei dir vorbeikommen? Ich möchte dich sehen, Bärchen«, beschied mir meine Geliebte.

»Natürlich! Jederzeit, mein Schatz«, antwortete ich irritiert.

Bettina trug meinen Schlüssel mit sich herum, sie ging in meiner Wohnung ein und aus, als wäre sie hier zu Hause. Ich liebte diese Vorstellung. Aber jetzt fragte sie mich, ob ich sie sehen wollte. Nach den Tagen, die mir wie Jahre vorgekommen waren, gab es nichts, was ich mehr wollte, mehr brauchte.

»Es ist nicht viel los heute«, informierte mich Bettina, »also mach ich mich gleich auf den Weg.«

Bettina muss geflogen sein, dachte ich, denn schon eine halbe Stunde klingelte sie an der Tür. Kaum hatte ich sie geöffnet, lag meine Liebste auch schon in meinen Armen.

Nach einem atemlosen, langen Kuss voller Sehnsucht und Zärtlichkeit schob sie mich ein Stück von sich weg, um mich anzusehen. Sie strahlte mich an, lächelte dieses unvergleichliche Lächeln, das mich schmelzen ließ.

»Ich hätte nicht gedacht, dass ich dich so sehr vermissen könnte«, flüsterte sie.

Waren das Tränen, die in ihren graublauen Augen glänzten? Ich fühlte mich plötzlich sehr schwach. Meine Umarmung fiel sehr heftig aus, ich musste mich an Bettina festhalten, mich vergewissern, dass ich das nicht träumte, dass ich sie endlich wieder in meinen Armen hielt, dass der Albtraum vorüber war.

»Ich will dich lieben«, hauchte Bettina in mein Ohr.

Sie verlieh ihren Worten Nachdruck, indem sie begann, mich ganz zärtlich zu küssen. Erst bedeckte sie mein Gesicht mit Küssen, süß und sanft wie ein Lufthauch, dann trafen ihre Lippen die meinen. Die Sanftheit wich, Leidenschaft trat an ihre Stelle. Bettinas Zunge forderte Einlass in meinen Mund, den ich nur zu gern gewährte.

Meine Hände schoben sich unter Bettinas Jacke, unter ihren Pullover, endlich berührten sie warme, weiche Haut. Ein Adrenalinstoß ließ mich erbeben.

Wir unterbrachen den Kuss nicht, als wir begannen, uns gegenseitig aus den hindernden Kleidungsstücken zu schälen. Jacke, Pullover, Schuhe, Jeans, Socken, T-Shirts, schließlich BH und Slip, Hänsel und Gretel hätten den Weg ins Schlafzimmer nicht deutlicher markieren können. Küssend, streichelnd und lachend ließen wir uns auf das Bett fallen.

Bettina lag auf mir, ließ ihre Hände und Lippen über meinen gespannten Körper wandern. Meine Haut schien sich unter ihren zärtlichen Berührungen zu erwärmen, zu dehnen. Ich vergrub meine Hände in ihrem dichten, dunklen Haar, überließ mich ganz ihren Wünschen. Die Welt um uns wurde still, es gab nur noch sie und mich. Mit geschlossenen Augen folgte ich den Spuren ihrer Leidenschaft, die sie auf meinen Brüsten, meinem Bauch, meinen Schenkeln hinterließ. Die Wärme wurde zur Hitze, die Feuchtigkeit zwischen meinen Beinen zur Nässe. Ich wollte, dass Bettina mich berührte, tief und heftig. Ich wollte sie mit jeder Faser in mir spüren.

Bettinas Bewegungen wurden immer langsamer, je näher sie der heißen Zone kam. Ich hielt die Spannung kaum mehr aus. Auffordernd öffnete ich meine Beine, lenkte Bettinas Kopf dazwischen.

»Du scheinst mich auch vermisst zu haben«, stellte Bettina mit rauer Stimme fest.

Ehe ich eine Antwort fand, spürte ich ihren Mund auf meinen Schamlippen. Ihre Hände massierten meine Brüste, während sie sacht mit ihrer Zunge zwischen meinen Beinen hindurch fuhr – immer und immer wieder.

Endlich spürte ich, wie sie zwischen die Lippen eindrang. Ich stöhnte auf. Bettina war gierig. Und sie war schnell. Nachdem sie mich mit ihrer Zärtlichkeit fast in den Wahnsinn getrieben hatte, trieb sie mich jetzt mit schnellen, kräftigen Zungenschlägen auf den Orgasmus zu. Ich explodierte mit einem Schrei, spürte, wie sich meine Geliebte auf mich schob, mich festhielt. Ihre Küsse weckten mich, sie waren erregend, hungrig, und sie schmeckten nach Leidenschaft und Sinnlichkeit.

Die Schatten im Zimmer wanderten. Wir lagen engumschlungen unter der Decke. Bettinas Kopf an meiner Schulter wurde schwer, meine Liebste döste mit einem Lächeln auf dem Gesicht in meinen Armen.

Auch ich fühlte mich müde, etwas verausgabt, doch ich wollte keine Sekunde mit Bettina verpassen, keinen Moment dieser Geborgenheit, dieses wunschlosen Glücks. Mit meinen Fingern zeichnete ich behutsam die entspannten, friedlichen Gesichtszüge meiner Liebsten nach. Ich fühlte mich ihr nahe, untrennbar mit ihr verbunden. Hatte mein Herz seine Heimat endlich gefunden?

Irgendwann musste ich wohl doch eingeschlafen sein. Ich erwachte, als kalte Luft unter meine Decke drang. Bettina lag nicht mehr in meinen Armen. Sie suchte ihre in der Wohnung verstreuten Kleidungsstücke zusammen und zog sich an.

»Willst du noch weg?«, fragte ich schlaftrunken.

»Ich muss nach Hause«, antwortete Bettina.

Das Bedauern in ihrer Stimme war nicht zu überhören.

»Was willst du denn da?«

Es gab wirklich keinen Grund für sie, mich jetzt zu verlassen.

»Schatz, du hast Zahnbürste und Pyjama bei mir, den Saft, den du am liebsten trinkst, habe ich auch da. Warum willst du gehen?«

»Ich bin schon spät dran, Bärchen. Linda wartet auf mich«, gestand Bettina.

Der Name traf mich wie ein Keulenschlag. Linda! Was suchte sie noch bei Bettina? Warum war sie nicht längst gegangen?

»Linda? Sie ist noch bei dir? Warum? Du sagtest doch, sie bleibe über Weihnachten. Zur Information – Weihnachten ist vorbei«, zischte ich.

»Du bist eifersüchtig«, stellte Bettina neutral fest. »Das ist nachvollziehbar, es besteht aber kein Grund dazu. Linda und ich haben viel geredet in den letzten Tagen. Zwischen uns ist nichts mehr, was dich beunruhigen müsste. Sie ist halt noch immer ziemlich durch den Wind. Ich bin die Einzige, der sie sich anvertrauen kann, darum muss ich für sie da sein. Wenn sie sich besser fühlt, wird sie gehen.«

Ich war mir nicht sicher, ob ich wütend, verletzt oder einfach nur maßlos enttäuscht war. Womöglich spielten all diese Gefühlslagen mit, als ich aus dem Bett sprang und mich vor Bettina aufbaute.

»Kann sein, dass ich eifersüchtig bin«, fauchte ich, »aber nicht nur. Ist dir je in den Sinn gekommen, dass ich dich vielleicht auch brauche? Dass ich dich vermisse? Dass ich auch mit dir reden will? Dass du mir fehlst? Dass diese Tage ohne dich für mich extrem schwierig waren?«

Bettina ließ die Pause, die ich zum Atemholen brauchte, ungenutzt verstreichen. Ihr Verhalten beruhigte mich nicht, im Gegenteil, es gab meinen Emotionen nur noch mehr Auftrieb.

»Was ist das denn für eine Beziehung?« Die Frage meinte ich rhetorisch. »Du lässt mich an Weihnachten allein, obwohl wir frischverliebt sind. Du spielst edle Ritterin bei deiner Ex und lässt mich hängen. Aber damit nicht genug: Du vertröstest mich, sagst, dass du nach dem Fest für mich da sein wirst. Schön, ich will deinem Edelmut ja nicht im Weg stehen, doch das ist zu viel, wenn du jetzt zu ihr gehst, wenn du ihr nicht sagst, dass sie in unserem Leben nichts zu suchen hat.«

Bettina machte einen Schritt auf mich zu, umfasste meine nackten Schultern. Ich spürte, wie ich zitterte. Ich wehrte mich nicht gegen die Umarmung, denn ich brauchte Bettinas Nähe wie die Luft zum Atmen. Aber ich brauchte mehr als heiße Leidenschaft, eine Umarmung und dann einen Abschiedskuss. Ich wollte Bettina ganz. Linda war eine Gefahr für unsere Liebe, sie nahm Bettinas Zeit in Anspruch, entfernte sie von mir, lud ihr ihre Sorgen auf.

»Bärchen, ich kann ihr jetzt nicht sagen, wie sehr ich dich liebe, das würde sie zu sehr verletzen«, sagte Bettina leise.

»Dann verletzt du lieber mich?« Ich konnte es nicht fassen.

Das Befinden ihrer Ex schien für Bettina wichtiger zu sein als meines.

»Nein, bitte, Bärchen, nein, so ist es nicht«, widersprach Bettina heftig.

Sie sah mir offen ins Gesicht. In ihren Augen erkannte ich,

wie sie mit sich rang. Es fiel ihr offensichtlich nicht leicht, sich zu entscheiden.

»Auch als Freund hat man eine Verantwortung«, erklärte sie matt. »Ich weiß, dass du für Lotte auch da sein wolltest, wenn sie dich brauchen würde. Wir haben noch so viel Zeit vor uns, so viele Tage, Wochen, Monate und Jahre, die wir gemeinsam verbringen können. Wieso willst du Linda das wenige, das sie noch hat, nehmen? Sie steht nicht zwischen uns, Bärchen, glaub mir«, flehte Bettina.

Ich fror, ich war müde und enttäuscht. Vielleicht hatte Bettina ja recht, vielleicht war ich viel zu egoistisch. Ich löste mich aus der Umarmung, kroch zurück unter die wärmende Decke.

Bettina stand mit der Jacke in der Hand an der Schlafzimmertür. Sie wartete darauf, dass ich sie gehen ließ.

»Okay.« Dieses kleine Wort kostete mich unheimlich viel Kraft.

»Wie, okay?« Bettina stand noch immer an der Tür.

»Geh einfach«, sagte ich nur.

»Und was ist mit uns?« Ich konnte die Angst in Bettinas Stimme deutlich hören.

»Mit uns? Ich weiß es nicht, es ist deine Entscheidung«, antwortete ich.

»Nein, Schatz«, widersprach Bettina heftig. Sie kam zum Bett, setzte sich neben mich. Jetzt war ihr Gesicht ganz nah. Ihre Augen funkelten mich an. »Bring mich nicht zum Verzweifeln«, sagte sie leise. »Ich liebe dich! Ich liebe dich sehr! Ich will nicht, dass das vorbei ist, das kann gar nicht vorbei sein. Ich bitte dich doch nur um ein paar Tage. Lass mich nur noch ein paar Tage für Linda da sein.«

»Ein paar Tage«, machte ich verächtlich.

Das hatte ich doch schon mal gehört. Vor Weihnachten war das gewesen. Jetzt war eine Woche um, und diese Linda spukte noch immer in Bettinas Wohnung herum.

Ein paar Tage! Tag reihte sich an Tag, und Schwups, wer hätte das gedacht, schon war wieder eine Woche um.

»Ja, Schatz, nur noch ein paar Tage. Sie steht nicht zwischen uns, wenn du es nicht zulässt«, spielte mir Bettina den Ball zurück.

»Dann nimm dir die paar Tage.« Ich konnte die Worte kaum aussprechen, sie schnitten mir tief ins Herz.

»Es wäre wirklich wichtig für mich, Schatz«, wiederholte Bettina. »Vertrau mir bitte.«

»Ja, schon gut. Ich sagte doch, dass du dir die paar Tage nehmen sollst«, erwiderte ich müde. Musste sie das Messer nochmals in der offenen Wunde drehen? Wenn ich schon gezwungen war, zu warten, dann wollte ich sofort damit anfangen.

»Überzeugend klingt das nicht.« Bettina konnte es nicht lassen.

»Erwarte nicht, dass ich Freudensprünge vollführe, dass ich dir eine Medaille für deinen Edelmut umhänge. Ich gebe dir die Zeit, die du für Linda brauchst. Mehr kann ich nicht tun«, erklärte ich.

»Danke.« Bettina hauchte mir einen Kuss auf die Lippen, dann stand sie auf, winkte noch einmal von der Tür aus und verließ meine Wohnung.

Ich war wieder allein. Und ich war einsam. Wir hatten nicht vereinbart, wie lange ein paar Tage sein sollten.

Ich hätte mich ohrfeigen können, denn jetzt stand ich da, wo ich nie hatte sein wollen. Ich musste warten, befand mich in der Warteschleife auf unbestimmte Zeit. Vielleicht würde sich Bettina mal melden, sicher war das aber nicht. Ich vergrub mein Gesicht im Kissen und ließ meinen Tränen freien Lauf.

»Simone, du bist uns jederzeit willkommen, das weißt du doch«, sagte Lotte eindringlich.

Sie bearbeitete mich schon seit einigen Minuten, doch ich konnte mich nicht durchringen, die Einladung zur Silvesterparty anzunehmen.

»Ach Lotte, es ist ja lieb von dir. Aber ich passe da nicht rein, das wissen wir beide. Tom und seine Kollegen, alle mit Partnerin und alle in Abendgarderobe. Was will ich da? Das sind nicht meine Kreise.« Ich würde mich deplatziert fühlen – was bestimmt der richtige Eindruck wäre, entschied ich.

Lotte seufzte. »Dass man dich immer zu deinem Glück zwingen muss, Simi. Du bist stur wie ein Esel. Ist es wegen Bettina? Ich habe doch gesagt, du kannst sie mitbringen. Komm endlich mal raus aus deinem Bunker. Wann haben wir uns das letzte Mal gesehen? Wann das letzte Mal miteinander gesprochen?«

Sie ließ mir Zeit, um zu antworten. Ich war zu müde, um ihr diesen Gefallen zu erweisen, außerdem wusste ich es nicht genau.

»Ich kann's dir sagen«, durchbrach Lotte das Schweigen.

Sie nippte an ihrem Kaffee. Aus dem Nebenzimmer hörten wir das Klappern der Computertastatur. Tom schrieb irgendeinen ungeheuer wichtigen Abschlussbericht. Das tat er schon seit Stunden. Wahrscheinlich würde es am Ende ein Buch werden, dachte ich amüsiert. Lotte hatte mir aber erklärt, dass Tom jeden Bericht mindestens dreimal schrieb. Er legte ihr dann die verschiedenen Versionen vor, und sie entschied, welchen er seinen Chefs abliefern sollte.

»Hörst du mir zu?« Lotte trommelte ungeduldig mit den Fingern auf die dicke Glasplatte des schmucken Esszimmertischs.

Ich nickte und konzentrierte mich wieder auf meine beste Freundin.

»Vor Weihnachten haben wir das letzte Mal miteinander telefoniert. Dann bist du abgetaucht. Hätte ich dich heute nicht aus deiner Wohnung geholt, wüsste ich noch nicht mal, ob du überhaupt noch lebst. Simone, so geht das nicht. Du kannst nicht einfach verschwinden und dich nicht mehr melden. Ich habe mir Sorgen gemacht, mir schon weiß Gott was vorgestellt. Das ist überhaupt nicht witzig!«

Wenn Lotte sich ereiferte, begann ihr Gesicht zu glühen. Ich hörte ihr nicht wirklich zu, sondern betrachtete diesen Vorgang interessiert.

Das könnte ich in meine neue Geschichte einbauen, dachte ich abwesend.

Meine beste Freundin erwartete aber jetzt eine Reaktion, wie ich an den hochgezogenen Augenbrauen unschwer erkennen konnte.

Mit einem Schulterzucken meinte ich: »Du wusstest doch, dass ich jedes Jahr zu meiner Schwester fahre. Also, was soll die Aufregung? Und nachher ... na ja, da hatte ich halt keine Lust, mit jemandem zu reden. Ich musste das erst mal für mich auf die Reihe kriegen.«

»Ja, du für dich!«, brauste Lotte auf.

Erschrocken zuckte ich zurück. Was war denn jetzt los?

»Wir sind schon so viele Jahre befreundet, Simi, doch ich habe immer noch das Gefühl, dass du mir nicht wirklich vertraust. Immer willst du alles selbst, alles allein schaffen. Wieso lässt du dir nicht mal helfen? Wieso kommst du nicht zu mir, lässt mich für dich da sein? Weißt du, wie ich mir da vorkomme, wenn du mir von deinen Tiefs erst erzählst, wenn du sie überstanden hast?«, fragte sie.

Ich schüttelte nur den Kopf, denn dieser Gefühlsausbruch traf mich völlig unerwartet. Ich hatte nicht geahnt, dass ich in unserer Freundschaft etwas falsch machte.

»Ich fühle mich komplett überflüssig! Wozu bin ich deine Freundin? Du erzählst mir nur, was du auch in die Zeitung setzen könntest!«

»Nein ... aber nein, Lotte, so ist das nicht«, versuchte ich mich zu wehren.

Ich muss mir das nochmals überlegen, dachte ich, *in Ruhe.*

»In letzter Zeit prasseln so viele Dinge auf mich ein, auf die ich nicht vorbereitet war«, startete ich einen neuen Verteidigungsversuch.

»Ich bin nun mal jemand, der erst denkt, ehe er spricht. Du kennst mich gut genug, um das zu wissen.«

Lotte winkte ab. Dieses Thema hatten wir schon oft durchgekaut. Wir waren in dieser Hinsicht gegensätzlich, doch das hatte noch nie zu ernsthaften Schwierigkeiten in unserer Freundschaft geführt. Es wäre mir aber nicht in den Sinn gekommen, dass Lotte sich überflüssig fühlen könnte.

Ja, dachte ich, *das muss ich mir in aller Ruhe durch den Kopf gehen lassen, vielleicht bin ich zu verschlossen.*

»Und was ist das jetzt mit Silvester?« Lotte kehrte zum ursprünglichen Thema zurück.

»Nun ja, diese Linda ist halt noch da«, wich ich aus.

»Dann feiert ihr zu dritt?«, hakte Lotte nach.

»Äh ... also ... nicht wirklich ... nein, wohl eher nicht«, gab ich zu.

Lotte riss ungläubig die Augen auf.

»Sag nicht, dass dich deine Lieblingsautorin auch an Silvester versetzt! Sie lässt dich Weihnachten hängen, und jetzt auch noch Silvester? Das kann doch gar nicht sein!«, meinte sie fassungslos.

»Für sie ist das nicht das Gleiche wie für uns, Lotte«, erklärte ich.

»Ich habe dir erzählt, dass sie ganz anders aufgewachsen ist als wir, ihr wurden andere Werte vermittelt, Weihnachten oder auch Silvester hatten da keine Bedeutung, ebenso wenig wie Geburtstage oder andere Feste, die wir feiern.«

»Ja, ich weiß«, unterbrach mich meine beste Freundin, »doch sie gehört ja nicht mehr zu diesem Verein, hast du versichert. Sie lebt hier in unserer Welt. In einer Welt, in der genau diese Feste dazugehören, in der diese Feste gefeiert werden, Höhepunkte sind. Da muss sie doch wissen, dass das für dich wichtig ist!«

Lotte sprach das aus, was ich dachte. Ich konnte Bettinas Verhalten nicht wirklich nachvollziehen, doch ich hatte mich entschlossen, ihr die Zeit mit Linda zu geben, wenn sie diese brauchte. Dass sie genau in die emotional befrachteten Tage von Weihnachten und Silvester fiel, musste ich akzeptieren. Ich hatte gar keine Wahl, denn ich liebte Bettina und wollte sie nicht verlieren.

»Lass uns nicht darüber streiten, Lotte«, bat ich.

»Es ist halt ein blöder Zufall, dass Linda gerade jetzt eine solche Krise hat. Das geht vorbei, und dann wird Bettina wieder für mich da sein.«

Lotte murmelte etwas, das ich nicht verstehen konnte. Sie schien meinen Optimismus nicht zu teilen, doch sie ließ das Thema ruhen.

»Dann kommst du halt ohne Bettina zur Party«, beschloss meine beste Freundin.

»Ich lasse es auf keinen Fall zu, dass du in deiner Bude hockst und Trübsal bläst.«

Lotte war wirklich ein Schatz, sie sorgte sich um mich. Genau das konnte ich im Moment aber nicht ertragen. Allein zu einer solchen hippen Party zu gehen, kam überhaupt nicht infrage.

»Lieb von dir, dass du das sagst, aber ich habe schon andere Pläne«, überraschte ich sie und mich gleichermaßen.

Pläne? Ich? Oje, jetzt musste ich mir aber ganz schnell etwas einfallen lassen, denn Lotte hob schon zu bohrenden Fragen an.

»Ich werde mit der Familie feiern«, sagte ich vage.

»Familie?« Lottes Stimme klang zweifelnd.

»Welche Familie meinst du? Die deiner Schwester?«

»Nein, ich meine die Familie der homosexuell veranlagten Menschen«, umschrieb ich ungelenk.

Mir war in den Sinn gekommen, dass ich kürzlich einen Veranstaltungshinweis gelesen hatte, der für eine »Familienparty« Werbung machte.

Lotte klatschte begeistert in die Hände. Sie riet mir, mich umzusehen, sicher gäbe es da einsame Herzen, die mich an Weihnachten nicht allein ließen. Das hoffte ich nicht, denn ich war nicht auf der Suche nach irgendwelchen Herzen. Und wenn solche Herzen mich entdecken würden, was ich eigentlich nicht annahm, dann würde das nur zu Schwierigkeiten führen. Ich wollte mich einfach ein bisschen ablenken, unter Menschen sein, vielleicht tanzen – aber das bitte allein.

Ich kommentierte Lottes Impulse nicht, das hätte nur die nächste Diskussion nach sich gezogen. Diskutiert hatte ich genug, ich wollte wieder meine Ruhe haben. Ich wechselte das Thema und fragte nach dem neuesten Klatsch. Lotte war immer sehr gut informiert und konnte mich sehr schnell auf den aktuellen Stand im gesellschaftlichen »Who's who« bringen, was sie mit Vergnügen auch tat.

6

Der Silvesterabend war schneller da, als mir lieb sein konnte. Ich war innerlich noch nicht darauf vorbereitet, unter Menschen zu gehen, mit fremden Menschen gar zu feiern. Dennoch suchte ich meine beste Jeans hervor, bügelte ein weißes Hemd mit dezenten Applikationen auf und überlegte, mit welchem Schuhwerk ich im Notfall auch tanzen könnte.

Dass ich zu dieser Silvesterparty gehen würde, stand nicht zur

Diskussion, denn Lotte hatte mir das Indianerehrenwort abgenommen – das durfte und konnte ich nicht brechen.

In dem Lokal, in dem die Party stattfand, war ich noch nie gewesen.

Meine Ausflüge in die Lesbenszene waren bisher immer nur sehr kurz ausgefallen und hatten mich nie wirklich erfreut. Bestimmt lag das auch an meiner Ex, die solche Anlässe zur Fleischbeschau genutzt hatte.

Heute war ich aber allein unterwegs und fühlte mich ziemlich unsicher. Mir war mulmig zumute, meine Knie fühlten sich weich an. Ich benötigte einiges an Selbstbeherrschung, um nicht über meine eigenen Füße zu fallen, als ich den Club betrat. Mit Glück ergatterte ich einen Platz im hinteren Teil der Bar. Hier fiel ich nicht auf und hatte doch den Überblick.

Frauen jeden Alters strömten in das Lokal. Es füllte sich schnell mit Lachen und Stimmengewirr. Die Musik wurde zeitweise von dem Geschnatter übertönt, alle schienen in bester Stimmung.

Ich merkte, wie sich die Anspannung allmählich löste. Von anderen Gästen unbehelligt, saß ich auf meinem Hocker, nippte ab und zu an meinem Mineralwasser und beobachtete die Frauen, die sich unterhielten, miteinander schäkerten, tanzten oder sich verliebt in die Augen sahen, um im nächsten Moment den ultimativen Silvesterkuss zu proben.

Wenn ich mit Bettina da wäre, dachte ich, *ich könnte die Hände nicht von ihr lassen.*

Im nächsten Moment korrigierte ich mich auch schon. Wenn ich mit Bettina zusammen wäre, hätten wir diesen Club mit Sicherheit gar nicht betreten, wir wären zu Hause geblieben, hätten in trauter Zweisamkeit gefeiert, vielleicht hätten wir unsere Feier ins Bett verlegt.

Ich musste mich zusammenreißen und mich an meine Mission, die ich mir gegeben hatte, erinnern. Für meine neue Geschichte, an der ich in den letzten Tagen wieder intensiver geschrieben hatte, brauchte ich Charaktere, Beschreibungen von Frauen. Heute Abend wollte ich beobachten, Details sammeln, die ich dann in anderem Zusammenhang und neuer Mischung in die Geschichte einbauen konnte.

Meine Augen schweiften über die Menge. Der Club war inzwischen übervoll. Es schienen einige Frauencliquen hier zu sein, die sich um kleine Tische drängten und jede, die neu hinzukam, mit großem Hallo begrüßten.

Plötzlich erstarrte ich. Konnte das sein? Ich rieb mir die Augen, trank einen Schluck Wasser und blickte wieder zur Tanzfläche. Ja, sie war es wirklich!

Zum Takt einer rockigen Nummer drehte sich Romana inmitten der Frauen. Meine Arbeitskollegin hier? Was machte sie hier?

Blöde Frage, schalt ich mich, *wahrscheinlich das Gleiche wie du: Silvester feiern!*

Aber ausgerechnet in diesem Club? Hatte sie mich gesehen? Und wenn? Nein, bestimmt nicht, sie wäre sonst bestimmt zu mir an die Bar gekommen, hätte mich begrüßt.

Ich erinnerte mich daran, wie unser Umgang miteinander vor Weihnachten gewesen war. Da schwebte ich auf Wolke sieben oder noch höher, und Romana war so schlecht gelaunt, wie ich sie nie zuvor erlebt hatte.

Diese Erkenntnis verunsicherte mich. Hatte ich etwas verpasst?

Mit Sicherheit, dachte ich, *schließlich wusste ich bis vor wenigen Minuten nicht, dass Romana offensichtlich zur »Familie« gehörte. Ich Hornochse!*

Jetzt kam mir Romanas Reaktion auf mein Geständnis in den Sinn. Wieso hatte ich nicht auch nachgefragt?

Das Gedränge auf der Tanzfläche war so groß, dass ich Romana aus den Augen verlor. Wenn ich sie nicht mehr sehen konnte, dann würde sie mich auch nicht entdecken, überlegte ich etwas ruhiger.

Gleichwohl drehten sich jetzt meine Gedanken unablässig um die Frage, wie ich reagieren sollte, falls Romana mich begrüßen würde, wenn sie plötzlich neben mir stehen und mich vielleicht gar nach dem Grund meiner Anwesenheit fragen würde. Die Minuten verstrichen ereignislos, nichts von dem, was ich mir vorstellte, passierte. Ich konzentrierte mich wieder auf meine Recherchen, beobachtete die Frauen, vor allem studierte ich ihr Verhalten, wie sie miteinander umgingen. Ich machte mir dauernd Gedankennotizen, von denen ich allerdings befürchtete, dass ich sie vergessen würde, sobald ich das Lokal verließ.

Die große Uhr über der U-förmigen Theke zeigte halb zwölf.

Noch eine halbe Stunde bis zum Beginn des neuen Jahres.

Und ich saß einsam, allein, völlig verlassen mitten in einer unübersehbaren Menge fröhlicher Menschen.

Nun ja, nicht mittendrin, ich hatte mich ja bewusst an den äußersten Rand der Theke und somit des Geschehens gesetzt. Hier ließ man mich in Ruhe. Seit ich mein Mineralwasser bestellt hatte, war kein Wort mehr über meine Lippen gekommen.

Normalerweise war ich nicht kontaktscheu, doch ich befand mich in einer Situation, die zu erklären ich nicht imstande war. Da hatte ich eine Geliebte, eine Freundin, und doch saß ich allein hier – an Silvester.

Ich wäre besser zu Hause geblieben, dachte ich voller Selbstmitleid.

Die braunen Augen durchbohrten mich. Mir wurde ganz heiß.

Woher war Romana so plötzlich gekommen? Sie stand mir gegenüber, blickte mir direkt ins Gesicht.

So geschützt mein Platz an der Bar auch sein mochte, wenn jemand auf der gegenüberliegenden Seite des Us etwas bestellte, dann stand die Person mir gegenüber.

Romana neigte sich nach vorn, um der Bedienung, die für diese Seite der Bar zuständig war, etwas ins Ohr zu schreien. Die Blonde drehte sich dienstfertig um, verschwand für einen kurzen Moment aus dem Blickfeld und ermöglichte es Romana, mich wieder direkt anzusehen.

Sie schien nicht zu glauben, was sie sah. Immer wieder schüttelte sie den Kopf. Die Blonde kam mit einer kleinen Flasche und zwei Gläsern zurück, stellte sie vor Romana auf die Theke und kassierte das Geld.

Zwei Gläser. Das bedeutete, Romana war nicht allein hier.

Wahrscheinlich war ich sowieso die Einzige, die ohne Begleitung, ohne Verabredung an Silvester hier an der Bar saß.

Romana packte Flasche und Gläser, drehte sich um und war im nächsten Moment in der Menge verschwunden. Ich entspannte mich ein wenig, auch wenn mich der Gedanke daran, dass ich ihr in zwei Tagen im Büro wieder gegenübersitzen würde, nicht eben erheiterte.

Jemand tippte mir auf die Schulter. Am liebsten wäre ich im Erdboden versunken, als ich Romanas braune Augen erkannte.

Romana lächelte mich entschuldigend an. Sie schob ein Glas zu mir herüber.

»Ich will dich nicht in deiner Meditation stören, Simone«, sagte sie, »aber mir scheint, du bist allein hier?«

Da es im Lokal sehr laut war, musste sich Romana nahe zu mir herabbeugen. Ihr warmer Atem kitzelte in meinem Ohr. Mit Mühe unterdrückte ich den Reflex, mich zu schütteln.

»Ja, ich bin allein hier, aber das ist schon okay so«, antwortete ich.

Romana schien das anders zu sehen. Sie setzte sich auf den Barhocker neben mir, der kurz zuvor frei geworden war.

»Du willst mir doch nicht weismachen, dass du freiwillig allein bist an Silvester«, widersprach Romana.

»Niemand ist an einem solchen Abend einfach so allein! Und wenn dir Silvester egal wäre, dann wärst du zu Hause geblieben, dann wärst du nicht hierher zur Party gekommen.«

Sie hatte ja recht, doch ich konnte ihr unmöglich die wahren Gründe meiner Anwesenheit erläutern. Dazu hatte ich keine Lust, außerdem sah ich in Romana nur eine Arbeitskollegin, nicht mehr.

Da ich nicht antwortete, übernahm Romana die Verantwortung für die Konversation. Sie erklärte, dass sie sich hier mit Freundinnen verabredet hätte. Diese Silvesterparty gehörte ins Jahresprogramm ihrer Clique. Doch natürlich würde sie jetzt mit mir anstoßen, denn sie könne den Gedanken nicht ertragen, dass ich als Einzige hier ungeküsst ins neue Jahr starten müsse.

Ich bekam keine Gelegenheit, mich zu wehren, denn in diesem Augenblick begannen die Frauen mit dem Countdown. Romana öffnete mit einer gekonnten Handbewegung die kleine Flasche Sekt und schenkte uns beiden ein.

». . . drei . . . zwei . . . eins . . .!«, schallte es durch den Club.

Romana hob ihr Glas, ich tat es ihr nach. Die Gläser trafen sich, unsere Lippen auch. Die kurze Berührung war schon vorbei, als das Gefühl, das sie auslöste, in meinem Hirn ankam. Es kribbelte, ähnlich wie der Sekt, der durch meine Kehle rann.

Romana stellte ihr Glas auf den Tresen. Ihr Gesicht kam wieder näher.

»Das war zu kurz«, flüsterte sie. Ihre Augen fixierten meine Lippen.

»Ich . . . also das . . .« Weiter kam ich nicht.

Romana küsste mich erneut. Diesmal ließ sie sich Zeit, viel Zeit. Es war kein freundschaftlicher Kuss. Ihre Lippen verschmolzen mit meinen, das Kribbeln, das von meinen Lippen aus durch meinen Körper wanderte, machte mich unruhig.

»Hm«, lächelte Romana später. Ihre Augen glänzten. Sie erinnerte mich an eine Katze, die verbotene Sahne genascht hatte.

»War ich so schlecht?«, fragte sie mich. »Oder warum verziehst du das Gesicht?«

Ich begann zu stammeln. Was sollte ich ihr auch sagen? Küssen konnte sie, das stand fest, ihre Lippen waren wunderbar weich. Wahrscheinlich gingen ihre Künste noch weiter, doch ich wollte diese Sache hier und jetzt beenden, ehe es Verletzte gab.

»Entschuldige, Romana, du hast mich überrumpelt«, brachte ich endlich heraus. »Ich . . . also, du hast vielleicht recht, dass ich nicht ganz freiwillig allein hier bin, trotzdem . . . ich . . . es ist halt ein bisschen . . . kompliziert.«

Beim besten Willen, das konnte niemand verstehen. Musste ich Romana wirklich erklären, dass meine große Liebe sich leider um ihre Ex kümmern musste und dass für sie Silvester sowieso kein Grund zum Feiern war?

»Hey, nun krieg dich wieder ein, Simone«, lachte Romana. »Ich habe Augen im Kopf. Die letzten Wochen warst du ja nur noch physisch anwesend im Büro. Da gibt es nur einen einzigen Grund, den ich mir vorstellen kann: Du bist verliebt.«

Ich nickte.

»Warum deine Angebetete nicht hier ist, geht mich nichts an. Dass ich nicht die Frau bin, die dich schweben lässt, ist mir auch klar – allerdings bedaure ich das sehr«, gestand mir Romana noch immer lächelnd.

Dann wurde sie ernst, als sie sagte: »Nachdem du mir eröffnet hast, dass du auf Frauen stehst, hatte ich für einen kurzen Moment die Hoffnung, zwischen uns könnte sich mehr entwickeln als nur ein gutes Verhältnis unter Arbeitskolleginnen. Dich hat aber überhaupt nicht interessiert, wie ich auf dein Geständnis reagiere, du hast einfach so weitergemacht, als ob sich überhaupt nichts verändert hätte zwischen uns.«

Romana seufzte. »Du hast noch nicht mal bemerkt, dass ich versuchte, dir ein bisschen näher zu kommen. Die kleinen, vorsichtigen Zeichen hast du alle übersehen.«

Welche Zeichen? Ich versuchte mich zu erinnern, doch mir fiel wirklich nichts ein, was ich als Zeichen einer Annäherung hätte deuten können.

»Ich nehme an, ich kam einfach zu spät. Du warst wahrscheinlich schon vergeben oder eben dabei, dich in eine andere Frau zu verlieben«, mutmaßte Romana.

»Ja, das stimmt«, erklärte ich erleichtert.

Ich hatte gar nichts von den Bemühungen meiner Arbeitskollegin bemerken können, da Bettina da längst in meinen Gedanken und tief in meinem Herzen war.

»Das hätten wir also geklärt. Lass uns einfach feiern, okay? Du brauchst mir nichts zu erzählen. Wir bleiben Kolleginnen, wir wissen nur einfach vielleicht ein bisschen mehr voneinander als der Rest der Belegschaft«, beendete Romana das Thema.

Ich war unendlich froh, dass Romana nicht versuchte, irgendetwas über meine große Liebe aus mir herauszubekommen. Ich stimmte ihrem Vorschlag nur zu gern zu und ließ mich gar überreden, mit ihr zum Tisch ihrer Clique zu wechseln.

Entgegen aller Befürchtungen war der Rest des Abends – genauer der Nacht – sehr unterhaltsam. Die Frauen, mit denen Romana schon seit Jahren befreundet war, verstanden es, zu feiern. Allesamt schienen sie mit beiden Beinen fest im Leben zu stehen.

Leider hatte aber der Lärmpegel im Verlauf der Silvesternacht zugenommen, sodass es fast unmöglich war, mich mit ihnen zu unterhalten. Es fielen ein paar Namen, die Erklärung, wer mit wem zusammen war, verstand ich nur teilweise, und welchen Tätigkeiten oder Hobbys die Frauen zwischen dreißig und fünfzig nachgingen, konnte ich mir nur bruchstückhaft zusammenreimen. Es spielte aber alles keine Rolle.

Ich fühlte mich zum ersten Mal an diesem Abend wohl, was nicht am Alkohol liegen konnte, schließlich hatte ich nur ein einziges Glas Sekt getrunken. Das neue Jahr, davon war ich jetzt überzeugt, würde ein gutes Jahr werden.

»Ja, gut«, antwortete ich, »das lässt sich machen. Du weißt, wie du dahin kommst?«

Angestrengt und bemüht, unbeteiligt auszusehen, lauschte ich der Antwort, die aus dem Telefonhörer kam.

Romana beobachtete mich aufmerksam. Ihre braunen Augen blickten amüsiert. Wahrscheinlich hatte sie sich längst zusammengereimt, wer am anderen Ende Leitung war und was sie von mir wollte.

Ich beneidete Bettina um ihr Einzelbüro, ich war auf der Arbeit nie allein und konnte darum unmöglich mit ihr per Telefon flirten. Bettina störte das allerdings überhaupt nicht. Sie flüsterte mir Zärtlichkeiten ins Ohr, die mein Herz höher schlagen ließen, wechselte dann zu den erotischen Aussichten für den Abend, die schließlich für verlegene Röte in meinem Gesicht sorgten.

»Klar, mein Bärchen, ich werde dich finden, und ich werde dich entführen«, Bettina streute eine Kunstpause ein, ehe sie den Satz beendete, »um dich anschließend zu verführen.«

Sie seufzte. »Du ahnst nicht, wie sehr ich mich nach deinen Berührungen sehne. Mir fehlen deine Lippen auf meinen und deine Hände, die mich streicheln. Ich glaube, ich habe ziemlich heftige Entzugserscheinungen.«

»Ja, ich auch«, erwiderte ich knapp.

»Ich störe doch nicht etwa?«, fragte Bettina lachend. »Oder schlägt sich die Vorstellung, was schon sehr bald zwischen uns passieren wird, negativ auf dein Sprachzentrum nieder?«

»Nein, alles in Ordnung. Bis später dann«, beendete ich das Gespräch, das mir zusehends Schwierigkeiten bereitete.

Ich durfte mir unter keinen Umständen vorstellen, was zwischen uns passieren würde. Auch ohne Farbbilder im Kopf schaffte ich es kaum, den Hörer richtig auf die Station zurückzulegen.

»Na? Haben wir ein Date?«, fragte Romana mit süffisantem Lächeln.

»Wir? Äh ... habe ich etwas vergessen?«, fragte ich verwirrt zurück.

Romana lachte laut. »Nein, nicht wir«, klärte sie mich auf, »du und deine Liebste! Entschuldige, wenn ich mich unklar ausgedrückt habe.«

»Ach so ... ähm ... ja ...«, antwortete ich.

»Meine Güte, du bist wirklich verknallt bis über beide Ohren«, stellte Romana leicht verwundert fest. »Wie lange seid ihr eigentlich schon zusammen?«

Ich wollte mit meiner Arbeitskollegin nicht über meine Beziehung reden, ich wollte, dass die Uhr einen Sprung machte und ich endlich wieder in Bettinas Armen lag, doch Romana hatte ihren PC in den Ruhezustand versetzt, sich gemütlich in ihrem Stuhl zurückgelehnt und wartete.

Wenige Minuten später kannte Romana den Namen meiner Herzkönigin, wusste, dass wir noch in den Anfängen unserer Beziehung standen, und diagnostizierte mir, dass die Phase der Verliebtheit bald vorüber sein würde.

»Wie meinst du das?«, fragte ich alarmiert.

»Nun ja, jetzt lässt du Dinge mit dir machen, die du unter normalen Umständen nicht dulden würdest. Du lässt es sogar zu, dass du Silvester ohne sie verbringen musst. Das ist nur zu ertragen, wenn du wirklich verliebt bist und die Frau, für die dein Herz schlägt, die absolute Traumfrau ist. Wart's ab, sobald du die rosa eingefärbte Brille etwas nach vorn auf die Nase schiebst, wird diese Traumfrau ein paar Ecken und Kanten bekommen, die Wolke, auf der du schwebst, wird durchlässiger«, gab Romana zu bedenken.

Ich wollte zu einer heftigen Erwiderung ansetzen, da bremste mich meine Arbeitskollegin mit einer Handbewegung und einem nachsichtigen Lächeln.

»Ich gönne dir jede Sekunde der hochfliegenden Gefühle«, erklärte sie mir. »Und vielleicht seid ihr beide ja wirklich füreinander geschaffen und eure Liebe wird ewig und drei Tage andauern. Es könnte aber auch sein, dass sich die Traumfrau als absolut normale, durchschnittliche Frau entpuppt, die Fehler und Schwächen hat.«

»Das weiß ich doch«, unterbrach ich Romanas Monolog nun doch. »Denkst du etwa, ich sei von gestern? Ich weiß, dass Bettina wie ich Schwächen und Fehler hat. Gott sei Dank! Wenn dem nicht so wäre, dann wäre das doch ziemlich unheimlich, nicht?«

»Hm, dein Kopf weiß das, dein Herz ist bei dieser Erkenntnis noch nicht angekommen. Aber hey, es ist dein Leben, du hast es in der Hand. Ich wollte dir einfach nur sagen . . .«

Romana stockte, dann fuhr sie fort: » Nun ja, du weißt ja, wo ich zu finden bin, wenn du mal Hilfe brauchst.«

Wieso sollte ich Hilfe brauchen, grübelte ich, doch Romana ließ sich nichts mehr entlocken. Sie wandte sich wieder ihrem PC zu und arbeitete die nächsten Stunden ohne aufzusehen.

Ich beschloss, mich auf Bettina zu freuen, die Unkenrufe und Warnungen meiner misstrauischen Kollegin zu ignorieren und stattdessen das Leben mit meiner zurückgekehrten Liebsten in vollen Zügen zu genießen.

Tatsächlich rückte der Feierabend näher. Ich schaltete den PC früher aus als gewöhnlich, machte mich auf der Toilette frisch und begab mich auf den Parkplatz, wo Bettina bald vorfahren würde.

Der kalte Januarwind pfiff um die Ecke, ich wickelte mich enger in meine Jacke. Meine Kolleginnen und Kollegen hasteten mit knappem Kopfnicken an mir vorbei in ihren Feierabend, ich grüßte ebenso knapp zurück.

Wo blieb Bettina? Ich würde erfrieren, wenn sie nicht bald auftauchte. Romana musterte mich, als sie an mir vorüberging, fast mitleidig, doch sie verkniff sich eine Bemerkung.

Endlich bog Bettinas Kleinwagen auf den Parkplatz. Ich hob die Hand, doch sie hatte mich längst entdeckt. Das war nicht weiter schwer, der Parkplatz war inzwischen ebenso leer wie das Bürogebäude dunkel.

Bettina stoppte den Wagen direkt vor mir, öffnete die Fahrertür, noch ehe das Fahrzeug wirklich stand. Nach einem kurzen, überraschenden Sprint war sie auch schon bei mir. Sie umarmte mich heftig, küsste mein Gesicht, ließ keinen Zentimeter entkommen.

»Bitte entschuldige, Bärchen«, keuchte sie außer Atem. »Es war doch weiter, als ich angenommen hatte. Und der Feierabendverkehr hat mich fast den Verstand gekostet.«

»Ich dachte, dafür wäre ich zuständig«, erwiderte ich lachend.

Jetzt war mir alles egal, ich hielt Bettina im Arm, ich spürte ihre Wärme selbst durch die Schichten isolierender Winterkleidung.

»Brrrr, diese Kälte«, klagte meine Lieblingsautorin. »Lass uns gehen.«

Im Auto wollte ich gleich den Sicherheitsgurt anlegen, doch mit einem »Moment noch!« bremste mich Bettina.

Sie neigte sich zu mir herüber. Ihre graublauen Augen strahlten mich an. Ihr Blick fesselte meinen, versank in ihm. Ich war froh, dass ich saß, denn ich fühlte mich plötzlich sehr, sehr schwach. Bettina kam näher. Ich spürte ihren warmen Atem auf meinem kalten Gesicht. Dann spürte ich ihre Lippen.

Bettinas Kuss war zärtlich, fast zögernd. Sie ließ ihre Zunge über meine Lippen streichen. Ich öffnete sie, begrüßte die suchende Zunge freudig, umschlang sie mit meiner, saugte sie tiefer in meinen Mund.

Bettina öffnete meine Jacke, schob sie auseinander, glitt mit ihren Händen über meinen Oberkörper. Ich fühlte, wie sich die Wärme in mir ausbreitete, zuckte zusammen, wenn die Hände meine Brüste berührten.

»Du hast mir unendlich gefehlt«, flüsterte Bettina heiser.

Ihre Händen waren unter den Pullover geglitten. Sie nestelten an meiner Hose herum. Aus der Wärme in mir wurde Hitze.

»Schatz, du wirst doch nicht . . .«, keuchte ich.

»Psst, Süße, ich will dich. Ich kann nicht mehr warten«, erklärte Bettina mit rauer Stimme.

Sie schaffte es trotz der beengten Verhältnisse, meine Jeans zu öffnen.

Ich verschlang meine Geliebte mit meinen Küssen, suchte mit meinen Händen unter ihren Kleiderschichten nach ihrer weichen Haut. Endlich wurde ich fündig. Ich stöhnte auf.

Wie hatte ich dieses Gefühl vermisst! Wie sehr hatte ich mich nach Bettinas Lippen, nach ihrer Zunge, nach ihren Händen gesehnt! Endlich spürte ich sie wieder – und wie!

In meinem Bauch hatte ein erwartungsvolles Ziehen eingesetzt, zwischen meinen Beinen pochte es fast schmerzhaft. Bettinas Hände streichelten meinen Bauch, schoben den BH nach oben, rieben die angeschwollenen Brüste.

Bettina löste sich von meinen Lippen. Sie neigte den Kopf, saugte eine Brustwarze in ihren Mund, reizte sie mit ihrer Zunge, bis ich laut stöhnte, dann wechselte sie zur anderen Brust. Ich konnte mich kaum mehr beherrschen. Meine Hände in Bettinas kurzem, dichtem Haar krallten sich fest, drückten meine Geliebte heftig nach vorn.

Mit erregt glänzenden Augen lächelte mich Bettina an. Sie küsste mich nur noch sanft, langsam auf die Wangen, auf die Stirn und die Lippen. Sie entwischte meinem suchenden Mund, wenn er sie einfangen wollte.

Dann spürte ich ihre Hand zwischen meinen Beinen. Sie zwängte sich zwischen die Schenkel, schob sich in den Slip.

»Du kannst auch nicht mehr warten«, stellte Bettina mit einem wissenden Lächeln fest.

Ich schüttelte wortlos den Kopf. Ich konnte nicht mehr reden, die Erregung schnürte mir die Kehle zu. Mein ganzes Empfinden konzentrierte sich auf ihre Hand, auf ihre Finger, die langsam in mich eindrangen. Ich versuchte, ihnen entgegenzukommen, sie tiefer aufzunehmen.

»Ja, Süße, komm«, flüsterte Bettina an meinem Ohr.

Sie saugte sich an meinem Hals fest, während ihre Finger in mir schneller wurden. Heftig rieben sie über die geschwollene Perle, drangen im nächsten Moment wieder tiefer in mich ein.

Ich hielt mich an Bettinas Schultern fest, schlug mit dem Kopf gegen das Seitenfenster, doch das merkte ich nicht wirklich, denn in diesem Moment explodierte zwischen meinen Beinen und in meinem Kopf ein Feuerwerk.

Erschöpft sank ich zurück. Bettinas Küsse erwiderte ich nur schwach, in mir und um mich herum drehte sich alles. Ich war froh, Bettina wenigstens zum Teil auf mir zu spüren.

Nachdem ich mich ein wenig erholt hatte, wurde mir mit einem Schlag bewusst, wo wir uns befanden.

»O mein Gott!«, entfuhr es mir.

»Was ist los, Bärchen?«, fragte Bettina besorgt.

»Wir stehen direkt vor meinem Büro«, erklärte ich noch immer entsetzt.

Bettina hatte noch nicht mal die Lichter des Autos gelöscht.

Statt sich meinem Entsetzen anzuschließen, lachte meine Traumfrau ihr unvergleichlich süßes Lachen.

»Bärchen, da ist doch längst niemand mehr«, beruhigte sie mich. »Wir sind hier ganz allein ... wir könnten gleich noch mal ...«

»Schatz, es ... nein, wir sollten uns einen Ort suchen ... an dem wir mehr Platz haben«, entschied ich.

»Ja, du hast recht«, stimmte mir Bettina zu. »Schließlich will ich dich ganz ... ganz nackt!«

»Du hast wohl wirklich Entzugserscheinungen!« Jetzt war es an mir, sie amüsiert anzusehen.

Bettina errötete leicht, doch sie sagte nichts zu meiner Vermutung, sondern startete den Motor, der nach kurzem Zögern auch tatsächlich ansprang.

Auf der Fahrt zu meiner Wohnung ruhte Bettinas Rechte auf meinem Bein. Ich hatte das Gefühl, dass mein linker Oberschenkel glühte, während der Rest meines Körpers sich abkühlte.

Bettinas Hände lagen auf meinem Po. Sie fuhren dem Jeansbund entlang, rutschten unter die Jacke, unter den Pullover, zogen das T-Shirt aus der Hose, glitten meinen Rücken hinauf. Meine Hände zitterten. Krampfhaft versuchte ich, den Schlüssel ins Schloss meiner Wohnungstür zu bekommen. Mir stand der Schweiß auf der Stirn, obwohl es im Treppenhaus so kalt war, dass die Gefahr von Eiszapfenbildung bestand.

Endlich erfüllte der Schlüssel seine ihm zugedachte Aufgabe, das Schloss gab mit einem Ächzen nach, die Tür schwang auf. Inzwischen spürte ich, wie sich mein BH lockerte. Bettina drängte dicht hinter mir in den Flur. Sie nahm ihre Hände nicht von meinem Rücken, sondern schob sie noch weiter nach vorn, schob den BH nach oben, begann, meine Brüste zu massieren, während sie mit dem Fuß der Tür einen heftigen Tritt verpasste, sodass diese mit einem lauten Knall wieder ins Schloss fiel.

»Bärchen ...« Bettinas Stimme klang heiser, ihr Atem in meinem Nacken war heiß.

»Willst du«, hob ich an, doch meine Geliebte unterbrach mich sofort.

»Frag bloß nicht, ob ich was essen oder trinken will«, flüsterte sie. »Ich will nur dich!«

Dagegen hatte ich gar nichts einzuwenden. In meiner momentanen Verfassung hätte ich sowieso allerhöchstens ein Spiegelei zustande gebracht.

Ich ging auf direktem Weg ins Schlafzimmer. Bettinas Hände unter meinem T-Shirt erwiesen sich als etwas hinderlich. Wahrscheinlich boten wir ein seltsam komisches Bild, wie wir durch den Flur wankten, als wären wir zusammengeschweißt. Als ich mich aufs Bett fallen ließ, kam Bettina auf meinem Rücken zum Liegen.

Sie lachte, wälzte sich von mir herunter, doch ihre Hände entfernten sich nicht von meinem Körper. Nun lagen sie auf meinem Bauch. Ich spürte das Flattern in meinem Magen, die Erregung, die mich erfasste, als ich in die graublauen Augen sah.

»Küss mich«, bat ich leise.

Augenblicklich wurde dieser Wunsch erfüllt. Meine Lieblingsautorin erfüllte mir auch sämtliche andere Wünsche, die ich zum Teil noch nicht einmal in Gedanken formuliert hatte. Sie entkleidete mich. Dabei ließ sie sich sehr viel Zeit, wie ich fand, doch das war erst der Anfang eines unvergesslichen Abends, dem eine noch unvergesslichere Nacht folgte.

»Endlich bist du nackt«, kommentierte Bettina, als ich im Eva-Kostüm vor ihr lag.

Ihre Hände strichen warm, langsam und sehr gefühlvoll über meinen Oberkörper, meine Schenkel, dann wieder zurück, blieben auf meinem Gesicht liegen.

Meine Ungeduld wuchs. Ich richtete mich auf, schob Bettinas Jacke auseinander, fuhr unter ihren Pullover.

»Lass, Süße«, stoppte mich meine Liebste, »ich mach das.«

»Wie?«, fragte ich perplex.

Bettina lächelte geheimnisvoll, schenkte mir einen ihrer vielversprechenden, süßen Küsse, dann schob sie mich auf die Matratze zurück und stand auf.

Verwundert nahm ich zur Kenntnis, wie sie aus dem Zimmer ging, vernahm wenig später Musik aus dem Wohnzimmer. Es dauerte einige Zeit, ehe ich die Toilettenspülung hörte und Bettina – ohne Schuhe und Jacke – wieder auftauchte.

Sie stellte sich neben das Bett, begann, sich langsam zur Musik zu bewegen. Mit wachsendem Erstaunen sah ich, wie Bettina ihre Hände über den eigenen Körper spazieren ließ. Sie hob den Pullover an, drehte sich, zog das Kleidungsstück über den Kopf, ließ es in einer nachlässigen Bewegung zu Boden fallen.

Allmählich dämmerte mir, dass Bettina für mich strippte. Ich errötete. Ich hatte noch nie einen Striptease live gesehen, weder in einem der dafür bekannten Lokale noch in meinem eigenen Schlafzimmer. Dass ausgerechnet Bettina für mich eine Privatvorstellung gab, war bemerkenswert, denn sie fand ihren Körper, wie sie mir gestanden hatte, nicht besonders sexy. Für mich war sie die schönste Frau der Welt, ich liebte sie, ich liebte ihren Körper genau so, wie er war.

Bettinas Augen glitzerten im Halbdunkel des Schlafzimmers. Sie bannte meinen Blick, hielt ihn fest.

»Das ist nur für dich, mein Bärchen«, hauchte sie.

Sie zog ihr Auskleiden sehr in die Länge. Auf den Pullover folgte ein Seidentop, dann öffnete Bettina den Gürtel ihrer Hose, zog ihn durch die Schlaufen, ließ in klappernd zu Boden fallen, ehe sie die Knöpfe ihrer Hose öffnete. Sie fuhr mit einer Hand hinein – eine unmissverständliche Geste, die die Röte in meinem Gesicht vertiefte. Am liebsten wäre ich aus dem Bett gesprungen, doch es war, als hätte mich jemand gefesselt.

Endlich komplettierte der Slip den Kleiderberg, der sich neben Bettina türmte. Mit katzenhaften Bewegungen kam meine Geliebte zum Bett. Sie beugte sich zu mir herab. Ihre Brüste bewegten sich verführerisch vor meinem Gesicht. Ich konnte nicht widerstehen, umfasste sie und strich über die Brustwarzen.

Mit einem Seufzen legte sich meine Liebste auf mich. Ich nutzte die Gelegenheit, saugte mich an ihren Brüsten fest. Bettina hatte schon den Verdacht geäußert, ich sei eine Brustfetischistin, was ich natürlich bestritt, doch ihre Brüste ... die übten auf mich einen unbeschreiblichen Reiz aus. Bei jeder Gelegenheit musste ich sie berühren, mit meinen Händen, mit meinen Lippen, mit meiner Zunge.

»Du liebst sie«, raunte Bettina in mein Ohr.

»Hmmmm«, erwiderte ich.

Ich löste mich nicht von ihr. Die Erregung übernahm immer mehr das Kommando über meinen Körper und meine Handlung.

Längst konnte ich meine Hände nicht mehr ruhig halten. Sie wanderten unablässig über Bettinas Rücken, ihren Po, zwischen ihre Beine.

Meiner Liebsten erging es nicht anders. Sie wurde immer unruhiger auf mir, begann, sich zu reiben, schob ihr Bein zwischen meine Schenkel, presste sich an mich, verschlang mich gleichzeitig mit heißen Küssen.

»Kannst du bitte ...« Bettina klang plötzlich schüchtern.

Die Verwegenheit, die sie bei ihrem Striptease an den Tag gelegt hatte, war verflogen.

»Sag mir, was du willst«, flüsterte ich, »ich erfüll dir jeden Wunsch.«

Ihre Antwort ließ mich fast explodieren.

»Deine Zunge«, vernahm ich sie.

Mein Kuss war als Antwort unmissverständlich. Ich schob Bettina von mir, sie legte sich willenlos auf den Rücken. Mit geschlossenen Augen erwartete sie meine Zärtlichkeiten. Sie zum Höhepunkt zu streicheln, bereitete mir immer große Lust und auch Befriedigung. Dies würde eine lange, intensive Nacht werden, denn dass Bettina hungrig war, mich vermisst hatte, das stand außer Frage.

»Heut lass ich dich nicht gehen«, flüsterte ich.

Bettina lag nah bei mir. Sie hielt die Augen geschlossen, lächelte.

»Dann halt mich einfach fest«, sagte sie ebenso leise.

Diesem Wunsch kam ich gern nach. Ich zog sie ganz eng in meine Arme, küsste ihr geliebtes Gesicht.

Bettinas Hand fuhr über meinen Rücken, meine Seite. Sie wollte mich nicht erregen, dennoch blieben diese Streicheleinheiten nicht ganz ohne Wirkung.

Mit meinen Fingerspitzen zeichnete ich Bettinas Gesichtszüge nach. Wir lagen ganz ruhig aneinandergeschmiegt, erzählten uns mit unseren Blicken, wie sehr wir uns liebten, wie groß die Sehnsucht gewesen war. Mein Herz war so übervoll, dass mir die Worte fehlten. Immer wieder ließ ich meine Finger über Bettinas Wangen wandern, ihre empfindlichen Ohren nachfahren, den Schwung der Augenbrauen nachzeichnen und die Weichheit ihrer Lippen spüren. Jedes Mal, wenn meine Fingerspitzen über die verführerischen Lippen fuhren, begannen diese zu zittern. Um das Zittern zu unterbrechen, küsste mich Bettina. Meine Finger fuhren sehr oft über ihre Lippen . . .

»Wir sollten schlafen«, meinte meine Liebste später.

Sie verlieh ihren Worten Nachdruck, indem sie herzhaft gähnte.

Ich lachte, doch auch ich musste gähnen. Ich war wirklich müde, nicht erschöpft, sondern auf eine wohltuende Art müde. Nach einem innigen Gutenachtkuss drehte ich mich auf die andere Seite. Bettina rutschte näher an mich heran, legte ihren Arm um mich, küsste meinen Nacken und hauchte mir ein »Träum von uns« ins Ohr.

Wahrscheinlich tat ich das. Wenn man so glücklich und zufrieden einschläft, kann man ja nur gute und schöne Träume haben.

Wir verabschiedeten uns am anderen Morgen ohne Verabredung. Ich wusste, wir würden im Verlauf des Tages besprechen, bei wem wir uns wann treffen würden. Auf diese Weise hatten wir einen Vorwand, zu telefonieren oder zu mailen.

Tatsächlich kam schon gegen zehn die erste Nachricht von meiner Lieblingsautorin. Sie schwärmte in blumigen, aber durchaus deutlichen Worten von der vergangenen Nacht. Ich hoffte, dass meine Chefin zu beschäftigt war, um den privaten Mailverkehr zu kontrollieren.

»Süße, ich koche heute Abend bei dir, okay?«, schrieb Bettina gegen zwei.

Natürlich war ich mehr als einverstanden. Das Bild der geliebten Frau in meiner Küche gefiel mir sehr. Ich fragte mich kurz, ob ich vielleicht Machoallüren entwickelte, doch ich verwarf den Gedanken schnell wieder und freute mich einfach auf einen weiteren friedlichen, glücklichen Abend der Liebe.

»Was heißt, du kannst heute nicht zu mir kommen? Ich komm auch gern zu dir, wenn dies das Problem ist«, schrieb ich am folgenden Tag.

»Nein«, kam zurück, »wir können uns heute leider überhaupt nicht sehen. Es tut mir sehr leid, aber Linda macht mir die Hölle heiß, weil ich sie oft allein lasse.«

Linda? Wer war das gleich noch mal?

Ich griff zum Hörer, registrierte aus den Augenwinkeln, wie meine Kollegin Romana die Brauen hob, aufstand und aus dem Büro verschwand.

»Liebling, was willst du mir sagen?«, kam ich ohne Umschweife zur Sache. »Ist deine Ex denn immer noch bei dir?«

»Ja«, murmelte Bettina kleinlaut.

Ehe ich sie darauf hinweisen konnte, dass ich nur ein paar Tagen über Weihnachten zugestimmt hatte, begann Bettina bereits, wortreich zu erklären, dass Linda halt immer noch sehr labil sei, dass sie noch ihre Hilfe brauche, dass sie, Bettina, aber wisse, dass sie mir damit ziemlich viel zumute. Sie liebe mich sehr und glaube zu wissen, dass auch ich sie liebe. Ich solle ihr doch bitte noch etwas Zeit geben, so lange, bis Linda sich stark genug fühle, um ihr Leben wieder in die eigenen Hände zu nehmen.

»Und wie lange, denkst du, wird das dauern?«, fragte ich bitter.

»Weihnachten ohne dich, Silvester ohne dich, und jetzt haben wir uns zweimal gesehen, da funkt diese Linda schon wieder dazwischen! Mit wem bist du eigentlich zusammen?«

»Bärchen, ich verstehe deine Enttäuschung sehr gut. Wie gesagt, es tut mir sehr leid«, wand sich Bettina am anderen Ende der Telefonleitung.

»Ich will Linda nicht einfach ihrem Schicksal überlassen, da ich nicht weiß, was sie anstellt. Aber ich liebe dich, und ich will dich nicht verlieren, Simone. Du bist mir unheimlich wichtig. Ich bitte dich nur um etwas Verständnis, um etwas Zeit. Ich verspreche dir, ich mach das wieder gut«, flehte Bettina.

Ich hatte ihr noch nie etwas abschlagen können, auch diesmal gab ich nach. Allerdings musste ich noch etwas loswerden: »Schatz, klär Linda auf. Sag ihr, dass du mich liebst. Vielleicht macht sie sich sonst Hoffnungen.«

»Welche Hoffnungen sollte sie sich denn machen?«, fragte Bettina etwas schwer von Begriff.

»Na, dass sie bei dir wieder eine Chance hat. Denkst du wirklich, sie ist nur wegen ihrer Probleme – die möglicherweise gar nicht bestehen – bei dir? Hast du dir noch nie überlegt, dass sie vielleicht einen neuen Anfang mit dir will, dass sie sich darum wieder in dein Leben einschleicht?«, fragte ich.

Das waren Unterstellungen, das wusste ich. Ich kannte Linda nur aus den fragmentarischen Erzählungen meiner Geliebten, dennoch schien mir mein Gedankengang durchaus Hand und Fuß zu haben.

Bettina schwieg lange.

Schließlich meinte sie: »Das habe ich mir wirklich nicht überlegt. Schließlich weiß ich ja, dass ich dich liebe, dass ich nur mit dir zusammen sein will, dass es nur eine Frau in meinem Herzen gibt – und das bist definitiv du und nicht Linda. Aber womöglich muss ich ihr gegenüber deutlicher werden. Hm, wenn ich so darüber nachdenke, fällt mir auf, dass sich Linda in den Wochen, die sie nun schon in meiner Wohnung lebt, ziemlich häuslich eingerichtet hat.«

Mit einem tiefen Seufzer schloss sie: »Ich werde ihr heute Abend ganz klar sagen, was Sache ist. Vielleicht hilft ihr das ja, endlich wieder zu gehen. Falls sie sich wirklich Hoffnungen gemacht haben sollte ... Also ... aber wieso sollte sie? Sie war doch diejenige, die unsere Beziehung beendet hat ... nein ...«

»Es macht keinen Sinn, länger darüber zu diskutieren, ob sie was von dir will oder nicht. Red einfach mal mit ihr, dann wirst du schon sehen, ob an meiner Vermutung was dran ist oder ob ich komplett falsch liege«, beendete ich das Thema.

Kaum hatte ich den Hörer auf die Station gelegt, tauchte Romana wieder auf. Sie setzte sich wortlos auf ihren Stuhl und arbeitete weiter, als wäre nichts vorgefallen. Dann klingelte das Telefon schon wieder. Innerlich wappnete ich mich auf eine weitere Hiobsbotschaft.

»Hi Simi«, erklang Lottes fröhliche Stimme an meinem Ohr.

Erleichtert seufzte ich auf.

»Was ist denn?«, fragte sie sogleich besorgt.

»Diese doofe Linda«, brach es aus mir heraus.

Ich erzählte meiner besten Freundin, was vorgefallen war. Lotte bedauerte mich ausgiebig, sie konnte es sich aber dennoch nicht verkneifen, mich wieder vor Bettina zu warnen.

Verärgert und frustriert verließ ich das Büro an diesem Abend später als üblich. Romana war glücklicherweise schon vor mir gegangen. Ihre fragenden Blicke hatten seit dem Telefonat mit Lotte ziemlich an meinen Nerven genagt.

Zu Hause versuchte ich mich abzulenken, doch es gelang mir nicht. Wie ein eingesperrtes Tier wechselte ich von einem Raum in den anderen. Ich begann hundert Dinge, nur um nach wenigen Minuten zu merken, dass ich nichts auf die Reihe bekam. Meine Gedanken kreisten um Bettina. Ob sie wohl endlich reinen Tisch machte? Würde sie Linda reinen Wein einschenken? Wie würde Linda reagieren?

Am anderen Morgen erwachte ich völlig erschlagen. Ich quälte mich zur Arbeit, rief alle paar Minuten die privaten Mails ab, doch von Bettina kam kein Lebenszeichen. Verdammt! Sie musste doch wissen, dass ich auf Antworten wartete.

Endlich, in der Mittagspause, rief Bettina an.

»Bärchen, ich habe alles geklärt«, kam sie auch gleich auf den Punkt.

»Was ist alles?«, fragte ich vorsichtig.

»Na, eben alles halt«, antwortete Bettina.

Sie konkretisierte: »Ich habe Linda klar gesagt, dass ich dich liebe, dass du meine Freundin bist, dass sich das nicht ändern wird, egal, wie lange sie in meiner Wohnung zu bleiben gedenkt. Ich habe ihr zudem nahe gelegt, endlich wieder ihr Leben in die eigenen Hände zu nehmen.«

»Das klingt gut, aber hat sie das auch begriffen?«, fragte ich skeptisch.

»Natürlich«, erwiderte meine Liebste überzeugt, »ich war wirklich sehr deutlich. Da sind keine Fragen offen geblieben. Das kannst du mir ruhig glauben, Bärchen.«

»Hm, und wann reist sie ab?«, wollte ich wissen.

Zu gern wollte ich glauben, was Bettina mir sagte, doch irgendwo in mir meldeten sich hartnäckig Zweifel und Unsicherheit.

Bettina stöhnte etwas gequält.

»Sie konnte es noch nicht mit Sicherheit sagen«, gestand sie schließlich. »Aber allzu lange wird das nicht mehr dauern, zumal ich ihr auch klargemacht habe, dass ich dich sehen will und sehen werde.«

»Ach, wirst du das? Wann und wo?«, fragte ich.

»Heute Abend bei dir«, antwortete Bettina mit einem Lächeln in der Stimme.

Damit hatte sie gewonnen, das wusste sie. Ihrem Lächeln hatte ich noch nie widerstehen können.

Ich verzichtete darauf, sie vor die Wahl zu stellen. Eigentlich hatte ich sagen wollen, dass ich sie erst dann wieder sehen wollte, wenn Linda weg war. Doch da ich nicht ahnen konnte, wie lange das noch dauern würde – ich ging prophylaktisch von einer sehr langen Zeit aus –, entschloss ich mich spontan, das Wenige, das mir zuteilwurde, auch anzunehmen.

Viel war es in der Tat nicht. Alle zwei Tage traf ich mich mit Bettina.

Meist holte sie mich von der Arbeit ab. Wir gingen ins Kino, in gute Restaurants, ins Theater, zu Konzerten und verbrachten anschließend die Nacht bei mir. Bettina schien unter einem ziemlich schlechten Gewissen zu leiden. Sie bezahlte immer, egal, ob der Vorschlag für die Aktivität von ihr oder von mir gekommen war. Und sie schien innerlich zerrissen. Wenn sie sich unbeobachtet fühlte, wirkte ihr Gesicht hart und leer. Ihre Augen blickten in die Ferne, als ob dort etwas wäre, das sie von ihren Problemen erlösen könnte.

Alle zwei Tage hüpfte ich auf eine Wolke, schwebte auf ihr durch den Tag, durch den Abend und die Nacht, am Morgen folgte der unweigerliche Absturz.

Eigentlich hätte ich mich alle zwei Tage krankschreiben lassen müssen, denn ich war außerstande, meine Arbeit gut zu erledigen. Dass Romana mich zusehends kritisch beobachtete, machte mir die Sache auch nicht leichter. Manchmal überlegte ich, ob ich in einem bösen Traum gefangen war, wie nahe Himmel und

Hölle einander waren.

Ich fragte mich, ob es auch A-B-Beziehungen gibt. Wochenendbeziehungen waren mir nicht fremd, auch eine Fernbeziehung lag schon hinter mir, doch dieses Beziehungsmodell, das ich nun schon seit Wochen lebte, das schien mir doch sehr außergewöhnlich.

Meine beste Freundin drängte mich mit jedem Tag, der auf diese surreale Art verstrich, mehr, Bettina das Messer an den Hals zu setzen. Sie forderte, dass ich meiner Liebsten ein Ultimatum stellte. Sie müsse sich endlich, endlich entscheiden. Ich wusste, dass Lotte es wie immer nur gut mit mir meinte, doch sie konnte aus der Distanz die Situation, wie sie wirklich war, nicht einschätzen.

Bettina wollte ebenso wie ich aus dieser unmöglichen Situation ausbrechen, doch mir unbekannte Gründe hielten sie davon ab, einen klaren Schlussstrich zu ziehen. Sie versuchte, mir zu erklären, was sie in Bezug auf Linda empfand – sie nannte es Verantwortung –, ich respektierte dies, doch ich konnte es nicht ganz nachvollziehen. Für mich wirkte es, als ob diese komische Linda, die Ex, diejenige, die Bettina hintergangen hatte, an erster Stelle kam. Dennoch, ich wappnete mich mit Geduld. Alles war besser, als ganz ohne Bettina sein zu müssen.

7

Das Wechselbad der Gefühle, in dem ich täglich abtauchte, hinterließ mit der Zeit Spuren. Ich bekundete Mühe, meine Arbeit so professionell zu erledigen, wie dies von mir erwartet wurde, doch glücklicherweise wurde ich dafür nicht zur Verantwortung gezogen.

Meine Kollegin Romana beobachtete mich nach wie vor. Sie versuchte mehr als einmal, auf dem gemeinsamen Weg zur U-Bahn aus mir herauszubringen, was eigentlich los war, doch ich blockte sie immer ab.

Auch Lotte, meine beste Freundin, holte sich eine blutige Nase, da sie dauernd gegen Mauern des Schweigens rannte, die ich aufgebaut hatte. Ich wusste, dass ich mich vor allem ihr gegenüber unfair verhielt, doch ich konnte und wollte mit ihr nicht über Bettina und unsere Beziehung reden.

Die Krönung erfuhren meine Tage aber durch Kurzmitteilungen, die auf meinem Handy eingingen, mit denen ich absolut nichts anfangen konnte.

Jemand machte sich entweder einen Spaß daraus, seine Mitmenschen unflätig zu beschimpfen, oder aber jemand hatte sich in der Nummer geirrt und ging davon aus, dass seine Nachrichten an den Liebhaber seiner Frau übermittelt wurden.

»Lass meine Frau in Ruhe!«, hieß es da beispielsweise unmissverständlich.

»Lass deine dreckigen Finger von meiner Frau!«, gehörte auch noch in die Sorte der verständlichen SMS.

Kurzmitteilungen dieser Art trafen ungefähr eine Woche lang bei mir ein. Da mir die Nummer des Absenders gänzlich unbekannt war, reagierte ich nie darauf. Mich nervten diese SMS, doch ich löschte sie und vergaß sie im gleichen Moment.

Dann änderte sich der Ton.

»Steck deine Zunge in eine andere Möse, du perverse Lesbe!«, las ich eines Tages völlig perplex.

Der Absender schickte seine SMS offensichtlich bewusst an eine Frau.

Wenn das Handy jetzt eine Kurzmitteilung anzeigte, erschrak ich. Die Ausdrücke wurden immer deftiger. Als dann auch noch Drohungen hinzukamen, begann ich mir ernsthaft Sorgen zu machen. Dennoch, ich erzählte meiner Geliebten nichts davon, denn das hätte nur unsere gemeinsame Zeit verkürzt.

Ich brauchte jede Minute mit meiner Lieblingsautorin, um ihre Nähe, ihre Zärtlichkeit zu spüren, um sie zu spüren, mich ihrer Liebe zu versichern. Auf keinen Fall wollte ich, dass sie sich Sorgen machte oder dass wir uns in dieser kostbaren Zeit in Mutmaßungen und vielleicht auch Diskussionen verstrickten.

Eines Abends Ende Februar fing mich Romana auf dem Parkplatz ab. Sie war wie üblich vor mir aus dem Büro gegangen, denn an A-Tagen, an denen ich mich nicht mit Bettina traf, schob ich Überstunden.

»Wir müssen reden«, eröffnete mir Romana.

Sie lehnte lässig an einem der wenigen Autos, die noch auf dem Parkplatz standen.

Eigentlich sieht sie gar nicht so übel aus, schoss es mir ohne Zusammenhang durch den Kopf.

»Worüber müssen wir denn reden?«, fragte ich vorsichtig.

»Was ist los mit dir?«, fragte meine Kollegin direkt.

»Nichts«, wich ich aus, »hab einfach ein bisschen Stress, aber das wird schon wieder.«

»Hoffentlich bald«, meinte Romana mit einem bissigen Unterton in der Stimme.

»Allmählich wird es anstrengend, dauernd die Kohlen aus dem Feuer zu holen.«

Ich verstand nur Bahnhof. Natürlich, noch war Winter, kalter Winter, doch was hatte meine Verfassung mit Kohlen zu tun?

»Schau nicht so verständnislos«, fauchte Romana.

Sichtlich verärgert stieß sie sich von dem blauen Wagen ab, der in der Dunkelheit schwarz schien. Sie packte mich an den Schultern, zwang mich, sie anzusehen. Ihr Gesicht nahe an meinem fuhr sie fort: »Du bist unkonzentriert, machst einen Fehler nach dem anderen, legst Dokumente in den falschen Ordnern ab, benutzt nicht die korrekten Formulare für Anträge oder Bewilligungen, die zur Unterschrift zur Chefin müssen, schreibst falsche Listen, vergisst Dinge ...«

Romana holte Luft. Sie war noch nicht fertig: »Ich könnte die Aufzählung beliebig weiterführen, doch das hätte keinen Zweck, denn du merkst ja noch nicht mal, wenn du wieder einen Bock schießt. Kannst du dir vorstellen, wie anstrengend es für mich ist, deine Dokumente nachzubearbeiten, zu korrigieren, ehe sie auf dem Tisch der Chefin landen? Ich mag dich, das weißt du, aber irgendwo hat alles seine Grenzen. Meine sind erreicht, Simone. Bei aller Freundschaft, komm endlich zu dir und mach deinen Job!«

Mir fiel es wie Schuppen von den Augen. Dass ich nicht längst auf der Straße stand, hatte ich Romanas Umsicht zu verdanken. Sie bügelte meine Fehler aus, ehe sie jemand mitbekam. Auf Dauer konnte das unmöglich gutgehen, schließlich hatte Romana ihre eigene Arbeit auch noch zu erledigen.

»Ich wusste nicht ... o mein Gott ... das tut mir so leid ...

ich wollte nicht ...«, stammelte ich hilflos.

»Irgendetwas stimmt nicht mit dir, Simone. Du bist völlig von der Rolle. Red endlich und lass dir helfen. So geht das auf keinen Fall weiter. Du erschrickst, wenn das Telefon klingelt, wirst kreidebleich, wenn du dein Handy anschaust. Was ist los? Sag es mir, vertrau mir, sonst kann ich nichts mehr für dich tun«, bat Romana eindringlich.

Sie hatte recht, ich wusste es. Und ich wollte ihr vertrauen, denn ich fühlte, dass auch meine Grenzen erreicht waren.

Umständlich kramte ich das Handy aus meinem Rucksack. Ich rief die letzte Nachricht des unbekannten Absenders auf, die ich noch nicht gelöscht hatte.

»Schau dir das an, und dann sag mir, was ich damit anfangen soll«, forderte ich meine Arbeitskollegin auf.

»Ich weiß, dass meine Frau den geilsten Arsch der Welt hat, aber der gehört mir – nur mir! Verschwinde endlich aus unserem Leben, oder du wirst teuer bezahlen!«, las Romana laut.

»Was soll das? Wer schreibt denn so was ... das ist ... echt heftig«, brachte sie schließlich hervor.

Ich erzählte ihr von den Kurzmitteilungen, die ich seit einiger Zeit erhielt. Ich erklärte, wie sie anfangs gelautet hatten, wie sie immer direkter und endlich bedrohlicher wurden. Romana hörte erst ungläubig, dann fassungslos zu.

»Du musst was unternehmen. Diese SMS erfüllt doch den Tatbestand der Drohung. Du solltest zur Polizei gehen, Anzeige erstatten«, riet sie mir.

»Anzeige? Gegen wen? Ich kenne den Absender nicht«, widersprach ich schwach.

Die Kurzmitteilungen waren nur die Spitze des Eisbergs.

»Den Absender kann man ermitteln«, konterte Romana unbeirrt.

»Wer kennt deine Handynummer? Wem hast du sie gegeben, ist sie öffentlich?»

»Nein, absolut nicht«, widersprach ich schwach.

»Es sind nur ganz wenige, die die Nummer kennen. Die würden mir aber niemals solche Drohungen schreiben. Außerdem würde dann die Nummer mit dem entsprechenden Namen erscheinen.«

Romana nickte. Sie blickte mich skeptisch an.

»Da ist doch noch mehr«, mutmaßte sie. »Erzähl mir alles, Simone.«

Die Dämme brachen. Ich musste endlich alles loswerden – und ich wollte nur, dass jemand zuhörte, ohne gleich ein Urteil zu fällen.

Je länger ich erzählte, umso stärker kämpfte ich gegen die aufsteigenden Tränen an. Ich war am Ende, doch ich hatte es gar nicht bemerkt.

Nun verlor ich auch den Kampf gegen das Weinen. Romana zog mich an sich. Sie hielt mich fest, ließ mich weinen, streichelte beruhigend über meinen Rücken. Lange sprach sie nicht.

»Es ist gut, das alles rauszulassen, Simone«, sagte sie schließlich leise.

Sie schob mich ein Stück von sich weg, damit sie mir ins Gesicht sehen konnte.

Umständlich versuchte ich, die Tränen wegzuwischen, doch Romana kam mir zuvor. Sie trocknete mein Gesicht mit einem Papiertaschentuch.

»Lass uns überlegen, was du jetzt machen kannst, damit es dir wieder besser geht«, meinte sie schließlich.

Es kamen keine Worte des Vorwurfs, keine Verurteilung, keine besserwisserischen Ratschläge.

Wir diskutierten lange die verschiedenen Möglichkeiten, die Romana sah. Ich selbst hatte nicht viel beizusteuern, da ich viel zu tief in die Beziehung verstrickt war.

»Wo ist eigentlich deine Angebetete heute Abend?«, fragte Romana.

»Ach ... ich weiß nicht. Heute ist wieder ein Tag ohne Bettina«, antwortete ich.

»Ich glaube, sie wollte noch zu ihrem Bruder, aber das spielt keine Rolle, ich sehe sie erst morgen.«

»Hm ... Simone, ich weiß, das willst du nicht hören, dennoch muss ich es dir sagen«, begann Romana.

Sie hielt mich noch immer an den Schultern fest, als ob sie befürchtete, ich würde ohne diese körperliche Bremse davonlaufen.

Fragend blickte ich in ihre braunen Augen. Mir war kalt, ich wollte endlich nach Hause, mich ins Bett legen, die Decke über den Kopf ziehen und erst wieder aufstehen, wenn Bettina mich wachküsste.

»Du musst dieser Frau klarmachen, dass es so nicht weitergeht. Sie muss sich entscheiden, was ihr wichtiger ist. Entweder sie pflegt ihr Ego, indem sie für ihre Ex die barmherzige Samariterin spielt, oder aber sie kümmert sich endlich um eure Beziehung. Sollte sie sich für das Erste entscheiden, dann wirst du nicht umhin kommen, Konsequenzen zu ziehen«, führte Romana aus.

Natürlich steckte in dieser Zusammenfassung ein Körnchen Wahrheit, vielleicht auch zwei oder drei. Ich hatte mir selbst auch schon überlegt, Bettina vor diese Entscheidung zu stellen, doch ich wagte es nicht. Zu groß war meine Angst, dass sich die Frau meines Lebens gegen mich entschied, dass ihr Verantwortungsgefühl stärker war als die Liebe zu mir.

Manchmal fragte ich mich, was genau zwischen Bettina und ihrer Ex wirklich lief. Sosehr ich mich auch bemühte, Bettina zu vertrauen, wenn die Einsamkeit mein Herz in ihrem eisigen Griff hatte, tauchten die verstörenden Fragen auf, Bilder schlichen sich in meinen Kopf, die ich nicht mehr loswurde, die mich bedrängten, die mich verhöhnten.

»Hey, Simone«, holte mich Romana in die kalte Realität des winterlichen Parkplatzes zurück. »Schau nicht so traurig, du bist doch nicht allein.«

Sie zog mich in ihre Arme, wärmte mich. Ich spürte die Stärke, die von meiner Arbeitskollegin ausging. Das hatte ich nicht erwartet, doch ich ließ mich für einen Moment hineinfallen. Ich merkte, wie ausgepowert ich war, wie sehr mir die Kraft fehlte, die mich jetzt umgab.

Vorsichtig löste sich Romana von mir. Sie lächelte mich an. Strich mir fast zärtlich über die Wange.

»Mach was, Simone«, befahl sie eindringlich.

Sie blickte auf ihre Armbanduhr.

Mit hörbarem Bedauern in der Stimme erklärte sie: »Ich muss los, eigentlich müsste ich längst bei einem Abendessen sein.«

»Danke, Romana«, war alles, was mir einfiel.

Es war nicht annähernd genug, doch mehr konnte ich nicht

sagen.

Romana schüttelte den Kopf. Sie küsste mich rasch auf die Wange und verschwand auch schon in der Dunkelheit.

Ich fröstelte. Romana war so schnell gegangen, dass mich die Kälte, die ich nun wahrnahm, unerwartet heftig traf. Rasch packte ich meinen Rucksack, der am Boden stand, hob ihn auf. Leider hatte ich vergessen, ihn zu schließen, nachdem ich das Handy herausgenommen hatte. Nun purzelten Bücher, Portemonnaie, Fahrplan, Schlüssel und allerlei Krimskrams heraus. Leise schimpfend über meine eigene Dummheit bückte ich mich und suchte die Sachen zusammen, was mit eisig gefrorenen Fingern kein einfaches Unterfangen war.

Als ich mich aufrichtete, wurde mir schwindlig. Ich hatte seit Tagen nicht vernünftig gegessen und nur wenig geschlafen. Instinktiv hielt ich mich am Auto vor mir fest. Das Licht der Scheinwerfer eines wegfahrenden Autos streifte mich, schmerzte in meinen Augen. Es dauerte ein paar Sekunden, bis sich mein Kreislauf soweit beruhigt hatte, dass ich mir zutraute, endlich den Heimweg in Angriff zu nehmen.

Das Gespräch, das ich mit meiner Liebsten führen musste, schob ich vor mich her. Ich traf mich mit Bettina alle zwei Tage, liebte sie, genoss sie, ließ mich in ihre Zärtlichkeit fallen. Die nagende Ungewissheit, die quälenden Fragen, die Angst, ich schob alles weg für die Zeit, in der ich mit Bettina zusammen war. Umso heftiger kehrten sie zurück, wenn meine Lieblingsautorin mir den Rücken zudrehte, wenn sie zu ihrer Ex, die noch immer in ihrer Wohnung saß, zurückkehrte.

Romana sprach mich auf der Arbeit nie auf unser abendliches Gespräch auf dem Parkplatz an. Sie arbeitete still, warf mir aber immer wieder fragende Blicke über den Bürotisch zu. Solange ich nichts veränderte, solange sich nichts veränderte in meinem Leben, konnte ich aber nicht mit meiner Arbeitskollegin reden.

Ich bemühte mich mehr denn je, meine Arbeit korrekt zu erledigen, denn eine Standpauke von Romana hatte mir gereicht. Offenbar gelang es mir nicht schlecht, den Schein einer kompetenten Arbeitskraft zu wahren, denn weder die Chefin noch Romana vermittelten den Eindruck, dass ich den Anforderungen nicht genügte.

Der geheimnisvolle SMS-Schreiber indes gab keine Ruhe. Seine Mitteilungen waren klar und deutlich, allerdings hatte er inzwischen noch eins draufgesetzt.

»Habe ich dir Schlampe nicht gesagt, du sollst deine Finger von meiner Frau lassen? Soll ich ihr erzählen, dass du noch mit anderen Weibern vögelst? Ich habe dich gesehen!«

Wer immer der Verfasser dieser SMS war, er meinte keinesfalls mich. Auch wenn ich mir in letzter Zeit meiner selbst und meiner Gefühle nicht immer ganz sicher war, ich wusste, dass es nur eine Frau in meinem Leben gab, die ich berührte und die mich berührte. Trotz dieser Gewissheit lief mir ein kalter Schauer über den Rücken beim Lesen dieser Mitteilung.

Als wenige Tage nach dem offenen Gespräch mit Romana die Chefin mit hochrotem Kopf ins Büro stürmte, befürchtete ich, doch wieder einen Fehler gemacht zu haben.

»Ich fasse es nicht! Wieso mein Auto? Wer tut so was?«

Aufgebracht blieb Frau Schmitz zwischen den Bürotischen stehen. Ihre bereits etwas angegrauten Haare standen unordentlich vom rundlichen Kopf ab, immer wieder fuhr sie mit ihren Fingern durch sie hindurch und brachte sie noch mehr in Unordnung.

Romana erhob sich von ihrem Platz, trat auf Frau Schmitz zu. Sie nötigte sie, sich zu setzen.

»Was ist denn passiert?«, fragte sie im Tonfall einer Psychotherapeutin.

»Mein Auto! Ich kann's nicht glauben! Ich hab doch niemandem was getan!«, brach es aus der Frau heraus.

»Erzählen Sie, was mit Ihrem Auto ist«, forderte Romana die Chefin geduldig auf.

»Alle vier Reifen! Alle platt! Das gibt's doch nicht! Die sind ganz neu, jetzt sind alle platt!«

Romana nickte verstehend, ich jedoch hatte keine Ahnung, wovon Frau Schmitz sprach. Gespannt wartete ich darauf, dass meine Arbeitskollegin die Sache für mich klärte.

»Alle Reifen Ihres Autos sind also platt«, fasste Romana zusammen.

Frau Schmitz nickte.

»Wann kann das passiert sein?«, fragte Romana.

»Ich weiß nicht, keine Ahnung, ich hab doch nichts gesehen, schließlich muss ich arbeiten«, fauchte die Schmitz.

»Ja, sicher, Frau Schmitz«, beruhigte sie Romana.

»Die Reifen wurden also hier auf dem Parkplatz beschädigt – und nicht bei Ihnen zu Hause?«, hakte sie nach.

Wieder nickte die Chefin.

»Ich wollte vorhin wegfahren, zum Meeting, aber das geht ja nicht mit zerstochenen Reifen!«, erklärte sie aufgebracht.

»Hm, ja«, bestätigte Romana.

Sie suchte wohl nach einem Motiv für den vermeintlichen Täter. Die Schmitz hätte bei uns bestimmt keinen Preis für Beliebtheit oder Charme gewonnen, dennoch galt sie als fair und leidlich kompetent. Die Klagen über sie im Kollegenkreis bewegten sich im Rahmen der üblichen Äußerungen, die hinter dem Rücken einer Chefin oder eines Chefs nun mal an der Tagesordnung sind. Ich konnte mir nicht vorstellen, dass einer meiner Kollegen einen so starken Hass auf die Chefin in sich trug, dass er zum Reifenstecher wurde. Außerdem konnte man das Großraumbüro kaum unbemerkt verlassen. Nein, einen Kollegen oder eine Kollegin konnte man getrost ausschließen. Da war jemand anderes am Werk gewesen.

Romana schien zum gleichen Schluss gekommen zu sein.

»Sie sollten Anzeige erstatten«, riet sie der Chefin.

»Das werde ich mit Sicherheit tun, was denken Sie denn«, fuhr die Schmitz meine Kollegin unfreundlich an.

»Aber das hilft mir nichts! Ich muss zu diesem Meeting – und heute Abend will ich mit meinem Auto nach Hause fahren«, schloss sie.

»Wir rufen Ihnen ein Taxi«, schlug Romana in ihrer praktischen Art vor.

»Wenn Sie uns die Nummer Ihrer Werkstatt geben, kümmern wir uns auch darum, dass jemand vorbeikommt und die Reifen ersetzt.«

Frau Schmitz erhob sich. Anerkennend tätschelte sie Romanas Gesicht, was dieser offensichtlich missfiel.

»Gute Idee, Mädchen«, kommentierte die Chefin.

»Kommen Sie mit in mein Büro, ich gebe Ihnen die Nummer,

damit Sie das veranlassen können.«

Mit Duldermiene folgte Romana der Chefin in das kleine Kabäuschen, das als Chefbüro diente. Wir anderen wandten uns wieder unserer Arbeit zu, doch jeder fragte sich natürlich, ob hier nicht einfach ein Vandalenakt vorlag, der nur zufällig das Fahrzeug der Schmitz getroffen hatte.

Wir lagen falsch, wie sich bald herausstellte. Die Reifen an Schmitz' Wagen wurden wenige Tage später ein zweites Mal zerstochen. Die Polizei tappte im Dunkeln, doch womöglich maß sie dieser Sache auch nicht allzu große Bedeutung bei. Beim dritten Anschlag, so nannte es zumindest die Chefin, blieb es nicht nur bei zerstochenen Reifen. Die Unbekannten zerkratzten den blauen Lack des Autos auf üble Weise. Auch dieses Attentat blieb ungesühnt, doch die Nerven der Chefin lagen inzwischen blank.

Die Arbeitstage wurden allmählich zum Horrortrip. Dauernd schickte die Schmitz einen von uns auf den Parkplatz, um zu kontrollieren, ob ihr frisch lackiertes Auto noch heil war. Das Fahrzeug, eigentlich ein absolut unauffälliges, dunkelblaues Gefährt, stand unter Dauerbeobachtung. Die Chefin schien uns aber nicht ganz zu trauen. Alle halbe Stunde sah sie selbst nach dem Rechten. Da sie dies immer im Laufschritt tat, überlegte ich, ob sie vielleicht mit einem neuen Sportprogramm begonnen hatte.

Die Hektik, die sich seit Tagen in unserem Büro breitgemacht hatte, lenkte mich vorübergehend von meinen eigenen Problemen ab.

Ich erzählte Bettina von den Anschlägen auf meine Chefin. Sie, die Krimiautorin, war an der Fortsetzung sehr interessiert, meinte jedoch, dass es unwahrscheinlich sei, dass der Schuldige gefunden würde. In einer Großstadt passierten täglich viele nicht gesetzeskonforme Dinge, da gehörten zerstochene Reifen und zerkratzter Lack zu den Bagatelldelikten, die nur am Rande bearbeitet würden. Mir leuchtete das ein, zu einem ähnlichen Schluss war ich selbst gekommen.

»Wie geht es Linda?«, wechselte ich das Thema abrupt.

Bettina, entspannt und warm in meinem Arm liegend, sah mich überrascht an.

»Soweit ich sehen kann, ganz gut«, erwiderte sie vorsichtig.

»Wäre es nicht an der Zeit, dass du ihr die Tür zeigst?«, ging ich direkt auf mein Ziel los. Spontan hatte ich beschlossen, dass jetzt der richtige Zeitpunkt für eine Entscheidung war. Seit dem letzten derartigen Gespräch mit Bettina waren Wochen vergangen, in denen sich aus meiner Sicht absolut nichts geändert hatte. Linda saß im warmen Nest bei Bettina, ließ sich von ihr aushalten und machte keine Anstalten, ihr eigenes Leben endlich wieder aufzunehmen.

Wenn ich mir die Wochen vor meinem inneren Auge Revue passieren ließ, keimte in mir gar der Verdacht, dass Linda drauf und dran war, sich dauerhaft in Bettinas Leben einzunisten. Kürzlich hatte Bettina beispielsweise erzählt, dass Linda sich in der Stadt einen Job suchte – eine Arbeitsstelle, die möglichst nah bei Bettinas Wohnung lag. Dass sie diese Wohnung pflegte und auch das Kochen im gemeinsamen Haushalt übernommen hatte, waren weitere Indizien, die für die Richtigkeit meiner Vermutung sprachen. Wenn ich Bettina darauf ansprach, wich sie mir aus, verteidigte Linda, erklärte, dass es doch ein Zeichen für die Fortschritte ihrer Ex seien. Wenn Linda erst einen neuen Job hätte, dann würde sie sich auch eine eigene Wohnung suchen, meinte Bettina.

»Heißt das, sie hat inzwischen weder Job noch Wohnung?«, hatte ich schockiert gefragt.

Bettina errötete.

»Ähm ... ja ... weißt du, sie ist ja jetzt schon länger ... bei mir«, begann sie.

»Da meinte sie, es hätte keinen Sinn, ihre Wohnung weiter zu bezahlen. Dass sie schon seit Monaten arbeitslos ist, hatte sie mir verschwiegen«, gestand Bettina.

Ich vertiefte das Thema nicht, denn mir fehlten die Worte. Aus den anfänglichen wenigen Tagen waren Monate geworden, aus einem Besuch ein Daueraufenthalt, aus freundschaftlicher Hilfe ein gemeinsames Leben.

Ich war vor den Kopf gestoßen, schockiert und sprachlos. Bettina interpretierte mein Schweigen als Bestätigung für die Richtigkeit ihres Verhaltens.

Alle zwei Tage, das blieb sich gleich, verbrachte Bettina die

Nacht bei mir. Sosehr ich mich auch darauf freute, sie in meinen Armen zu halten, mir blieb nicht verborgen, dass meine Geliebte von Mal zu Mal angespannter wirkte. Sie war nervös, wenn sie kam, unruhig, wenn ich sie küsste, unkonzentriert, wenn ich sie berührte. Manchmal gelang es ihr nicht, sich wirklich fallen zu lassen. Sie weinte oder sie schwieg. Nie erklärte sie, was wirklich in ihr vorging. Es wurde Zeit, dass wir die Situation klärten.

»Jetzt führen wir also ein Beziehungsgespräch«, stellte Bettina fest.

Sie löste sich aus meinen Armen und setzte sich auf. Ihr Gesicht wirkte verschlossen.

»Eigentlich hatte ich schon früher damit gerechnet«, meinte sie.

»Aber dass du das Gespräch hättest beginnen können, ist dir nicht in den Sinn gekommen«, erwiderte ich.

Wieso musste immer ich die heißen Eisen anfassen? An einer Beziehung waren meines Wissens immer mindestens zwei beteiligt. In unserem Fall jedoch, und das war das Problem, mischten aber drei mit.

»Ich weiß nicht mehr, was ich dazu noch sagen soll«, gestand Bettina leise. »Ich weiß, dass es dich verletzt, dass Linda noch immer bei mir wohnt. Auf der anderen Seite kann ich sie nicht einfach vor die Tür setzen. Jetzt geht das noch weniger als zu Weihnachten, denn sie hat weder Arbeitsstelle noch Wohnung. Wo soll sie denn hin?«

»Das hat sie wirklich sehr gut hinbekommen, deine Linda«, meinte ich trocken. »Sie schiebt dir eine Verantwortung zu für etwas, das mit dir und deinem Leben überhaupt nichts zu tun hat. Und du lässt dich von ihr manipulieren, dass einem schon vom Zusehen schlecht wird.«

»Das klingt bitter«, stellte Bettina fest. »Bist du nicht etwas ungerecht – oder auch selbstgerecht?«

»O ja, ich weiß!« Meine Stimme klang wirklich bitter, da musste ich Bettina zustimmen. »Es tut mir leid, dass ich nicht von deinem Edelmut beseelt bin. Bitte entschuldige, dass ich die Liebe zu dir über die vermeintliche Verantwortung für eine Ex stelle.«

Nun war's vorbei mit der Bitterkeit, ich hatte die Stufe des Zynismus erklommen. Tapfer ignorierte ich die abwehrende Handbewegung meiner Liebsten, ihren verletzten Blick blendete ich aus, als ich sagte: »Du musst dir darüber klarwerden, was in deinem Leben zählt. Es ist offensichtlich, dass Linda zu dir zurück will. Sie hat sich in deinem Leben breitgemacht und beginnt, darüber zu bestimmen. Du bist nicht mehr du selbst, auch wenn du alle zwei Tage bei mir auftauchst. Mit deinen Gedanken bist du nicht mehr bei mir, du hast ihr gegenüber ein schlechtes Gewissen.«

»Was soll ich denn machen, Bärchen, was?«, fragte Bettina mit tränenerstickter Stimme.

»Ich habe vor Weihnachten ja gesagt. Ich habe versprochen, ihr zu helfen, ihr Unterschlupf zu geben, bis es ihr besser geht. Und jetzt? Ich komm da nicht mehr raus. Ich weiß nicht, was ich noch tun soll. Dass ich dich liebe, habe ich ihr gesagt, dass ich mit dir eine Beziehung habe, die ich auch wirklich leben will, das weiß sie!«

»Für sie sind es nur Worte«, erklärte ich nüchtern.

Mein Herz drohte zu zerspringen. Sah Bettina denn nicht, welch mieses Spiel Linda mit ihr trieb?

»Solange du nicht handelst, glaubt sie dir nicht. Sie hat ja keinen Grund dazu, du kommst ja immer zurück, bist immer für sie da, wenn sie ruft. Und falls du mal daran denkst, deine Wünsche umzusetzen, macht sie auf todunglücklich und akut selbstmordgefährdet. Damit hat sie dich wunderbar in der Hand«, fasste ich zusammen.

Bettina blickte mich mit großen Augen an.

»Denkst du, sie ist so berechnend?«, fragte sie ungläubig.

Ich nickte nur.

Meine Geliebte schüttelte zweifelnd den Kopf.

»Das kann nicht sein, nein, Bärchen, du täuschst dich.«

»Hättest du ihr angeboten, zu dir zu ziehen, wenn du gewusst hättest, dass sie weder Job noch Wohnung hat?«, fragte ich.

»Nein, das sicher nicht«, antwortete Bettina sofort.

»Und warum nicht?«, fragte ich weiter.

»Na, ist doch klar. Dann hätte ich mich gefragt, warum sie ausgerechnet zu mir ziehen will. Außerdem wäre mir bewusst gewesen, dass es für längere Zeit gewesen wäre. Das hätte ich nicht gewollt«, erklärte sie.

»Womit ich mal wieder recht hatte«, schloss ich.

»Sie hat an dein Mitleid appelliert, dir falsche Tatsachen vorgespielt und dich immer mehr in ihr Leben hineingezogen, bis sie es ganz in deine Verantwortung übergeben hat. Nun kannst du schauen, was du damit anfängst. Dass ich da keinen Platz habe, ist ja wohl klar.«

»Aber ich will ihr Leben nicht«, fuhr mich Bettina heftig an.

»Falsche Adresse, Schatz«, korrigierte ich sie leise.

Bettina fiel in sich zusammen. Ich rutschte näher zu ihr hin, zog sie in meine Arme. Meine Geliebte, die immer so fröhlich und stark gewesen war, wirkte jetzt erschöpft, kraftlos und völlig ohne Orientierung.

Mein Herz quoll über vor Mitgefühl, aber auch vor Schmerz. Wie sollte ich sie aus dieser Situation befreien? Wie konnten wir unsere Beziehung retten? Würde sie Linda überstehen? Oder war da nicht schon zu viel an Verletzung und Enttäuschung?

Ich wollte nicht aufgeben, denn für mich war Bettina die Frau, auf die ich so lange gewartet hatte. Sie war es, mit der ich träumen und leben wollte. Nur mit ihr konnte ich es mir vorstellen, alt zu werden.

»Sie will über Ostern mit mir in den Süden fahren«, vernahm ich plötzlich dumpf Bettinas Stimme.

Ostern? Ich erinnerte mich vage daran, dass Romana erzählt hatte, dass sie mit ihrer Frauenclique über Ostern wegfahren wollte. Dass schon bald wieder ein großes Fest mit Feiertagen anstand, war mir auf meiner Insel der Einsamkeit irgendwie entgangen. Nun wurde mir schlagartig bewusst, dass der Schnee längst geschmolzen war, dass Krokusse und Schneeglöckchen ihre Blütenkelche geöffnet hatten. Wie blind war ich die letzten Wochen und Monate durch die Tage gestolpert? Die Natur, die ich sonst immer aufmerksam und mit Freude beobachtete, beachtete ich nicht.

»Sie? Linda?«, fragte ich, um Zeit zu gewinnen.

Ich musste den Schock erst den verdauen.

»Ja, wer sonst? Sie meinte, es würde unserer angespannten

Beziehung guttun, wenn wir etwas Abwechslung hätten«, erklärte Bettina.

»Ach, ihr habt also eine Beziehung?«, fragte ich rhetorisch.

Wenn je Zweifel an Lindas Zielen bestanden hatten, jetzt waren sie ausgeräumt.

»Ihre Worte, nicht meine«, verteidigte sich Bettina schwach.

Auch ihr war bewusst, dass sie jetzt ein klares Zeichen setzen musste. Sie kam nicht länger um eine Entscheidung herum.

»Schatz, ich liebe dich!«, begann ich. »Aber eines muss dir klar sein: Wenn du Lindas Wunsch entsprichst, dann heißt das für mich, dass ich in deinem Leben nichts zu suchen habe.«

Bettinas Tränen benetzten meine Schultern. Ihr Körper wurde von Weinkrämpfen geschüttelt. Diesmal konnte ich ihr nicht helfen, so schmerzhaft das für mich auch war. Ich war selbst am Ende meines Lateins und am Ende meiner Kräfte. Diesmal musste Bettina eine Entscheidung treffen, die Linda nicht wieder neue Möglichkeiten eröffnete – oder sie musste die Konsequenzen tragen.

Der Rest des Abends verlief sehr friedlich. Wir unterhielten uns über alltägliche Nebensächlichkeiten, berührten jedoch das heikle Thema nicht mehr. Nachts liebten wir uns intensiv, heftig, verzweifelt.

Als Bettina am Morgen die Wohnung verließ, sah sie nicht sehr gesund aus. Unser Abschied fiel sehr tränenreich aus, und ich fragte mich, als ich Bettina nachwinkte, ob ich sie je wieder sehen würde.

An diesem Tag, glücklicherweise ein Freitag, fühlte ich mich außerstande, zur Arbeit zu gehen, darum meldete ich mich krank. Den Vormittag verbrachte ich auf der Couch. Ich sah fern, doch eigentlich sah ich gar nichts, denn die Tränen verschleierten meinen Blick. Das Telefon hatte ich abgestellt, ich war nicht in der Lage zu sprechen, zu denken, mich mit irgendjemandem auseinanderzusetzen. Ich wollte meine Ruhe haben, am besten für immer, dachte ich bitter.

Nach Stunden, die ich mich im Selbstmitleid gesuhlt hatte, rappelte ich mich auf. Die heiße Dusche wärmte mich äußerlich, doch die innere Erstarrung löste sich nicht. Tapfer machte ich mich daran, den Korb mit Bügelwäsche abzuarbeiten. Erfahrungsgemäß beruhigte Hausarbeit mein aufgewühltes Gemüt, außerdem hatte ich festgestellt, dass ich in einer solchen Verfassung sehr viel ordentlicher und präziser verfuhr.

»Das erspart mir glatt den Therapeuten«, murmelte ich halblaut vor mich hin, als ich die Pullover, Hosen und T-Shirts, allesamt akkurat gebügelt und gefaltet, in den Schrank räumte.

Tatsächlich fühlte ich mich etwas besser, so gut gar, dass ich wagte, das Telefon und das Handy wieder in Betrieb zu nehmen. Letzteres hätte ich besser bleibenlassen, denn der ominöse SMS-Schreiber war nicht untätig geblieben. Die Beschimpfungen erreichten an diesem Tag neue Höchstwerte. Die Begriffe, von denen ich etliche noch nie gelesen oder gehört hatte, von denen ich aber sofort wusste, dass sie als außerordentlich verletzend und primitiv einzustufen waren, überlas ich geflissentlich. Die Botschaften hatten einen neuen Inhalt bekommen, wie ich feststellte.

»Du . . . damit wirst du nicht durchkommen! Meine Frau gehört mir! Wenn du . . . nicht endlich aufhörst, wirst du es bereuen! Haben dir . . . meine Aufmerksamkeiten noch nicht gereicht? Du . . . aber okay, ich hab noch mehr drauf!«

Die Drohungen waren unmissverständlich. Auch wenn ich nach wie vor davon überzeugt war, dass sie nicht mir galten, die Art und Weise wie sie geäußert wurden, jagten mir jedes Mal einen eisigen Schauer über den Rücken. Außerdem zeigte die Ausdrucksweise, die der Schreiber benutzte, dass es sich um eine extrem narzisstische Persönlichkeit handeln musste. Vielleicht sollte ich doch Romanas Rat Folge leisten und Anzeige gegen den Absender erstatten. Selbst wenn ich nicht persönlich von diesen unseligen Botschaften betroffen war, möglicherweise half ich so der eigentlichen Adressatin und konnte Schlimmeres verhindern.

Während ich die Argumente für eine Anzeige gegen die, die dagegen sprachen, abwog, ging eine neue Meldung ein.

»Du . . . Miststück! Ich werde mich rächen! Ich hatte dich . . . gewarnt! Ich weiß, wo du . . . wohnst. Ich weiß, wo du . . . arbeitest. Ich weiß alles über dich, du . . . Du wirst keinen Schritt mehr ohne mich machen. Ich sehe dich . . . Wenn ich zuschlage, wirst du . . . wissen, dass du's verdient hast!«

Das reichte nun endgültig! Ich tippte die Nummer der Polizei ein. Dem Beamten zu erklären, um was es eigentlich ging, erwies sich als schwierig. Erst meinte er, da ich ja wohl nicht gemeint sei, solle ich die Mitteilungen einfach ignorieren. Ich erläuterte ihm, dass ich das seit Wochen tat, doch jetzt sei das erträgliche Maß überschritten worden. Ich wollte, dass der Absender für seine Beschimpfungen, primitiven Beleidigungen und vor allem auch für die Drohungen zur Rechenschaft gezogen wurde. Außerdem erschien es mir sinnvoll, zu eruieren, wer gemeint war und diese Person zu warnen.

Widerstrebend stimmte der Beamte schließlich zu. Er ließ sich dazu herab, mir einen Termin am frühen Abend zu geben, damit ich mit einer auf solche Fälle spezialisierten Beamtin reden konnte.

Wie gnädig, dachte ich etwas säuerlich. Im Grunde richtete sich mein Ärger aber gegen den unbekannten Schreiberling, der mich nun auch noch dazu zwang, das Haus zu verlassen und zur Polizeistation zu gehen.

Kaum hatte ich den Hörer wieder auf die Station gelegt, klingelte es. Ich erschrak heftig. Was, wenn er jetzt nebst der falschen Handynummer auch noch die falsche Telefonnummer wählte? *Idiotisch*, schimpfte ich mich selbst. Trotzdem kostete es mich Überwindung, den Hörer in die Hand zu nehmen und mich zu melden.

»Endlich, Simone! Wie geht's dir?«

Ich erkannte die Stimme im ersten Moment nicht, doch Romana half mir auf die Sprünge. Sie wollte wissen, was mir fehlte, doch als ich ihr sagte, dass das wohl medizinisch nicht zu diagnostizieren sei, schwieg sie und wechselte dann das Thema.

»Kannst du dir vorstellen, dass die Schmitz Feinde hat?«, fragte sie.

Ich verneinte. Auch wenn sie wie erwähnt keine übermäßig erfolgreiche Sympathieträgerin war, so konnte ich mir doch nicht vorstellen, dass jemand sie tatsächlich so sehr hasste, um sich für seine Rache an ihr die Hände schmutzig zu machen.

»Ich hätte es auch nicht gedacht, aber inzwischen häufen sich die Anzeichen, dass wirklich sie gemeint ist – oder wenigsten ihr Auto. Gestern sei sie länger im Büro geblieben, erzählte die

Schmitz heute, und als sie dann endlich Feierabend machte, da sei ihr Auto mit Farbe besprüht gewesen. Sie fuhr sofort in die Autowaschanlage, um das Zeug runterwaschen zu lassen«, erzählte Romana

»Bestimmt war ihr das peinlich«, mutmaßte ich, denn die Schmitz achtete stets darauf, dass ihr fahrbarer Untersatz glänzte.

»Darauf kannst du Gift nehmen, doch damit hat sich's noch nicht. Heute war die Chefin natürlich total nervös. So schlimm war's noch nie. Aber sie konnte das Auto ja nicht unter Dauerbeobachtung stellen. Jedenfalls hat der Täter wieder zugeschlagen. Diesmal mit einem Farbspray. Und diesmal hat er auch nicht einfach ein paar Farbflecken hinterlassen, sondern ganze Worte geschrieben«, führte meine Arbeitskollegin aus.

»Was für Worte denn?«, fragte ich mit einem seltsam mulmigen Gefühl im Magen.

»Oh . . . ich glaube, das willst du nicht wirklich hören. Es war auf jeden Fall nichts Nettes oder so«, wich Romana aus.

»Doch, ich will's wissen«, beharrte ich.

»Selbst schuld«, meinte Romana und begann dann die Aufzählung mit »Schlampe»,«Nutte» und«Miststück«, ehe sie die entsprechend primitiven und beleidigenden Adjektive dazu nannte. Mir kamen die Begriffe sehr vertraut vor, viel zu bekannt. Das mulmige Gefühl verstärkte sich.

»Warum rufst du eigentlich an?«, fragte ich vorsichtig.

Es hätte doch gereicht, wenn Romana mir das am Montag erzählt hätte. Ich erinnerte mich nicht daran, dass meine Arbeitskollegin je bei mir angerufen hatte, auch wenn ich mal krank gewesen war, sie hatte sich nie nach mir erkundigt.

Romana rückte nicht gleich mit einer plausiblen Antwort heraus, doch ich ließ nicht locker, bis sie endlich sagte: »Dir ist vielleicht aufgefallen, dass auf dem Auto die gleichen Begriffe standen, wie sie du aufs Handy bekommen hast.«

»Ja, dieser Gedanke ist mir vorhin auch gekommen«, gestand ich. »Was schließt du daraus?«, fragte ich.

Wieder zögerte Romana.

»Es kann doch sein, dass der Täter nicht die Schmitz meint«, erklärte sie, »sondern dich.«

»Wäre das Umgekehrte nicht auch möglich?«, fragte ich.

Was zur Hölle hatte ich denn verbrochen, dass man mir so ans Leder wollte? Außerdem hatte ich noch nie ein Auto besessen, wieso sollte also ein Feind – hatte ich je Feinde gehabt? – auf die Idee kommen, ein Auto zu besprayen.

»Nein, ich glaube nicht, dass der umgekehrte Fall möglich ist, denn die Schmitz hat kein Handy«, erklärte Romana.

»Und ich kein Auto, verdammt«, konterte ich.

Romana lachte trocken: »Aber das scheint der Täter nicht zu wissen.«

Meine Arbeitskollegin war sich offensichtlich absolut sicher, dass ich und nicht die Schmitz gemeint war. Aber woher nahm sie diese Sicherheit? Und wie kam der Typ an meine Handynummer? Und warum wurde ich überhaupt belästigt? Wem war ich zu nahe getreten? Ich verstand die Welt und vor allem gewisse Bewohner nicht mehr.

»Ich nehme an, du bekommst noch immer Kurzmitteilungen?«, hörte ich Romana fragen. Ich bestätigte.

»Und du hast noch immer keine Anzeige erstattet oder selbst versucht, herauszufinden, woher die kommen?«, fragte sie weiter.

Ich widersprach, denn immerhin hatte ich ja vor einer halben Stunde den ersten Schritt in diese Richtung unternommen.

»Oh, das hört sich gut an«, kommentierte meine Arbeitskollegin, dann schwieg sie ein paar Sekunden.

»Ich habe eine Idee«, eröffnete sie mir. »Ich komme mit zur Polizeistation. Die Schmitz hat zwar auch Anzeige erstattet, die Polizei hat das Auto auch schon angeschaut und fotografiert, doch ich glaube wirklich, dass zwischen den SMS und den Vandalenakten ein Zusammenhang besteht.«

Die Aussicht, mit der SMS-Geschichte nicht allein bei der Polizei vorsprechen zu müssen, erleichterte mich ungemein, aber mir war noch immer nicht klar, warum Romana sich so sicher war, dass zwischen den beiden Vorkommnissen ein Zusammenhang bestand.

»Ich erkläre es dir nachher«, wiegelte diese ab. »Wenn ich rechtzeitig da sein will, muss ich mich jetzt nämlich beeilen. Wir treffen uns vor dem Eingang.«

Mir blieb die Antwort im Hals stecken, denn Romana hatte das Gespräch bereits beendet.

Mit tausend Fragen und ebenso vielen Spekulationen im Kopf zog ich mich um und machte mich auf den Weg zur Polizeidienststelle, die mir vom Beamten genannt worden war.

Ich traf zehn Minuten vor der verabredeten Zeit am vereinbarten Treffpunkt ein, doch Romana stand bereits da. Sie kam ohne Umschweife zur Sache: »Hast du dein Handy dabei?«

Ich nickte. Was dachte sie denn, natürlich hatte ich das Beweismittel bei mir!

»Und du hast meinen Rat befolgt und die ganzen SMS gespeichert?«

Wieder nickte ich folgsam.

»Könntest du mir jetzt freundlicherweise erklären, warum zwischen den Anschlägen auf Schmitz' Wagen und den SMS ein Zusammenhang bestehen soll?«, fragte ich etwas ungehalten.

Romana lächelte, sie hatte meine Verärgerung durchaus bemerkt. Ihre Erklärung klang einleuchtend. »Erinnerst du dich an unser Gespräch vor einigen Wochen auf dem Parkplatz? Da standen wir vor einem blauen Auto, wir standen vor dem Auto der Schmitz. Wenn uns jemand da beobachtet hat, dann hätte er daraus schlussfolgern können, dass das Fahrzeug dir gehört, denn ich bin ja vor dir weggegangen.«

Ich erinnerte mich schlagartig an die Scheinwerfer, die mich an jenem Abend geblendet hatten – ein weiteres Indiz, das die Vermutung meiner Kollegin zu untermauern schien.

»Woher hat der Kerl meine Handynummer? Die kennt doch kaum jemand«, wollte ich wissen. Meiner Ansicht nach gab es noch viele Ungereimtheiten.

»Hast du dir schon einmal überlegt, dass es eine Frau sein könnte, die diese SMS schreibt?«, stellte Romana die Gegenfrage.

»Eine Frau?«

Nein, daran hatte ich nicht gedacht. Aber selbst wenn, welche Frau, die meine Nummer kannte, würde mich auf so primitive Art belästigen und schließlich bedrohen?

»Ja, eine Frau! Eine, die ihre Beziehung durch dich bedroht sieht«, erklärte Romana.

Lachend fügte sie hinzu: »Mit meiner Person kann das leider keinen Zusammenhang haben, denn ich bin seit langer Zeit solo, und meine Exfreundinnen sind in alle Winde verstreut.«

»Bettina?«, fragte ich unsicher.

Natürlich war da Linda, die es wahrscheinlich nicht mit überschäumender Freude sah, dass Bettina sich mit mir traf. Womöglich würde sie auch einiges versuchen, um ihre Ex zurückzugewinnen. Doch wie hätte sie an meine Nummer kommen können?

»Lass uns reingehen«, unterbrach Romana meine Gedanken.

Ich stimmte zu, allein kam ich in meinen Überlegungen sowieso nicht mehr weiter.

Die Beamtin, die sich um unser Problem kümmerte, war eine sympathische, sehr gemütlich wirkende Frau Ende vierzig. Sie schien alles nicht ganz so tragisch zu nehmen, sie lächelte andauernd.

»Also, Mädels«, meinte sie nach der Begrüßung, »dann schauen wir doch mal, was sich da machen lässt.«

Sie nahm mein Handy, klickte sich durch die Nachrichten, und das Lächeln verschwand kurzzeitig aus ihrem Gesicht.

»Das ist ganz schön heftig«, kommentierte sie schließlich.

»Gut, dass ihr damit zu mir gekommen seid. Eigentlich hättet ihr schon viel früher kommen sollen«, tadelte sie.

Schuldbewusst senkte ich den Blick, während mir Romana von der Seite einen leichten Stoß in die Rippen versetzte.

Ja, ja, alle haben recht, nur ich bin die Dumme, dachte ich selbstanklagend.

»Der Täter macht es uns leicht«, meinte die Beamtin aufmunternd.

Sie bat uns, kurz zu warten, während sie ein paar Telefonate erledigen wollte.

Es dauerte zwar etwas länger, doch als die Frau zurückkam, war das Lächeln auf ihrem Gesicht eine Spur tiefer als zu Beginn unseres Termins.

»Wir haben sie«, informierte sie uns triumphierend.

»Wer von Ihnen kennt eine Linda Schneider?«

»Schneider? Linda?«, fragte ich schockiert. »Wirklich Linda?«

»Ja, eindeutig! Die Nachrichten wurden immer von der gleichen Nummer abgesetzt, immer von dieser Linda Schneider. Das bestätigen die vorliegenden Daten. Wir haben jetzt auch ein Bewegungsprofil des Handys dieser Frau Schneider angefordert, um herauszufinden, ob sie tatsächlich auch mit den Anschlägen auf das Auto einer gewissen Frau Schmitz, deren Anzeige uns vorliegt und von denen Sie auch erzählt haben, besteht. Das kann aber noch dauern«, schloss die Beamtin.

Ich war froh, dass ich saß. Meine schlimmsten Befürchtungen hatten sich bewahrheitet. Linda steckte hinter diesen primitiven, aber deshalb nicht weniger ernsthaften Drohungen. Noch konnte ich mir nicht genau vorstellen, wie sie meine Nummer herausgefunden hatte, doch das bereitete mir im Moment keine Kopfschmerzen. Ich machte mir vielmehr Sorgen um Bettina. Wenn sich meine Liebste tatsächlich von Linda lösen wollte, wenn sie ihre Ex wirklich vor die Tür setzen würde, könnte es durchaus sein, dass auch sie ins Fadenkreuz dieser rachsüchtigen Amazone geriet.

»Ach, Kindchen«, vernahm ich die Stimme der Beamtin, »jetzt ist es bald überstanden. Sie müssen sich nicht weiter fürchten, denn jetzt wissen wir ja, wer hinter den Drohungen steckt.«

»Sie verstehen nicht! Meine Freundin, sie ist mit dieser Linda zusammen! Wenn die jetzt austickt, dann ...« Ich fand keine Worte mehr.

Ich wollte nur noch so schnell wie möglich zu Bettina, sie warnen, sie zu mir holen, uns beide in Sicherheit bringen. Wenn Linda jetzt mitbekam, dass sie ihre Wut am falschen Ort, nämlich an Schmitz' Wagen, ausgelassen hatte, dann konnte doch niemand sagen, wie sie reagieren würde.

»Gibt es denn keine Möglichkeit, die Frau dingfest zu machen, sie in Gewahrsam zu nehmen?«, fragte Romana stellvertretend für mich.

Was war ich froh, dass meine Kollegin mitgekommen war. Ich konnte keine klaren Gedanken mehr fassen, doch sie dachte wie immer praktisch und vorausschauend.

»Nur wegen ein paar SMS?« Die Beamtin schüttelte den Kopf. »Nein, das ist zu wenig. Wenn wir dieser Frau Schneider nachweisen können, dass sie hinter den Vandalenakten auf das

Fahrzeug von Frau Schmitz steckt, dann haben wir etwas in der Hand, um sie zumindest vorübergehend aus dem Verkehr zu ziehen.«

»Also dann los, worauf warten Sie noch!«, fuhr ich die gute Frau heftig an.

Glücklicherweise schien die nicht sehr empfindlich zu sein. Sie versprach, alles Nötige in die Wege zu leiten, ihren Leuten Druck zu machen und die Sache zu einem schnellen Ende zu bringen. Was schnell sei, wollte sie jedoch nicht genau definieren.

Teilweise erleichtert, aber auf der anderen Seite auch sehr besorgt, verließ ich die Polizeidienststelle. Das Handy hatten sie als Beweismittel natürlich dortbehalten. Ich kam mir ohne das kleine Ding ziemlich nackt vor, auch wenn ich wusste, dass ich Bettina via SMS sowieso nicht erreichen konnte.

»Ich muss unbedingt sofort mit Bettina reden«, erklärte ich Romana, die nichts anderes erwartet zu haben schien.

Meine Kollegin verabschiedete sich, denn sie hatte noch ein Date, wie sie mir verriet. Meine Umarmung fiel etwas lang aus, doch ich konnte ihr auf keine andere Art zeigen, wie dankbar ich ihr für ihre Unterstützung war.

Inzwischen hatte Bettina bestimmt Feierabend gemacht und befand sich vermutlich zu Hause. Auch wenn ich fürchtete, dass Linda ans Telefon gehen könnte, wollte ich meine Freundin auf dem Festnetz anrufen. Das blinkende Licht des Anrufbeantworters zog meine Aufmerksamkeit auf sich.

»Bärchen, du glaubst nicht, was alles passiert ist. Seit heute Mittag geht's hier drunter und drüber. Ruf bitte an, wenn du die Nachricht abgehört hast«, bat Bettinas Stimme.

Etwa eine Stunde später war ein zweiter Anruf meiner Lieblingsautorin aufgezeichnet worden.

Diesmal klang die Stimme etwas besorgt: »Bärchen, wo steckst du? Du bist nicht auf der Arbeit, zu Hause bist du wohl auch nicht – oder du gehst einfach nicht ans Telefon, weil du sauer bist auf mich ... Liebling, bitte! ... Hm, du scheinst wirklich nicht da zu sein. Aber warum reagierst du nicht auf meine SMS? Ja, du hast richtig gehört, ich habe mein Handy gefunden. Das wollte ich dir aber alles live erzählen. Bitte melde dich!«

Rasch tippte ich Bettinas Nummer ein, es klingelte zweimal, dann meldete sich meine Liebste.

»Gott sei Dank! Endlich, Bärchen! Du ahnst nicht, was alles passiert ist. Unfassbar!«, legte Bettina gleich los.

»Schatz, wenn du mir die Geschichte der Reihe nach erzählen könntest, würde mir das helfen«, informierte ich sie lachend.

Obwohl ich Bettina vieles zu berichten hatte, wollte ich ihr den Vortritt lassen, denn sie brannte offensichtlich darauf, ihre Neuigkeiten loszuwerden. Im Moment schien sie auch nicht in akuter Gefahr zu sein, sonst hätte sie nicht reden wollen.

»Okay, ja, natürlich, du hast recht«, bestätigte Bettina.

Sie holte tief Luft und begann: »Ich habe heute schon um zwölf Feierabend gemacht, denn ich wollte die Sache mit Linda endlich klären. Als ich zu Hause ankam, war aber weder von Linda noch von ihrem Auto was zu sehen. Ich wollte die Zeit nutzen und begann, Lindas Sachen zusammenzupacken. Ich habe heute über das, was du gesagt hast, nachgedacht und bin zum Schluss gekommen, dass ich Linda nicht helfe, wenn ich sie weiter bei mir wohnen lasse. Außerdem kann ich nicht zulassen, dass sie unsere Beziehung zerstört, Bärchen.«

Diese Entscheidung erleichterte mich ungemein, was ich meiner Liebsten auch sagte.

»Ich bin noch längst nicht fertig mit meiner Geschichte«, unterbrach mich Bettina.

»Wo war ich?«, fragte sie rhetorisch, dann nahm sie den Faden wieder auf. »Ich packte also die Kleidungsstücke, die wie üblich in der ganzen Wohnung verstreut herumlagen, zusammen und legte sie in ihre Tasche. Dabei fiel etwas aus einer von Lindas Jeans. Du glaubst es nicht, Bärchen, es war mein Handy!«

»Sie hat dein Handy geklaut?«, fragte ich zurück.

Mir wurde schlagartig klar, woher Linda meine Nummer hatte.

»Ja, so sieht's aus! Unglaublich! Sie hat übrigens alle SMS von dir, die ich gespeichert hatte, gelöscht. Jedenfalls hat mich dieser Fund in meiner Entscheidung bestätigt. Als Linda etwa eine Stunde in die Wohnung kam, war ich ziemlich wütend auf sie, wie du dir vielleicht denken kannst. Dieses Biest! Da macht sie monatelang auf armes Hascherl und hintergeht mich nach Strich und Faden!«

Ich unterbrach die Tirade meiner Liebsten und fragte, wie Linda auf die Konfrontation mit der Wahrheit reagiert hätte.

»Erst wollte sie alles abstreiten, doch das nützte nichts, denn die Fakten ließen ja nur den einen Schluss zu, den ich gezogen hatte. Dann meinte sie, du wärst nicht die richtige Frau für mich. Wir, also Linda und ich, müssten uns eine zweite Chance geben. Das erste Mal sei die Beziehung vielleicht auch wegen ihr nicht so gut gelaufen, doch sie hätte viel gelernt und würde mich bestimmt nicht mehr enttäuschen. Kannst du dir vorstellen, wie das bei mir ankam?«, fragte Bettina noch hörbar aufgebracht.

»Ich denke, du hast ihr deutlich gesagt, dass du nichts mehr von ihr wissen willst«, vermutete ich.

»Darauf kannst du Gift nehmen! Aber hallo», bestätigte Bettina mit Nachdruck.

»Die Krönung war dann – ich hatte Linda samt Taschen eben vor die Haustür befördert –, dass die Polizei auftauchte. Stell dir vor, die Polizei bei mir zu Hause!«

»Oh, die waren ja richtig schnell«, kommentierte ich überrascht.

»Wie? Warum schnell?« Bettina hatte offenbar von nichts eine Ahnung.

Ich versuchte, die Ereignisse der letzten Wochen in einfache, klare Worte zu fassen. Mein Bericht fiel dennoch ziemlich lang aus, nicht zuletzt deshalb, weil mich meine Liebste immer wieder mit Ausdrücken der Fassungslosigkeit unterbrach.

Nachdem ich geendet hatte, herrschte Stille in der Leitung.

Schließlich sagte Bettina: »Das hätte ich nie und nimmer von Linda gedacht! Ich kann es nicht glauben! Das ist echt kriminell, was sie da mit dir abgezogen hat! So ein Miststück! Und mir Liebe vorspielen! Die hat nicht mehr alle Tassen im Schrank!«

»Na ja, jetzt ist sie aufgeflogen. Sie hat Anzeigen am Hals und wird erst mal damit beschäftigt sein. Aber ich bin ehrlich froh, dass dieser SMS-Terror endlich ein Ende hat. Das fühlte sich wirklich immer bedrohlicher an«, meinte ich.

Linda, das stand fest, war weg vom Fenster, das heißt, sie würde uns nicht mehr belästigen. Jetzt konnten Bettina und ich endlich mit unserer Beziehung beginnen.

»Schatz, was hältst du davon, wenn wir nochmals neu anfangen?«, hörte ich Bettina in diesem Moment fragen.

Konnte sie Gedanken lesen?

»Wie meinst du das, neu anfangen?«, fragte ich zurück.

Ich wollte sicher sein, dass sie das Gleiche meinte wie ich.

»Nun ja, der Anfang ging ja wohl ziemlich daneben. Kaum hatten wir uns verliebt, tauchte Linda auf. Wir haben irgendwie gar keine Zeit gehabt, uns wirklich kennenzulernen, miteinander eine Beziehung aufzubauen«, erklärte Bettina wortreich. »Vielleicht war es zu viel für dich ... ich könnte es sogar verstehen, irgendwie. Aber Bärchen, ich wünsche mir sehr, dass wir nochmals neu beginnen.«

»Zu viel? Nein, Schatz«, beruhigte ich meine Lieblingsautorin. »Linda ist eine durchtriebene Intrigantin. Sie hat dich schamlos benutzt und dein Helfersyndrom ausgenutzt. Ich liebe dich, Bettina Gut, und ich möchte auch, dass wir uns ein gemeinsames Leben aufbauen.«

Bettina schwieg. Sie schwieg lange. Ich wurde allmählich unruhig. War ich zu weit gegangen? Ich hatte ihr gesagt, was ich mir aus tiefstem Herzen wünschte. So deutlich war ich noch nie zuvor geworden. Bettina redete von Beziehung, ich von einem gemeinsamen Leben, widersprachen sich diese beiden Wünsche? Das durfte nicht sein.

»Bärchen, du machst mich verlegen«, vernahm ich endlich Bettinas Stimme ganz leise an meinem Ohr.

»Verlegen? Aber wieso denn?«, fragte ich unsicher zurück.

»Ich hatte kaum zu hoffen gewagt, dass du mir noch eine zweite Chance gibst, denn ich habe dich schon ... na ja, irgendwie habe ich dich doch hingehalten all die Wochen und Monate ... und jetzt sprichst du gar von einem gemeinsamen Leben ... das wäre wunderschön«, erlöste mich Bettina endlich.

Meine Lieblingsautorin hatte immer schon über eine äußerst praktische Ader verfügt. Nebst tausend anderen Gründen auch ein Grund, sie zu lieben. Wenn irgendwo Schwierigkeiten auftauchten, dann machte sie sich daran, diese zu lösen. Langes Hin und Her waren ihr wie mir ein Gräuel. Dass sie sich von Linda in dieses Fahrwasser hatte ziehen lassen, erstaunte wohl sie selbst noch mehr als mich. Jetzt aber kehrte der Tatendrang zurück.

»Lass uns über die Ostertage gemeinsam wegfahren«, schlug sie vor.

Sie hatte auch schon ein Ausflugsziel parat: Lindau. Sie machte mir dieses Städtchen schmackhaft, indem sie die malerische Lage am Bodensee hervorhob. Ich wäre mit Bettina auch nach Alaska gefahren oder mitten in die Wüste. Das Ziel spielte keine Rolle, Hauptsache, Bettina und ich waren ungestört, konnten miteinander Zeit verbringen, sehr viel Zeit.

8

Das Leben meinte es gut mit mir! Seit zwei Wochen, seit Linda nähere Bekanntschaft mit den Vertretern der Polizei gemacht hatte, ging es mir fabelhaft.

Mein Handy hatte ich nach meiner erneuten Aussage zurückbekommen, es zeigte mir nur noch Liebesbotschaften an, keine Drohungen mehr, trotzdem überlegte ich mir, mir eine neue Nummer geben zu lassen, denn niemand konnte mir garantieren, dass Linda nicht wieder mit ihrem Terror anfangen würde. Sie würde sich für die Bedrohungen und die Anschläge auf Schmitz' Auto vor dem Richter verantworten müssen, was bedeutete, dass ich mit meiner Chefin zu einem Gerichtstermin geladen wurde. Eine ziemlich seltsame Vorstellung! Bis es so weit war, wollte ich aber jede Sekunde der neuen Liebe mit Bettina genießen.

Meine Geliebte zeigte sich von ihrer romantischsten Seite. Sie verwöhnte mich mit Kleinigkeiten, doch auch größere Geschenke blieben nicht aus. Bettina meinte, sie hätte viel gutzumachen, außerdem hätte sie es versäumt, mir zu Weihnachten etwas zu schenken. Kein Tag verging, ohne dass ich nicht mit einer Überraschung bedacht wurde.

Endlich begannen die Osterfeiertage. Meiner Stimmung entsprechend, strahlte die Sonne vom wolkenlosen Himmel herab.

Lindau, das kleine Städtchen, das von sich behauptete, das schönste Ende Deutschlands zu sein, präsentierte sich bei unserer Ankunft von seiner traumhaften Seite. In den Parks trugen die Bäume bereits Blüten, vom See her wehte ein sanfter Wind, die Luft war angefüllt mit Kinderlachen, uns begegneten nur frohe Gesichter.

»Ein langer Winter ist vorüber«, kommentierte Bettina.

Ich hatte den Eindruck, dass sie damit weit mehr als den Winter als Jahreszeit meinte.

Bettina blieb stehen, zog mein Gesicht zu sich hinab und küsste mich. Ich fühlte die Sehnsucht, die diesen Kuss fast schmerzhaft zärtlich machte. Bald würde ich sie stillen, versprach ich meiner Liebsten in Gedanken.

Wortlos setzten wir unseren Spaziergang durch den frühlingshaften Park fort. Ohne uns abzusprechen, schlugen wir den Weg zurück zum Hotel ein.

Das Haus, wohl eines der älteren auf der Insel, stand nah am Ufer des Sees. Unser Zimmer verfügte über einen Balkon, von dem aus man über das stille Wasser fast bis auf die andere Seite des Sees blicken konnte. Ich vermutete, dass Bettina ziemlich tief in die Tasche greifen musste für unsere Unterkunft, doch sie hatte es vehement abgelehnt, als ich die Hälfte der Kosten übernehmen wollte.

»Bärchen, ich weiß, dass ich dich unzählige Male verletzt habe. Ich werde das nicht kleinreden. Ich kann es nicht ungeschehen machen, und entschuldigen lässt sich's auch nicht wirklich. Erlaube mir einfach, dass ich dich jetzt verwöhne«, hatte mich Bettina gebeten.

Mit einem Lächeln fuhr sie fort: »Außerdem, Süße, liebe ich es, wenn ich dich verwöhnen kann. Ich genieße es wirklich. Es ist schön, dich glücklich zu sehen und zu wissen, dass ich der Grund oder zumindest ein Teil des Grundes dafür bin.«

Diese Freude wollte ich meiner Liebsten gern zugestehen, doch es war mir ebenso ein Bedürfnis, sie zu verwöhnen. Ich wollte ihr die Sterne vom Himmel holen, damit sie über einen Teppich aus Sternenstaub gehen konnte. Ich wollte sie auf Händen tragen, ich wollte sie zum glücklichsten Menschen der Welt machen, ich wollte ... Mir gingen regelmäßig die Bilder aus, wenn ich darüber nachdachte, was ich mir alles für die Frau meines Lebens wünschte. Und jedes Bild schien zu blass, zu fad, zu wenig aussagekräftig. Nichts vermochte auszudrücken, was ich für Bettina empfand.

Der lange Winter, wie meine Lieblingsautorin unsere schwierige Anfangsphase zu nennen pflegte, hatte Spuren in mir hinterlassen, aber nicht nur in mir. Wir gingen sehr behutsam miteinander um, achteten auf Zwischentöne, auf Gesichtsausdrücke, redeten über Dinge, die wir wohl sonst nie angesprochen hätten.

»Ich will dich in den Himmel lieben«, hauchte mir Bettina wenig später ins Ohr.

Wir lagen auf dem Bett im Hotelzimmer, hielten uns fest, blickten uns tief in die Augen. Seit Linda aus unserem Leben entfernt worden war, liebten wir uns auch körperlich anders, langsamer, intensiver.

»Da bin ich schon«, antwortete ich leise.

Ich zog Bettina ganz nah zu mir heran. Ich bedeckte ihr geliebtes Gesicht mit zärtlichen Küssen, strich über ihre geschlossenen Augen, ließ meine Lippen langsam ihren Hals hinab wandern. Meine Hände suchten nach den Knöpfen ihrer Bluse.

Bettina regte sich. Sie half mir, sich auszuziehen und erledigte das Entkleiden auch gleich bei mir. Dann ließ sie sich auf die Matratze zurückfallen, blickte mich mit einem herausfordernden Lächeln an.

»Komm, Liebling«, befahl sie leise.

Eine Aufforderung, der es nicht bedurft hätte, denn Bettina zog mich magisch an. Ihrem nackten Körper, den sie mir verführerisch darbot, konnte ich unmöglich widerstehen.

Vorsichtig schob ich mich auf sie. Als sich unsere Brüste berührten, zuckte ich zusammen. Wie oft hatten wir schon miteinander geschlafen? Wie oft uns so berührt? Wie oft uns gegenseitig schwach gemacht? Wie oft uns aneinander verloren? Und doch spürte ich sie jetzt zum ersten Mal. Zum ersten Mal nahm ich die Wärme ihrer Haut wahr. Zum ersten Mal versank ich in ihrem Kuss. Zum ersten Mal drang ich in sie ein. Zum ersten Mal trank ich sie. Zum ersten Mal ließ ich mich von unserer Leidenschaft, die sie entfachte und in unbeschreiblichem Maße in uns lodern ließ, verbrennen. Zum ersten Mal verschmolz ich mit ihr, mit der Frau, die in diesem Moment mein Himmel war.

»Ich liebe dich!« Bettinas Stimme klang leise, kam von weit her, drang kaum zu mir durch. Ich verstärkte die Umarmung, sprechen konnte ich nicht.

»Schatz?«, fragte Bettina sehr viel später. Ich war eingedämmert, schreckte hoch, als sich Bettina in meinen Armen bewegte.

»Hm?«

»Ich habe noch nie so geliebt«, gestand Bettina mit heiserer Stimme. »Bevor du etwas sagst: Ich möchte wirklich mit dir leben!«

Von einer Sekunde zur anderen war ich hellwach. Ich richtete mich etwas auf, blickte Bettina in die Augen.

»Ich liebe dich über alles«, erklärte ich mit erstaunlich ruhiger Stimme, »und ein Leben ohne dich kann ich mir nicht mehr vorstellen!«

Bettinas Gesicht begann zu lächeln, dann strahlte es. Sie zog mich überschwänglich in ihre Arme, küsste mich an allen für sie erreichbaren Stellen – das waren sehr viele.

»Das muss gefeiert werden«, keuchte sie zwischen ihren Küssen.

Im nächsten Moment spürte ich ihre Finger in mir. Ja, meine Liebste verstand sich sehr gut aufs Feiern . . .

»Ach, Simone Mertens! Dich gibt's noch?« Meine beste Freundin Lotte war unüberhörbar eingeschnappt.

»Lotte, nun hab dich nicht so«, erwiderte ich lachend. »Wir waren ein paar Tage verreist. Es war übrigens wunderschön.«

»Mit der alten Lotte kann man das ja machen, schon klar«, meinte Lotte säuerlich.

»Die beleidigte Leberwurst steht dir nicht«, konstatierte ich. »Es tut mir leid, dass ich mich nicht eher gemeldet habe«, entschuldigte ich mich dann doch.

»Nicht eher? Du bist ja eine Komikerin! Weißt du, wie lange

ich nichts von dir gehört habe? Das müssen Wochen sein«, gab sich Lotte die Antwort gleich selbst.

Da konnte ich nicht widersprechen, denn meine beste Freundin hatte recht, ich hatte sie seit dem zweiten Anfang mit Bettina sträflich vernachlässigt. Allerdings war ich davon ausgegangen, dass gerade sie das verstehen müsste und mir keine Vorwürfe machen würde.

»Ich kann nur hoffen, dass dich deine Bettina nicht wieder so hängenlässt, wie sie das schon einmal getan hat«, knurrte Lotte ungnädig.

»Nun hör doch auf», insistierte ich. »Wir haben sehr viel geredet, wie du dir vielleicht vorstellen kannst. Außerdem war es nicht allein ihre Schuld, dass unser erster Versuch einer Beziehung so . . . schwierig war.«

»Klar, du verteidigst sie. Jetzt, da der Himmel für dich voller Geigen hängt, kannst du dir nicht vorstellen, dass sie dich verarschen könnte. Entschuldige, Simi, doch ich als deine Freundin habe die Pflicht, dich daran zu erinnern, wie sie mit dir umgesprungen ist, als ihre Ex aufgetaucht ist. Denkst du, das war die einzige abgelegte Beziehung? Was, wenn in ein paar Wochen oder Monaten wieder eine auftaucht? Oder wenn diese komische Linda deine Bettina nicht in Ruhe lässt? Du hast keine Garantien«, klärte mich Lotte schonungslos auf.

»Sei doch nicht so negativ, Lotte! Ich liebe Bettina über alles«, machte ich meine beste Freundin mit den Fakten bekannt. »Wir haben beide unsere Lektionen gelernt, das kannst du mir glauben«, fuhr ich fort. »Ich lasse es nicht zu, dass du schlecht über Bettina redest.«

»Ach Simi«, lenkte Lotte ein, »ich will doch nur, dass es dir gut geht. Ich könnte es nicht ertragen, dich noch einmal so leiden zu sehen wie letzten Winter. Das ging echt über die Schmerzgrenze. Das Schlimmste war für mich, dass du mir nicht alles erzählt hast. Du wolltest mal wieder alles allein auf die Reihe kriegen. Wie immer bist du erst mit der ganzen Geschichte rübergekommen, nachdem diese merkwürdige Sache vor Gericht verhandelt wurde.«

»Du weißt, ich war lange der Überzeugung, dass ich mit dieser merkwürdigen Geschichte, wie du es nennst, gar nichts zu tun hätte«, verteidigte ich mich schwach.

Natürlich war mir bewusst, dass Lottes Vorhaltungen der Berechtigung nicht entbehrten. Ich gestand ihr darum, dass ich mich schlicht überfordert gefühlt hatte.

Allmählich beruhigte sich Lotte. Sie ließ sich von mir schließlich ausführlich über mein neues altes Liebesglück ins Bild setzen.

Dann meinte sie: »Wenn du jemals verliebt warst, Simi, dann jetzt!«

Ich lächelte, was Lotte durchs Telefon allerdings nicht sehen konnte, und kam endlich auf den eigentlichen Grund meines Anrufs zu sprechen.

»Hast du nächste Woche mal einen Abend frei?«, fragte ich.

»Äh, einen? Ich hätte mehrere, mein lieber Freund ist mal wieder unterwegs. Warum fragst du?«, wollte Lotte wissen.

»Ich möchte, dass du Bettina näher kennenlernst. Ich würde für uns kochen, du müsstest mir nur sagen, welcher Abend für dich der beste ist«, ließ ich die Katze aus dem Sack.

»Oh, na, wenn das mal kein Angebot ist«, lachte Lotte.

Ich atmete auf, meine beste Freundin hatte mir verziehen.

Wir verabredeten uns für Mittwochabend, Lotte versprach gar, den Wein mitzubringen.

Ich konnte mich nicht erinnern, meine Liebste je so nervös gesehen zu haben. Bettina hatte sich am Mittwoch schon früh aus ihrem Büro verabschiedet, um mir bei den Vorbereitungen für das Abendessen zu helfen, wie sie erklärte. Ich vermutete allerdings, dass sie schlicht zu aufgeregt war, um noch vernünftig arbeiten zu können.

Seit zwei Stunden lenkte sie mich nun ab. Alle paar Minuten kam sie in die Küche, um etwas zu erzählen oder zu fragen. Sie leitete die Fragesequenzen, die sich im Wesentlichen um Lotte drehten, mit Küssen ein, die mir jedes Mal eine Gänsehaut verursachten. Am liebsten hätte ich meine beste Freundin wieder ausgeladen und wäre mit Bettina unter die kuschelige Bettdecke geschlüpft, doch das konnte ich weder Lotte noch Bettina antun. Meine Liebste wollte alles über meine Freundschaft mit Lotte erfahren.

»Bärchen, ich glaube, sie kennt dich viel besser als ich«, meinte sie schließlich ein bisschen resigniert.

Ich lachte: »Sie kennt mich länger, ja. Und wir haben viele gemeinsame Erlebnisse und Geschichten, auf die wir zurückblicken können. Trotzdem würde ich nicht sagen, dass sie mich besser kennt, sie kennt mich anders als du. Sie ist meine Freundin seit Kindertagen, du jedoch bist meine Geliebte, die Frau, mit der ich mein Leben teile. Lotte ist für mich sehr wichtig, doch eines ist klar: An die Gefühle, die ich für dich empfinde, wird diese Freundschaft nimmer herankommen, das ist etwas ganz anderes.«

»Danke, Bärchen, das beruhigt mich ein wenig«, meinte Bettina. »Aber was, wenn sie mich nicht mag? Was, wenn sie mich als arrogant empfindet? Wenn wir kein Thema finden, über das wir uns unterhalten können?«, fragte sie schon im nächsten Moment mit einem Anflug von Panik in der Stimme.

»Schatz, nun komm mal wieder runter«, versuchte ich sie zu beruhigen. »Sie weiß, dass du die wichtigste Person in meinem Leben bist, dass ich dich liebe. Ihr habt euch doch schon mal gesehen und euch da sehr gut unterhalten. Sie wird bestimmt nichts sagen oder tun, das mich oder dich verletzen würde.«

»Wie kannst du dir da sicher sein?«, widersprach Bettina störrisch. »Immerhin habe ich dir das Leben nicht immer leicht gemacht, was sie ja auch mitbekommen hat. Wieso sollte deine Freundin automatisch auch meine sein?«

Ich seufzte laut und verdrehte übertrieben die Augen. Egal, was ich sagte, Bettina wollte nervös sein. Ich deckte sie mit kleinen Aufträgen ein, damit sie abgelenkt wurde.

Das Resultat dieser Strategie waren ein wunderschön gedeckter Tisch, ein perfekt aufgeräumtes Wohnzimmer, ein duftendes Badezimmer, eine akkurat ausgerichtete Reihe von Schuhen unter der Garderobe und letztendlich dezente Hintergrundmusik. Hoffentlich erlöste uns Lotte bald.

Auf eine beste Freundin ist Verlass, dachte ich, als es an der Tür klingelte, während ich eben die Salatschüssel auf den Tisch stellte. Bettina sah mich ängstlich an. Ich trat zu ihr, umarmte sie, küsste sie zärtlich. »Schatz, es wird ein schöner Abend«, versprach ich ihr.

Lotte trat schon ungeduldig von einem Fuß auf den anderen,

als ich die Wohnungstür endlich öffnete.

»Wo hast du denn gesteckt?«, fragte sie mürrisch anstelle einer Begrüßung.

Großzügig ging ich darüber hinweg, umarmte sie und bat sie mit einer galanten Armbewegung in die Wohnung.

»Hm, riecht gut«, kommentierte Lotte, während sie sich die Schuhe von den Füßen streifte. Sie stellte sie in die Reihe, warf mir aber einen amüsierten Seitenblick zu.

»Wo steckt denn deine Traumfrau?«, fragte sie leise.

»Sie ist ein bisschen nervös«, antwortete ich ebenso leise. »Wahrscheinlich ist sie in der Küche und beaufsichtigt das Gratin.«

In diesem Moment trat Bettina aus der Küche. Ihr Gesicht war leicht gerötet, was man mit etwas gutem Willen dem dampfenden Gratin, das sie in den mit Topflappen geschützten Händen hielt, zuschreiben konnte.

»Guten Abend«, begrüßte Bettina Lotte vorsichtig.

»Guten Abend«, erwiderte Lotte lächelnd. »Schön, dass wir uns wiedersehen«, fügte sie freundlich hinzu.

Da das Abendessen noch viel zu heiß war, gönnten wir uns im Wohnzimmer einen Aperitif. Das Gespräch kam nur zögerlich in Gang, doch Lotte tat so, als wäre das völlig normal. Sie musterte Bettina heimlich, wie ich belustigt bemerkte. Bettina rutschte nervös auf der Couch herum, schließlich erhob sie sich mit dem Hinweis, wir könnten doch schon mal den Salat essen.

Begeistert stimmte Lotte zu, ihr war die Situation wohl auch nicht besonders angenehm. Tatsächlich wurde die Stimmung beim Essen zusehends besser. Das Gespräch plätscherte je länger desto ungezwungener dahin. Ich genoss es, die beiden Frauen, die mir am nächsten standen, an einem Tisch vereint zu sehen.

»Simi, sagst du auch mal was dazu«, forderte mich Lotte auf.

Verwirrt fragte ich zurück: »Wozu?«

Bettina lachte mich an, drückte mir einen Kuss auf die Wange und meinte: »Du warst wohl eben ein bisschen abwesend? Wir sprachen über die Gerichtsverhandlung.«

»Ach so, ja«, stammelte ich. »Das war eine ziemlich heftige Erfahrung für mich«, begann ich zu erzählen.

Der Abend verlief in der Folge sehr angenehm. Während ich in der Küche aufräumte – ich hatte die Hilfsangebote meiner Freundinnen abgeschlagen –, unterhielten sich Bettina und Lotte im Wohnzimmer. Sie verstanden sich blendend. Immer wieder durchbrach lautes Lachen das Gemurmel. Ich fühlte mich rundum wohl.

Als sich Lotte auf den Heimweg machte, war es schon nach Mitternacht. Sie verabschiedete sich von Bettina sehr herzlich und versprach, sich für die Einladung schon bald zu revanchieren.

Bettina winkte Lotte nach, schloss die Wohnungstür und drehte sich lächelnd zu mir um.

»Du hast wirklich Glück mit deiner besten Freundin«, erklärte sie mir.

Sie zog mich in ihre Arme. Ihre Küsse schmeckten nach Wein und nach sehr viel Zärtlichkeit.

Ohne weitere Worte begaben wir uns ins Schlafzimmer. Den ganzen Abend über hatte ich Bettina berühren wollen, hatte es aber meist unterlassen. Jetzt wollte ich sie ganz nah spüren, ganz tief berühren.

Bettina schien es ähnlich zu gehen. Sie ließ mir keine Zeit, mich auszuziehen. Ihre Hände waren überall. Ihre Haut brannte. Sie rieb sich an mir. Sie nahm mir mit ihrem Mund den Atem und mit ihren Fingern, die in mich hineinglitten, die Beherrschung.

Schon den ganzen Morgen hatte ich versucht, dahinterzukommen, warum meine Arbeitskollegin so außerordentlich gutgelaunt war. Es konnte nicht daran liegen, dass unsere Chefin aufgrund der Aufregungen der letzten Wochen nun Urlaub machte und wir in aller Ruhe arbeiten durften.

Auf meine Frage, ob Romana die Traumfrau über den Weg gelaufen sei, meinte sie nur, dazu könne sie im Moment noch nichts sagen. Natürlich wollte ich das Thema vertiefen, schließlich wünschte ich mir für alle Menschen in meinem näheren Umfeld nur das Allerbeste, zumal ich selbst seit Wochen wie auf Wolken ging. Wie ich es auch anstellte – ich war der Meinung, bei meinen Fragen sehr geschickt vorgegangen zu sein –, ich bekam absolut nichts aus Romana heraus. Sie schwieg und lächelte vor sich hin.

In der Mittagspause zog sie sich auf die Dachterrasse, die zum Bürogebäude gehörte, zurück. Zwar verbrachten wir ab und an die Pause in der nur beinahe grünen Oase, doch dazu musste die Sonne schon vom stahlblauen Himmel knallen, da es sonst zu windig und kühl war in dieser luftigen Höhe.

Heute schien die Sonne, doch weder kletterte das Thermometer auf sommerliche Temperaturen noch war es windstill. Romanas Ausflug auf die Dachterrasse interpretierte ich darum als Flucht vor meiner Neugierde. Lange überlegte ich, ob ich meine Arbeitskollegin wenigstens eine halbe Stunde in Ruhe lassen sollte, doch letztlich stach mich der Hafer. Ich musste endlich wissen, was mit ihr los war.

»Störe ich?«, fragte ich pro forma, als ich zu Romana in die frische, kühle Luft trat.

»Würde es dich davon abhalten, mich mit Fragen zu löchern?«, erwiderte meine Arbeitskollegin lachend.

Wahrheitsgetreu schüttelte ich den Kopf. Ich folgte Romanas Handzeichen, zog mir einen Klappstuhl an den kleinen Metalltisch heran und setzte mich. Da wir uns in der Mittagspause befanden, aß ich brav mein Tomaten-Mozzarella-Sandwich, doch ich hätte nachher nicht sagen können, wonach es wirklich geschmeckt hatte.

In Gedanken beschäftigte ich mich ausschließlich mit der Frage, welches wohl die erfolgversprechendste Strategie wäre, um hinter Romanas Geheimnis des Lächelns zu kommen.

Romana schien meine Anwesenheit nicht zu kümmern. Sie saß mit angewinkeltem Bein auf ihrem Stuhl – und las. Sie hielt ihr Taschenbuch wie einen Schutzschild vors Gesicht. Beim Umblättern erhaschte ich ab und zu einen Blick auf ihre heitere Miene. Zwischendurch lachte Romana auch laut auf, ansonsten aber hüllte sie sich in absolutes Schweigen.

Irgendwann hielt ich es nicht mehr aus.

»Was liest du denn da?«, versuchte ich es mit einer neutralen Einstiegsfrage.

Romana blickte von ihrer Lektüre auf, fixierte mich mit ihren dunklen Augen. Sie schien sich innerlich einen Ruck zu geben, schloss das Buch und legte es sorgfältig vor sich auf den Tisch.

»Eine schöne, lustige, spannende und äußerst romantische Geschichte«, klärte sie mich auf. Ihr Lächeln wurde breiter, wuchs an bis zu einem Grinsen.

»Du kennst die Geschichte«, eröffnete sie mir.

Verwundert schüttelte ich den Kopf. Mir kam das Cover unbekannt vor, ich war mir sicher, dieses Buch noch nie gesehen zu haben.

»Doch, Simone, du kennst es«, behauptete Romana erneut. Sie schien sich über mein fragendes Gesicht herrlich zu amüsieren.

»Ich habe mich heute Morgen verspätet«, begann meine Arbeitskollegin, »weil ich noch im Buchladen war, um eben genau dieses Buch abzuholen. Es kommt frisch aus der Presse, die Druckerschwärze ist noch nicht ganz trocken.«

Interessierte mich das? Nein, im Gegenteil! Ich wollte wissen, was der Grund für dieses Grinsen war – ein Buch konnte unmöglich dafür verantwortlich sein.

Romana schob das Taschenbuch etwas von sich weg. Ich sah es nicht an, es interessierte mich wirklich nicht. Romana schob es noch weiter in meine Richtung.

»Nun schau schon hin!«, befahl sie schließlich.

Gehorsam warf ich einen flüchtigen Blick auf das Buch. Ich setzte schon zu einer Erwiderung an, als die Information, die meine Augen aufgenommen hatten, im Hirn anlangten und dort für einen Kurzschluss zwischen einigen Synapsen sorgte.

»Simone Mertens« stand da! Mein Buch! Halleluja!

Vorsichtig griff ich danach. Drehte es prüfend in den Hände, begutachtete es von allen Seiten, strich über die Buchstaben. Tatsächlich, es war meine Geschichte in Taschenbuchformat.

»Sag bloß, du wusstest nicht, dass das Buch jetzt auf dem Markt ist?», vernahm ich Romanas Stimme.

»Nein, ich hatte keine Ahnung«, antwortete ich.

Ich erinnerte mich daran, dass Lotte kürzlich am Telefon erzählt hatte, das neue Buchprogramm komme demnächst heraus und auch, dass meine Geschichte jetzt erscheinen würde. Da ich in der Zwischenzeit aber meinen Vertrag studiert hatte, wusste ich, dass mir sogenannte Belegexemplare zugesandt würden.

Nun hielt ich mein Buch in den Händen, das aber gar nicht mir gehörte.

»Die Geschichte ist wirklich nicht schlecht«, informierte mich Romana über ihren ersten Eindruck und holte mich damit in die windige Realität der Dachterrasse zurück.

Ihr breites Grinsen verriet, dass sie sich diebisch darüber freute, die Erste zu sein, die ein Urteil darüber direkt bei der Schreiberin anbringen konnte.

»Oh ... äh ... das freut mich ... danke«, stammelte ich etwas überfordert.

Wie reagierte man als Autorin auf Komplimente? Standen sie mir überhaupt zu? Hatte ich wirklich etwas geleistet? Oder lobte mich Romana – sie tat es jetzt sehr ausführlich –, weil sie mich persönlich kannte und mit mir zusammenarbeiten musste?

Ich beschloss, meine Lieblingsautorin, die in solchen Dingen wesentlich mehr Erfahrung besaß, danach zu fragen. Für den Moment begnügte ich mich damit, mich am Urteil meiner Arbeitskollegin zu freuen.

»Ich hätte ja eigentlich erwartet, dass ich ein signiertes Exemplar von dir bekomme«, meinte Romana eben gespielt beleidigt.

Sofort beeilte ich mich zu versichern, dass ich ihr Buch natürlich signieren würde.

»Hättest du noch ein paar Tage Geduld gehabt, dann hättest du eins von mir bekommen, das ist doch klar«, erklärte ich, »aber du musstest es ja gleich aus der Druckpresse rauszerren! Die Freiexemplare, die ich bekommen soll, sind noch nicht eingetroffen.«

Romana interessierte sich nicht für irgendwelche Erklärungen, sie reichte mir einen Kugelschreiber über den Tisch und blickte mich auffordernd an.

Tja, überlegte ich angestrengt, *was schreib ich denn jetzt in das Buch? Für die beste Arbeitskollegin? Für eine liebe Freundin? Für Romana?*

Was hätte ich darum gegeben, jetzt mit Bettina reden zu können. Sie hätte mir bestimmt die ultimative Formulierung liefern können. So saß ich auf dem unbequemen Klappstuhl, unterdrückte krampfhaft das Bedürfnis, auf dem Stift herumzukauen, und schrieb schließlich etwas von Arbeitskollegin, deren Freundschaft ich schätze.

Offenbar hatte ich die passenden Worte gewählt, denn Romana bedankte sich überschwänglich für die schöne Widmung, las sie mehrmals und umarmte mich dann. Mir reichte es mit Emotionen für den Augenblick. Demonstrativ blickte ich auf meine Armbanduhr.

»Oh . . . wie die Zeit verfliegt«, kommentierte Romana.

Wie auf Kommando erhoben wir uns, stellten die Stühle zusammengeklappt wieder in die wettergeschützte Ecke und machten uns auf den Weg zurück ins Büro.

Ich brannte darauf, endlich nach Hause zu gehen und im Briefkasten nachzusehen, ob meine Bücher schon eingetroffen waren. Als Bettina im Verlauf des zäh vergehenden Nachmittags anrief, beherrschte ich mich mit äußerster Anstrengung. Ich verriet ihr nichts vom Ereignis des Tages, was Romana mit einem frechen Grinsen registrierte.

Endlich Feierabend! Ich stürzte aus dem Büro, winkte Romana nur zu und sauste auch schon zur U-Bahn. Mit Glück erreichte ich eben noch die Bahn, eilte nachher in Höchstgeschwindigkeit nach Hause.

Manchmal kann man sich tatsächlich auf die Post verlassen, dachte ich glücklich, als ich das unauffällige Paket aus dem Briefkasten nahm, auf dem ich das Logo des Verlags erkannte.

Ungeduldig wanderte ich in der Wohnung auf und ab. Wann kam sie endlich? Wie lange wollte mich Bettina noch warten lassen?

Die Sektgläser standen längst im Wohnzimmer auf dem Glastisch, die CD mit festlicher Musik drehte nach meinem Empfinden schon seit Stunden in der Stereoanlage ihre Runden, doch meine Liebste, mit der ich auf mein »Baby« anstoßen wollte, ließ sich unverantwortlich viel Zeit.

Als ich hörte, wie sich der Schlüssel im Schloss drehte, stürzte ich zur Wohnungstür, riss sie auf und zog die völlig überrumpelte Bettina mit einem Ruck in den Flur. Bettina verlor vor Überraschung das Gleichgewicht und fiel gegen mich.

»Was ist denn passiert, Bärchen?«, fragte sie mit einem Anflug von Besorgnis, als sie wieder auf ihren eigenen Füßen stand.

»Nichts Schlimmes«, beruhigte ich sie aufgeregt, »eher das Gegenteil. Komm mit.«

Ich zog meine Liebste hinter mir her. Im Wohnzimmer drehte ich mich nach ihr um und sah, wie sie die prüfend die Augenbrauen hob.

Mist, ich hab den Sekt vergessen, schoss es mir durch den Kopf.

Ich ließ Bettina stehen, rannte in die Küche, riss den Kühlschrank auf. Wenige Augenblicke später waren die Gläser auch schon gefüllt.

Bettina hatte sich inzwischen nicht bewegt. Ich führte sie zur Couch, hieß sie, sich zu setzen. Mit einer, wie ich hoffte, nicht allzu übertriebenen Bewegung holte ich das Buch hervor und hielt es ihr vor die Nase.

Erstaunt riss Bettina die Augen auf.

»Wow! Super! Schatz, endlich, dein Buch!«, rief sie, als sie das Objekt etwas von sich weggeschoben hatte.

Sie sprang von der Couch hoch, umarmte mich und knutschte mich ab. Ihre Küsse landeten an Stellen auf meinem Körper, die normalerweise nicht in den Genuss ihrer Lippen kamen. Sie kitzelten mich so, dass ich lachen musste.

Indessen führte Bettina mit dem Buch in der Hand einen Freudentanz auf, was mich noch mehr amüsierte.

»Ich bin stolz auf dich, Bärchen«, beschied mir meine Liebste später.

Wir saßen inzwischen annähernd gesittet nebeneinander auf der Couch. Bettina blätterte im Taschenbuch, las immer wieder eine Stelle laut vor, lachte mich an. Ja, sie war stolz auf mich, was mich mit großer Freude erfüllte. Noch aber hatte sie die Geschichte nicht gelesen. Ich hoffte, dass meine Lieblingsautorin nicht allzu enttäuscht sein würde.

»Schatz, würdest du heute das Kochen übernehmen?«, fragte Bettina.

Ihre Küsse, die sie der Frage nachschickte, interpretierte ich als Bestechungsversuche.

Ich lachte und stimmte zu. Ich hatte das Zimmer noch nicht verlassen, da lag Bettina schon gemütlich auf der Couch und las. Mit dem Kochen würde ich mir Zeit lassen, beschloss ich, damit meine Liebste mindestens zwei oder drei Kapitel lesen konnte.

Bettina dachte nicht daran, das Buch während des Essens aus der Hand zu legen. Sie erklärte mir, dass sie seit Monaten darauf gewartet hatte, endlich meine Geschichte zu lesen. Da ich mich stets standhaft geweigert hatte, ihr das Manuskript zu zeigen, sei die Spannung fast unerträglich geworden.

Die Widmung, die ich in Bettinas Exemplar geschrieben hatte, ließ keine Zweifel darüber aufkommen, dass sie die Frau war, mit der ich ähnlich romantische – wenn möglich noch romantischere – Geschichten erleben wollte.

An diesem Abend allerdings war nicht viel mit Romantik. Ich räumte die Küche auf, Bettina las. Ich duschte, Bettina las. Ich sah mir einen Film auf DVD an, Bettina las. Ich putzte die Zähne, Bettina las. Ich ging zu Bett, legte mich neben Bettina, Bettina las. Ich küsste sie, wünschte ihr eine gute Nacht, Bettina las. Ich schlief ein, Bettina? Ja, sie las noch immer.

Da mir an diesem Abend die Streicheleinheiten versagt geblieben waren, begann ich, davon zu träumen. Warme Hände strichen über meinen Bauch. Sie berührten sanft meine Brüste, rieben über die Brustwarzen. Ich spürte weiche Lippen, die die Warzen umschlossen, eine feuchte Zunge, die darüber leckte.

Ich versuchte mich zu bewegen, doch die Hände hielten mich fest. Ein warmer Körper schob sich auf meinen.

»Du fühlst dich so gut an.«

Langsam tauchte ich aus meiner Traumwelt auf. Ich blinzelte.

Die Nachttischlampe brannte noch. Ich blickte in das lächelnde Gesicht meiner Liebsten. Es kam näher. Die weichen Lippen aus meinem Traum fanden meine, die feuchte Zunge begehrte Einlass.

Während des innigen Kusses begann sich Bettina auf mir zu bewegen. Sie war nackt – genau wie ich, wie ich erst jetzt realisierte. Alle Verschlafenheit wich mit einem Schlag. In mir breitete sich Hitze aus, die mit jedem Kuss meiner Geliebten noch mehr anstieg.

»Liebe mich», hauchte Bettina in mein Ohr.

Sie drängte ihr Bein zwischen meine Schenkel. Ihre Schamhaare kratzten ein wenig, als sie begann, sich an mir zu reiben. Ich spürte die Feuchtigkeit, die sie auf meinem Oberschenkel verteilte.

Bettinas Erregung löste in meinem Bauch ein dumpfes Ziehen aus, das sich nach unten fortsetzte. Ich umschlang meine Geliebte mit Armen und Beinen, verschlang ihre Zunge mit meinem Mund.

»Ja, komm!«, spornte mich Bettina an.

Sie schob ihre Hand zwischen uns, zwischen meine Beine, legte sie auf die feuchten Schamlippen, strich auffordernd darüber. Mein Stöhnen trieb sie an. Endlich glitten ihre langen, starken Finger zwischen die Lippen, drangen in mich ein, füllten mich aus, ließen mich abheben.

»Wir sollten ein wenig schlafen«, meinte Bettina sehr viel später.

Wir lagen eng aneinandergeschmiegt, nackt und erhitzt zwischen den zerwühlten Laken. Natürlich war das ein sehr vernünftiger Vorschlag, doch ich hatte noch nicht genug von meiner Liebsten.

Die Antwort in Worten ersparte ich mir, stattdessen drehte ich mich um, sodass mein Kopf zwischen ihre Beine zu liegen kam. Ich roch sie, ich sah sie, die Erregung, die Spuren der Leidenschaft.

Sanft leckte ich über Bettinas Lippen. Meine Geliebte seufzte laut über mir. Sie öffnete ihre Beine bereitwillig. Meine Zunge fand den empfindlichsten Punkt, rieb ohne Hast darüber. Ich saugte mich fest an meiner Liebsten, in meiner Liebsten, ließ meine Zunge ihr Innerstes erkunden, trieb sie an den Rand des Orgasmus und trank sie schließlich gierig.

»Du schmeckst unbeschreiblich gut«, flüsterte ich später in Bettinas Ohr. Ihr Lächeln war leicht verlegen, doch sie wagte nicht, zu widersprechen. Bettina zog mich stattdessen in ihre Arme, grabschte nach der Bettdecke, die sie endlich zu fassen bekam und über uns ausbreitete. Dann löschte sie das Licht. Wenig später vernahm ich ihren Atem leise und gleichmäßig. Ich spürte, wie ich lächelte.

9

Sie zupfte die sandfarbene Bluse zurecht, immer wieder. Ich sah ihr zu, fragte mich, wie sie überhaupt in den Besitz dieses Kleidungsstücks gekommen war, denn es passte nicht zu meiner fröhlichen, lebenslustigen Geliebten, die es lieber bunt mochte.

Sandfarben, überlegte ich, *und dann auch noch eine Bluse mit Stehkragen. So was von verklemmt.*

»Passt es nicht?«, fragte Bettina besorgt in meine Richtung.

»Doch, doch«, erwiderte ich noch immer in Gedanken.

»Aber warum schüttelst du den Kopf? Da ist doch was, irgendwas ist nicht gut . . .«, insistierte meine Liebste.

Ich konnte ihre Nervosität fast greifen, aber nicht begreifen. Klar, es kam nicht alle Tage vor, dass man seine Freundin den Eltern vorstellt, trotzdem war das kein Anlass, um den man so viel Wind machen musste. Bettina sah das offensichtlich nicht so. Seit wir am Morgen aufgestanden waren, verbreitete sie Hektik und blieb kaum so lange sitzen, um einen Kaffee zu trinken.

Inzwischen hatte sie sich fünfmal umgezogen. Jedes Mal wurde die Kombination der Kleidungsstücke konservativer, ja, spießiger. Jetzt stand sie also da in sandfarbener Bluse, die sie bis auf den obersten Knopf geschlossen hatte – den obersten musste sie offen lassen aus atemtechnischen Gründen –, und einer hellen Hose. Ich grübelte eben darüber nach, ob die Hose eine Farbe hatte, als Bettina wieder zu sprechen begann.

»Ich weiß, es mag dir übertrieben vorkommen, aber meine Eltern . . . nun ja, sie wissen nicht, dass ich . . . dass du und ich . . .« Sie brach hilflos ab und sah mich bittend an.

»Schatz, ich werde mich anständig benehmen, darauf kannst du dich verlassen. Ich werde mich höflich und respektvoll mit ihnen unterhalten, außerdem weiß ich, wie man mit Messer und Gabel umgeht«, versuchte ich Bettina zu beruhigen.

»Dessen ungeachtet verspreche ich, die Finger von dir zu lassen«, fügte ich hinzu, »soweit das möglich ist . . .«

»Du Biest!« Endlich! Bettina lachte das erste Mal an diesem

Morgen.

Sie stürzte sich spielerisch auf mich, wir lieferten uns einen Scheinkampf und blieben schließlich nach einem unsanften Aufprall auf dem Boden liegen.

Mit meinen Fingern schob ich eine Haarsträhne aus Bettinas Gesicht. Ich versank in den graublauen Augen, die mich zärtlich anstrahlten. Mein Herz klopfte wild und ohne Rhythmus. Wieso brachte mich diese Frau immer wieder aus der Fassung?

Bettinas Gesicht kam näher. Ihre weichen Lippen trafen meine zu einem innigen Kuss, der eine kleine Ewigkeit dauerte.

Als sich Bettina von mir löste, konnte ich aufrichtiges Bedauern in ihrem Blick lesen.

»Bärchen, wir müssen los, wenn wir zur verabredeten Zeit dort sein wollen«, erklärte sie.

Natürlich hatte sie recht, doch ich konnte es nicht lassen, ihr noch einen Kuss zu stehlen, was sie mit einem Lachen quittierte.

»Du wirst sehen«, meinte Bettina auf dem Weg zum Auto, »meine Eltern sind in Ordnung. Aber sie sind halt ... etwas speziell. Das kommt von ihrem Engagement bei den Zeugen. Ich glaube, wenn man sich immer mit solchen Leuten umgibt, eigentlich nur in diesen Kreisen verkehrt, dann muss man seltsam werden.«

Ich blieb stehen. Bettina drehte sich zu mir um, sah mich fragend an.

»Liebling, ich sag's dir gern noch mal. Wenn du deinen Eltern reinen Wein einschenken willst, ist mir das recht. Wenn nicht, ich habe kein Problem damit. Ich möchte einfach mit dir zusammen sein, sichtbar sein, das ist alles«, erklärte ich.

Bettina nickte, doch sie sagte nichts.

Die ersten fünfzig Kilometer unterhielten wir uns über das Wetter und die Nachrichten, die wir im Radio gehört hatten. Die zweiten fünfzig Kilometer lauschten wir dem gleichmäßigen Motorengeräusch. Allmählich wurde das Schweigen laut.

Ich begann, die Landschaft, die an uns vorüber flog, zu betrachten. Sanfte Hügelzüge wechselten sich mit lichten Laubmischwäldern ab, hier und da erkannte man ein Dorf oder machte in der Ferne eine Stadt aus.

»Eine schöne Gegend«, kommentierte ich.

»Hm, ja.« Mehr sagte Bettina nicht. Sie hing ihren Gedanken nach, während der Kilometerzähler rasch von einer Zahl zur nächsten sprang.

Mit einem leisen Seufzer ließ ich mich ins Polster des Beifahrersitzes zurücksinken. Meine Hand lag wie immer, wenn wir mit dem Auto unterwegs waren, auf Bettinas rechtem Oberschenkel. Bettina hatte ihre Hand darüber gelegt, doch die fühlte sich heute seltsam leblos und kühl an.

»Siehst du da drüben die Kapelle auf dem Hügel?«, durchbrach meine Liebste plötzlich die Stille.

Ich wandte den Blick in die angezeigte Richtung. Die Kapelle war nicht zu übersehen.

»Hübsch«, kommentierte ich.

»Um den Bau dieser Kapelle ranken sich viele Geschichten«, fuhr Bettina fort.

Die Geschichten um die Kapelle, die sich ziemlich abenteuerlich bis phantastisch anhörten, waren der Anfang einer höchst vergnüglichen letzten Autostunde. Wir befanden uns mitten in der Gegend, in der Bettina aufgewachsen war und gearbeitet hatte, ehe sie den Schritt in die weite Welt gewagt hatte – einen Schritt, den ihr ihre Eltern noch immer nicht ganz verziehen hatten, wie ich aus ihren Erzählungen wusste.

Bettina kannte zu jedem Fluss, den wir überquerten, zu jedem Dorf, das wir durchfuhren, zu jeder Burgruine, die in der Ferne auftauchte, eine Geschichte oder eine Anekdote. Manchmal waren es historische Vorkommnisse, manchmal geografische Eckdaten, manchmal aber auch persönliche Erlebnisse, die sie zum Besten gab.

Ich genoss es, ihr zuzuhören. Meine Kommentare beschränkten sich auf »hm«, »aha« oder auf eine Frage, wenn ich etwas nicht mitbekommen hatte, weil ich nur dem Klang ihrer geliebten Stimme gelauscht hatte.

Dann waren wir mitten in der Kleinstadt. Bettina schwieg. Sie antwortete nicht mehr auf Fragen oder Bemerkungen. Wenn ihr die Stadt fremd gewesen wäre, hätte ich es verstanden, denn dann hätte sie sich orientieren müssen, sich auf den Verkehr konzentrieren, Schilder lesen müssen, doch hier kannte sie sich aus wie in ihrer Westentasche. Sie umfuhr das Stadtzentrum mittels verwinkelter Straßen, die alle vorsorglich mit einem »Sackgasse«-Verkehrsschild gekennzeichnet waren, was sich jedoch als Schummelei herausstellte.

Während ich mich noch wunderte, bog Bettina auf einen Parkplatz ein. Vor uns sah ich eine nicht besonders hübsche Überbauung. Die Wohnblocks hatten definitiv schon bessere Zeiten gesehen, der Verputz blätterte, der Beton an den Balkonen sah aus, als wäre er von einem sehr unzuverlässigen und untalentierten Malerlehrling schwarzrot angepinselt worden.

»Wir sind da«, informierte mich Bettina überflüssigerweise.

Ich nickte, beugte mich zu ihr, wollte sie küssen, doch sie hatte bereits die Tür geöffnet und drehte sich von mir weg.

Aha, dachte ich, *es könnte uns jemand sehen.*

Ich schämte mich ein bisschen für meine Gedankenlosigkeit, denn ich wusste ja, dass Bettina sich fürchtete, dass sie sich unwohl fühlte, dass sie nervös war. Es waren ihre Eltern, die hier wohnten, sie hatte hier viele Jahre gelebt, und ich wusste, dass die Bewohner dieser tristen Wohnblocks seit Jahren die gleichen waren. Ich nahm mir vor, rücksichtsvoller zu sein und mich an mein Versprechen zu halten.

Wir wurden bereits erwartet, die Wohnungstür öffnete sich, kaum hatte Bettina den Klingelknopf berührt.

Die Frau, die im dunklen Flur stand, war klein, etwas rundlich und hatte ihr graues Haar ordentlich zu einem Knoten aufgesteckt.

»Grüß dich, Bettina«, hieß sie ihre Tochter willkommen und streckte ihr beide Hände entgegen. Bettina murmelte etwas Unverständliches.

»Sie müssen Frau Mertens sein«, wandte sich Frau Gut an mich. Ich nickte folgsam, gab artig die Hand und unterdrückte den Impuls, einen Knicks zu machen.

»Kommt herein, der Kaffee steht schon auf dem Tisch«, forderte uns die Frau auf.

Im Wohnzimmer war der Tisch gedeckt, der Kuchen lag aufgeschnitten zum Verzehr bereit, die Platzdecken strahlten uns weißer als Schnee entgegen. Ich sah, wie sich Bettinas Schultern spannten.

Aus einem Ohrensessel erhob sich ein älterer Mann. Sein Lächeln war herzlich und offen. Er strahlte uns aus graublauen Augen an. Dass er Bettinas Vater war, konnte er nicht leugnen. Die Begrüßung zwischen Vater und Tochter fiel herzlich aus, sie neckten sich.

»Meine Freundin Simone Mertens«, stellte mich Bettina vor.

»Meine« nicht »eine«? Ich schluckte hart.

Herr Gut drehte sich zu mir, reichte mir die Hand und begrüßte mich. Er forderte uns auf, Platz zu nehmen, während seine Frau noch in der Küche mit Geschirr hantierte.

Man brauchte kein Psychologiestudium absolviert haben, um zu merken, wie diese Familie funktionierte. Vater und Tochter bildeten so etwas wie ein Team, während die Mutter als gestrenge Sittenwächterin alle überwachte und wahrscheinlich manchmal auch etwas eifersüchtig war. Wie sonst ließ sich der bittere Zug um ihre schmalen Lippen erklären? Und die tadelnden Blicke, die sie ihrem Mann und ihrer Tochter in regelmäßigen Abständen zuwarf?

Das Kaffeetrinken verlief ruhig, sehr gesittet. Man betrieb höfliche Konversation, unterhielt sich über Tagesaktualitäten, vermied Persönliches. Ich hatte den Eindruck, dass nicht nur meine Liebste und ich Erleichterung verspürten, als wir uns in Bettinas Mädchenzimmer zurückziehen durften.

»Und? Was hab ich dir gesagt?«, meinte Bettina. »Wie soll ich meinen Eltern klarmachen, dass ich dich liebe? Sie wollen es doch gar nicht wissen!«

Ich setzte mich zu Bettina auf das schmale Bett, legte meinen Arm um ihre Schultern, zog sie zu mir und küsste sie zärtlich.

»Liebste, kein Mensch erwartet von dir irgendwelche Geständnisse«, beruhigte ich sie. Tatsächlich konnte ich mir nicht vorstellen, wie ich an ihrer Stelle reagiert hätte. Ich wusste es nicht, denn es war sehr deutlich, dass offenes Reden am Familientisch nicht Brauch war.

»Deine Mutter macht einen etwas strengen Eindruck, doch ich denke, das ist nur, weil ich sie nicht kenne. Aber dein Vater ist nett, er hat deine Augen«, lenkte ich ab.

»Wohl eher ich seine«, korrigierte Bettina. Sie lächelte mich dankbar an.

»Lass uns ein wenig rausgehen«, schlug sie vor. »Ich zeig dir die Stadt, die Fußgängerzone – die gibt's übrigens erst seit ein paar Jahren –, meine ehemalige Schule und auch das Zentrum, in dem die Treffen der Zeugen stattfinden. Was hältst du davon?«

»Gute Idee«, bestätigte erleichtert. Ich war froh, wenn ich aus dieser Wohnung herauskam. Ich fühlte mich sehr eingeengt, was bestimmt nicht an dem kleinen Zimmer lag, in dem wir uns jetzt vorsichtig, fast schüchtern küssten.

Kaum hatten wir den Wohnblock hinter uns gelassen, taute Bettina auf. Sie war eine ausgezeichnete Fremdenführerin und bescherte mir sehr unterhaltsame Stunden in einer Kleinstadt, die immer noch irgendwie die ihre war, auch wenn sie glaubhaft versicherte, dass es ihr hier viel zu eng war.

»Man kann etwas lieben, ohne es zu besitzen, man kann sich einer Stadt zugehörig fühlen, ohne da zu wohnen«, erklärte sie.

»Klar«, bestätigte ich. Meine Gedanken waren beim ersten Teil ihrer Aussage hängengeblieben, doch Bettina wechselte das Thema und zog mich weiter.

Das Abendessen begann friedlich. Die Guts unterhielten sich über ihre Verwandtschaft. Da hatte ich nichts beizusteuern und beschränkte mich darum aufs Beobachten. Bettina wirkte wieder angespannt, so als ob sie auf eine Katastrophe warten würde. Die traf tatsächlich auch ein . . .

»Wir brechen in einer Viertelstunde auf. Bettina, zieh bitte etwas Passenderes an«, befahl die Mutter.

Ich verstand kein Wort. Hatten wir eine Einladung? War ich mit »wir« auch gemeint?

Bettinas Gesicht versteinerte. Sie sagte lange nichts, schüttelte nur den Kopf.

Schließlich antwortete sie: »Mutter, ich komme nicht mit. Wir, meine Freundin und ich, bleiben zu Hause.«

»Du wagst es? Kind, du bist unsere Tochter, du gehörst dazu. Alle rechnen mit dir. Dass du heute eine Bekannte mitbringst . . . Nun, sie kann mitkommen, wenn sie mag«, beschied die Mutter scheinbar unberührt. Die Stirnfalte über ihrer Nasenwurzel zeigte aber, dass die Ruhe nur gespielt war.

»Simone ist nicht einfach eine Bekannte, Mutter, sie ist meine Freundin«, erwiderte Bettina hart. Sie hielt dem Blick ihrer Mutter stand, während ihr Vater beschwichtigend die Hände hob. Er wurde von beiden Frauen ignoriert.

»Wie auch immer«, schnitt Frau Gut ihrer Tochter das Wort ab. »Du kommst mit, darüber lässt sich nicht diskutieren.«

»Nein!« Bettinas Antwort kam schnell und unmissverständlich. »Ich weiß, dass du das nicht akzeptieren willst«, begann sie.

Mein Herz stockte, mir brach kalter Schweiß aus. Was hatte Bettina vor? Die Spannung war kaum mehr auszuhalten. Vater Gut zuckte resigniert mit den Schultern und warf mir einen hilfesuchenden Blick zu. Ich legte meine Hand unter dem Tisch auf Bettinas Bein.

Bettina ließ sich allerdings nicht mehr bremsen.

»Du bestimmst nicht mehr über mein Leben«, sagte sie ihrer Mutter. »Ihr seid meine Eltern, ja, aber ich lebe mein eigenes Leben, und wie ich das tue, lasse ich mir von niemandem vorschreiben. Ich werde ganz sicher nicht zu diesem Treffen mitkommen, ich gehöre längst nicht mehr dazu, das weißt du. Hör endlich auf, mich jedes Mal, wenn ich hier bin, zu drängen. Du erreichst nichts damit, außer dass ich immer seltener zu Besuch komme!«

Ich entspannte mich ein wenig. Es ging um die Zeugen und nicht, wie ich befürchtet hatte, um die von Bettina gewählte Lebensform.

»Kind, du machst einen großen Fehler«, widersprach ihr die Mutter. Diese Diskussion führten die beiden Frauen offensichtlich nicht zum ersten Mal.

Ich beobachtete Bettinas Vater. Er kümmerte sich nicht mehr um die Streithennen, sondern sortierte das abgelegte Besteck in seinem Teller.

»Du solltest endlich einen netten, jungen Mann heiraten. Kurt zum Beispiel fragt jedes Mal nach dir. Er wäre eine gute Partie, und er ist so aufrecht in seinem Glauben«, fuhr die Mutter fort.

Bettina verdrehte die Augen. Sie seufzte laut, dann holte sie zum finalen Schlag aus: »Auch wenn es euch nicht passt, ich werde nicht heiraten, jedenfalls werde ich nie einen Mann heiraten!«

Täuschte ich mich, oder zuckten die Eltern tatsächlich zusammen?

»Wie, keinen Mann?«, ließ sich erstmals der Vater vernehmen.

»Genau! Keinen Mann, ich bin nicht für dieses traditionelle Familienmodell gemacht«, erklärte Bettina.

»Hm, wie du meinst«, lenkte der Vater ein. »Wir müssen uns fertig machen, sonst kommen wir zu spät«, forderte er seine Frau auf, ehe diese auf Bettinas Äußerungen eingehen konnte.

Sollte ich froh sein, dass das Thema nicht weiter vertieft wurde? Oder sollte ich enttäuscht sein?

Es vergingen keine zehn Minuten, da waren die Eltern auch schon weg, und Bettina und ich räumten das Abendessen zusammen.

Bettina schwieg. Ihr Gesicht zeigte keinerlei Emotionen. Sie wich meinem Blick aus, machte einen großen Bogen um mich.

»Schatz, bitte rede mit mir«, forderte ich meine Liebste auf. Ich versperrte ihr den Weg ins Wohnzimmer.

Bettinas Augen glänzten feucht. Sie griff nach mir, zog mich an sich, verbarg ihr Gesicht in meiner Halsbeuge.

Sanft streichelte ich ihren Rücken. Allmählich entspannte er sich. Bettina hob ihr Gesicht, blickte mich an und zuckte hilflos mit den Schultern.

»Was soll ich denn noch tun?«, fragte sie. »Sie will es nicht hören, sie will es nicht begreifen, sie will es einfach nicht sehen!«

Ich musste nicht fragen, wen Bettina meinte.

»Liebling, du warst schon sehr deutlich. Wenn sie es nicht sehen will, dann kannst du nichts dafür. Du musst ihr das Wissen nicht aufdrängen, nicht wegen mir, okay?«, fragte ich.

Ein scheues Lächeln erhellte Bettinas Gesicht für einen Augenblick, dann verdüsterte es sich wieder.

»Immer diese Leier mit den Treffen . . .«, seufzte sie.

Sie nahm mich an der Hand, führte mich ins Wohnzimmer und ließ sich mit mir auf der Couch nieder.

»Könntest du mich . . . halten?«, bat sie leise.

Nichts lieber als das! Ich nahm Bettina in meine Arme, küsste sie lange, spürte, wie Verspannung und Ärger wichen.

Bettina richtete sich so weit auf, dass sie mir in die Augen sehen konnte.

»Weißt du«, begann sie, »diese Diskussion von wegen wer wohin gehört, führen wir wirklich jedes Mal. Ich habe schon gedroht, dass ich nicht mehr herkomme, doch das schreckt meine Mutter nicht ab. Sie weiß, dass ich vor allem wegen meines Vaters zu Besuch komme, und sie denkt wahrscheinlich, dass sie, wenn sie genug nervt, irgendwann Erfolg haben wird. Heute ... nun ja ... so deutlich habe ich noch nie gesagt ... du weißt schon ... das wegen dem Heiraten und so ...«

Ich musste mir das Lachen verkneifen. Ihrer Mutter hatte sie die Sache wegen dem Heiraten und so deutlicher um die Ohren gehauen.

»Aber sie kapiert's einfach nicht ...«, seufzte Bettina wieder.

»Ich glaube, sie will es nicht kapieren, und dein Vater, der wohl begriffen hat, was du sagen wolltest, der wird es ihr bestimmt nicht erklären«, fasste ich zusammen.

Bettina nickte resigniert. »Er ist ein lieber Kerl, mein Vater, aber einfach zu weich. Bloß keinen Ärger, das ist sein Motto. Zwar ist er überzeugt von dem ganzen Zeugen-Zeugs, aber aus eigenem Antrieb würde er dafür nichts tun, da ist meine Mutter die treibende Kraft. Und ja, er wird's womöglich verstanden haben, doch er wird das bestimmt nicht zugeben.«

»Hm«, machte ich, »und was heißt das jetzt für uns?«

»Nichts«, antwortete Bettina sofort. »Wenn sie das Thema wieder aufgreifen, werde ich wieder Stellung beziehen, doch ich denke, das werden sie – wie so vieles andere auch – einfach ignorieren und hoffen, dass es sich von allein auflöst.«

Plötzlich kam mir ein Gedanke. Ich fragte: »Warst du eigentlich mit Linda auch mal hier? Hast du sie deinen Eltern vorgestellt?«

»Ja, das habe ich. Allerdings war sie eine Bekannte, keine Freundin«, erklärte meine Liebste. Sie zog mich an sich, küsste mich und fuhr fort: »Bei dir ... ich weiß nicht, da ist es anders ... irgendwie ... ich kann dich nicht als Bekannte vorstellen, das wäre eine ... Lüge.«

Sie waren selten geworden, die Momente, in denen es mir die Sprache verschlug, doch jetzt war es wieder so weit. Ich brachte keinen Ton über die Lippen.

Bettina lächelte wissend.

»Wollen wir noch ein wenig um die Häuser ziehen?«, wechselte sie das Thema.

Zwei Stunden später kehrten wir gutgelaunt in die triste Wohnsiedlung zurück. Die Wohnung lag im Dunkeln. Bettinas Eltern weilten noch auf dem Treffen. Bettina meinte, das könne noch dauern, bis sie heimkämen, wir hätten also noch sturmfreie Bude. Ihr Lächeln, das sie dabei zeigte, jagte mir einen Schauer über den Rücken.

Das Bett ließ uns nicht sehr viel Spielraum für Experimente, doch das störte uns nicht weiter. Wir liebten uns zärtlich, langsam, so, als ob wir Angst hätten, die andere zu verletzen. Die Behutsamkeit, mit der mich Bettina streichelte, liebte, überraschte mich. Mir war, als ob ich ihre Traurigkeit greifen könnte.

»Ich liebe dich, Bettina Gut«, flüsterte ich.

Meine Geliebte hatte sich eng an mich geschmiegt. Im kleinen Zimmer hing der Geruch von Erregung und Leidenschaft.

Bettina küsste mich. Sie erwiderte nichts, doch ihr Blick sagte mehr, als sie es mit Worten hätte ausdrücken können.

Wir schliefen engumschlungen ein, anders hätten wir in dem schmalen Bett auch gar nicht Platz gehabt. Dass ich auf die Notmatratze, die auf dem Boden lag, wechselte, hatte für uns beide keinen Moment zur Diskussion gestanden.

Die Stimmung am folgenden Morgen war angespannt. Beim gemeinsamen Frühstück erzählte Bettinas Mutter ausführlich von ihrem Treffen, erwähnte jedoch nicht, wann sie nach Hause gekommen waren. Bettinas Vater schwieg. Manchmal warf er seiner Tochter einen Blick zu, den ich nicht zu deuten vermochte. Bat er sie um Entschuldigung? Doch wofür?

Schließlich erklärte meine Freundin, dass wir bald aufbrechen müssten. Wir hatten zwar noch den ganzen Sonntag bei ihren Eltern eingeplant, doch angesichts der allseitigen Missstimmung machte ein Ausdehnen unseres Besuchs keinen Sinn.

Frau Gut schien erleichtert, als wir uns ins Mädchenzimmer zurückzogen, um unsere Sachen zu packen.

»Liebling, ist irgendetwas passiert, von dem ich nichts mitbekommen habe? Warum sind deine Eltern heute so komisch?«, fragte ich Bettina, kaum hatte sie die Tür hinter uns geschlossen.

Bettina seufzte. Sie ließ sich auf das schmale Bett fallen und forderte mich auf, mich zu ihr zu setzen.

»Du hast einen wirklich tiefen Schlaf, Bärchen«, meinte sie lächelnd. Verständnislos sah ich sie an.

»Darum bist du nicht aufgewacht, als meine Eltern nach Hause gekommen sind.«

Das bestätigte ich durch ein knappes Nicken, doch ich konnte mir noch immer keinen Reim auf das heute wesentlich distanziertere Verhalten der beiden machen.

»Meine Mutter konnte es nicht lassen«, fuhr Bettina fort. »Sie kontrollierte, ob wir zu Hause sind und schlafen.«

Jetzt war mir alles klar! Mama Gut hatte uns nur dürftig bedeckt in Bettinas Bett erblickt. Was für ein Schock! Sollte ich nun entsetzt sein? Oder einfach nur lachen? Und wie ging es Bettina mit dem Wissen, dass ihre Eltern nun endlich unzweifelhaft wussten, welcher Art unsere Freundschaft war?

»Eigentlich müsste ich froh sein, dass meine Eltern jetzt nicht mehr darüber hinwegsehen können«, beantwortete Bettina meine unausgesprochene Frage. »Aber ... ich bin schon gehörig erschrocken, als mitten in der Nacht plötzlich die Tür aufging und meine Mutter völlig entsetzt im Zimmer stand. Sie wollte auch gleich mit einer Predigt loslegen, doch in diesem Moment tauchte mein Vater auf. Er hat Mutter am Arm aus dem Zimmer gezogen und die Tür einfach wieder zugemacht.«

»Und jetzt?«, hakte ich nach. »Bist du froh, dass endlich Klarheit herrscht?«

»Du kannst ganz schön hartnäckig sein«, lachte Bettina schon deutlich fröhlicher. »Ja, Bärchen, ja, ich bin froh! Es tut weh, zu sehen, wie sich meine Mutter abwendet, aber wenn sie mich nicht so akzeptieren kann, wie ich bin, dann werde ich mich wohl oder übel von ihr fernhalten müssen.«

»Was ist mit deinem Vater?«, fragte ich. »Er scheint mehr

Verständnis zu haben.«

Meine Liebste nickte, doch sie wirkte bedrückt. »Er wird sich nicht gegen die Wünsche meiner Mutter stellen. Du hast ja selbst gesehen, wer hier die Hosen anhat.«

Bettina holte tief Luft und lächelte gezwungen. »Aber hey«, rief sie mit aufgesetzter Fröhlichkeit, »wer sagt denn, dass sich Mutter nicht doch wieder einkriegt? Vielleicht kann selbst eine Frau wie sie über ihren Schatten springen?«

Sie glaubte nicht daran, das spürte ich, aber ich wollte ihr diese winzig kleine Hoffnung nicht nehmen. Ich zog sie in meine Arme, streichelte über ihren Rücken und flüsterte ihr leise ins Ohr, dass ich sie auch diese Nacht fest in meinen Armen halten würde.

Unsere Habseligkeiten waren schnell in den Taschen verstaut. Nach einer langen, intensiven Umarmung wagten wir uns wieder hinaus in die feindliche Atmosphäre. Bettinas Mutter stand bereits an der Wohnungstür. Ihr konnte es offensichtlich nicht schnell genug gehen, sie wollte uns loswerden. Bettinas Vater trug einen dramatischen Gesichtsausdruck spazieren, doch in seinen Augen erkannte ich ein warmes Leuchten, als er seine Tochter kurz an sich zog.

»Auf Wiedersehen«, war alles, was er zu mir sagte. Sein Händedruck war zögerlich, vorsichtig.

»Kommt gut in die Stadt«, lautete der Abschiedswunsch von Bettinas Mutter. Kein »Auf Wiedersehen«, keine Frage nach dem nächsten Besuch, keine guten Wünsche, sie reichte uns noch nicht mal die Hand.

Bettina hatte noch nicht begriffen, was passiert war, da standen wir schon im zugigen Treppenhaus.

»Komm, Schatz«, forderte ich sie auf. Ich griff nach ihrer Hand, die wie vergessen an ihrer Seite herabhing. »Lass uns nach Hause fahren.«

Wieder zog die Landschaft an uns vorbei. Bettina lenkte das Auto konzentriert, doch sie verzichtete darauf, Reiseführerin zu spielen. Das Radio hatte sie ausgeschaltet, aber sie redete auch nicht. Das einzige Geräusch, das die lähmende Stille durchbrach, kam vom gleichmäßig brummenden Motor.

Die Heimfahrt kam mir unendlich lang vor. Meine Versuche, mit meiner Freundin ein Gespräch anzufangen, scheiterten alle, ehe ich auch nur einen ganzen Satz hatte formulieren können. Bettinas Blicke brachten mich gar dazu, nur noch leise zu atmen.

Ich hoffte inständig, dass sie wieder zu meiner geliebten Bettina werden würde, wenn wir zu Hause waren. Doch wo sollte das sein? Bei ihr oder bei mir? Wir hatten nicht darüber geredet.

Allmählich entglitten mir meine Gedanken, die Wahrnehmung verflachte sich. Ich döste ein, ließ die Fahrt über mich entgehen.

Bettinas Hand auf meiner Schulter weckte mich. »Wir sind da«, informierte sie mich knapp.

»Da« bedeutete, wie ich mit Blick aus dem Fenster erkannte, ihren Parkplatz in der Tiefgarage. Bettina hatte also entschieden, dass wir hier zu Hause waren, was mir für den Moment recht war.

Die Sonne stand noch hoch, der Nachmittag glänzte in vorsommerlichen Farben. Da unser Besuch bei Bettinas Eltern kürzer als geplant ausgefallen war, hatten wir keine Pläne gemacht, was wir mit einem schönen, freien Sonntagnachmittag anfangen könnten. In solchen Fällen fielen mir aber immer mindestens drei Dinge ein, die normalerweise auf die Zustimmung meiner Partnerin stießen. Heute jedoch war nichts wie sonst – meine Vorschläge zur Sonntagsgestaltung brauchte ich gar nicht erst auspacken, das erkannte ich zweifelsfrei an Bettinas verschlossenem und abweisendem Gesichtsausdruck.

Kaum in der Wohnung angekommen, schloss sie mich noch mehr aus. Sie zog sich demonstrativ in ihr Arbeitszimmer zurück – die Tür schloss sie hinter sich. Betreten blieb ich im Flur stehen. Ich konnte nachvollziehen, dass die Reaktion ihrer Mutter Bettina zu schaffen machte, doch warum ließ sie mich an ihren Gedanken und Gefühlen nicht teilhaben? Reichte es nicht, dass sie die ganze Heimreise eisig geschwiegen hatte? Jetzt, in den eigenen heimeligen vier Wänden, müsste sie mit mir reden können.

Offensichtlich konnte sie es nicht. Aus dem Arbeitszimmer

vernahm ich die Geräusche von Schubladen, die aufgezogen und wieder zugeknallt wurden, etwas fiel zu Boden, der Bürostuhl wurde hin und her geschoben. Dann herrschte Stille. Minutenlang war kein Ton zu vernehmen. Was ging in diesem Raum vor sich?

Vorsichtig näherte ich mich der Tür, neigte mich nach vorn, um mein Ohr näher ans Holz zu bringen. So angestrengt ich auch horchen mochte, ich vernahm absolut gar nichts.

In Gedanken sah ich meine Liebste auf dem Boden liegen, blutüberströmt – oder wenigstens mit einer Beule. Vielleicht hatte sie auch das Fenster aufgerissen und stand auf dem Fensterbrett, bereit, ihrer Mutter die Schande zu ersparen, eine lesbische Tochter zu haben ... Jetzt hatte ich es geschafft! Ich geriet in Panik. Die Vorstellung, dass sich Bettina etwas antun könnte, war dermaßen real, dass ich mit Schwung die Tür aufriss und ins Zimmer stürzte.

Bettina blickte mich überrumpelt, vielleicht auch etwas verärgert an.

»Was ist denn mit dir los? Hast du einen Geist gesehen?«, fragte sie überrascht.

»Gott sei Dank«, brachte ich stockend heraus, »dir ist nichts passiert!«

»Natürlich nicht, mir geht's gut«, erwiderte Bettina leicht ungeduldig. Sie schätzte es nicht, wenn sie gestört wurde. »Also, was soll dieser Auftritt?«

Ich suchte nach den passenden Worten. Mir war klar, dass ich mich eben ziemlich lächerlich gemacht hatte, doch ich fand, dass ich für »diesen Auftritt«, wie meine Freundin es nannte, durchaus einen Anlass hatte.

»Du warst so ... seltsam ...«, begann ich. »Normalerweise sind hier alle Türen offen, plötzlich schließt du dich ein – und mich aus. Es geht dir nicht gut, ich weiß und ich sehe es ... aber ... du redest nicht mit mir ...«

»Das ist meine Sache«, unterbrach mich Bettina emotionslos. Sie ließ sich auf den Stuhl fallen, von dem sie vorhin aufgesprungen war.

»Nein«, widersprach ich heftig. Selten genug kam es vor, dass ich in einer Beziehung auf meinen Standpunkt beharrte, doch hier und jetzt musste ich klarmachen, wie wichtig es für mich war, dass mich Bettina als Partnerin ernstnahm.

»Wer bin ich für dich? Ein Betthäschen? Eine angenehme Randerscheinung? Oder sollte ich sagen Begleiterscheinung?«

Bettina zog die Schultern hoch und hob hilflos die Hände. »Warum greifst du mich an?«, fragte sie mit dünner Stimme.

»Weil du nicht mit mir redest. Weil du mir das Gefühl gibst, nicht zu deinem Leben zu gehören«, erwiderte ich scharf.

Die Worte gingen tief, ich konnte es sehen.

Bettina seufzte. Wir starrten uns schweigend an. Schließlich sagte sie: »Ich hätte nicht gedacht, dass mir die Reaktion meiner Mutter so zu schaffen macht.«

Erleichtert, dass Bettina nun doch bereit war, mich an ihren Gefühlen teilhaben zu lassen, zog ich den zweiten Stuhl heran und setzte mich.

»Ich war mir sicher, dass ich damit umgehen könnte«, fuhr meine Liebste leise fort. »Schließlich habe ich mich längst von ihr und ihrem Verein gelöst. Aber ich habe mich geirrt. Sie ist noch immer meine Mutter, und mir ist ihre Meinung noch immer wichtig ... wohl wichtiger, als mir lieb sein kann.«

Vorsichtig griff ich über den Schreibtisch und umfasste Bettinas Hände. Sie waren eiskalt.

»Liebling, sie ist deine Mutter«, versuchte ich sie zu beruhigen. »Da ist es nur normal, dass das, was sie sagt und tut, für dich wichtig ist. Sie hat dich mit ihrer Ablehnung tief getroffen, was ich ihr nicht nachsehen kann. Vielleicht ist sie sich aber dessen gar nicht bewusst, wie sehr sie dich damit verletzt.«

»Sie kennt mich nicht, sie weiß überhaupt nichts über mich und mein Leben, aber sie maßt sich an, ein Urteil genau darüber zu fällen«, brauste Bettina auf.

Wir würden für dieses Problem hier und jetzt keine Lösung finden, das war klar. Ich erhob mich, ging um den Schreibtisch herum, umfasste Bettina von hinten und zog sie ganz nah an mich heran.

»Liebste, du wirst ihr fehlen«, erklärte ich. »Sie braucht sicher etwas Zeit, um sich daran zu gewöhnen, dass ihre Tochter keinen Mann heiratet und nicht mit einer Horde Enkelkinder antanzt. Aber du bleibst ihre Tochter.«

Unter meinen Händen entspannte sich meine Lieblingsautorin etwas. Sie schüttelte resigniert den Kopf.

»Das mag in allen anderen Familien der Fall sein, aber nicht hier, nicht bei meiner Mutter. Die wird ihre Meinung nicht ändern – du weißt doch, erst die Religion oder das, was sie dafür hält, dann der Mensch. Es ist hoffnungslos«, murmelte sie.

Konnte ich widersprechen? Ich kannte diese Mutter nur als kalte, beherrschende Frau. Dass ich nicht willkommen war, verletzte mich zwar, doch das war nichts im Vergleich zur Verletzung meiner Liebsten.

»Bärchen, lässt du mir ein bisschen Zeit allein? Ich möchte nachdenken, zur Ruhe kommen«, bat Bettina nun.

Schweren Herzens willigte ich ein. »Ja, aber nur, wenn du versprichst, mich nicht von dir wegzuschieben«, schränkte ich ein.

Den Rest des Nachmittags verbrachte ich lesend auf dem kleinen Balkon. Unten im Hof herrschte reges Treiben. Die Kinder hatten ihr Räder, Rollbretter, Rollschuhe und Fußbälle herausgeholt. Sie veranstalten Wettrennen, machten vorsichtig erste Fahrversuche oder spielten Nationalelf. Die Erwachsenen saßen auf den wenigen Steinbänken, die den grünen Innenhof säumten, unterhielten sich und warfen sporadisch einen Blick auf die spielenden Kinder.

Ein perfekter Sonntag, dachte ich. *Friedlich, sonnig, einfach schön.*

Dass diese Idylle sehr brüchig war, wusste ich. Dass nicht immer Sonntag sein konnte, war bekannt, und die heute entspannten Erwachsenen zeigten vielleicht morgen schon wieder ein anderes Gesicht, wenn sie gestresst waren von ihrem Job – oder ihrem Nichtjob. Mir wurde bewusst, wie fragil Glück ist, wie wenig es brauchte, um ein Gleichgewicht zu zerstören, und wie wichtig es war, das Herz offenzuhalten für die Zwischentöne, die mit dem Ohr nicht wahrzunehmen waren.

Versunken in meine Gedanken hatte ich nicht bemerkt, dass Bettina hinter mich getreten war. Ihre Lippen auf meinem nackten Nacken ließen mich zusammenzucken – und riefen Gänsehaut hervor.

»Bärchen, bist du nicht hungrig?«, fragte meine Lieblingsautorin mit sanfter Stimme. Sie ließ ihrer Frage einen weiteren Kuss auf meinen Nacken folgen. Wenn sie so weitermachte, würde sich der Hunger von meinem Magen aus eine Etage tiefer hinabbewegen.

»Doch«, antwortete ich bemüht gelassen. »Wir haben seit dem Frühstück ja nichts mehr gegessen.«

Gemeinsam stellten wir uns in die Küche, berieten, wonach uns der Sinn stand – zum Kochen hatten wir beide offensichtlich keine große Motivation. Schließlich einigten wir uns auf Salat und Nudeln an Bettinas leckerer Spezialsauce, deren Rezept sie bisher vor mir geheimhielt.

Das Thema »Eltern und Outing« klammerten wir wie auf Absprache aus. Unser Gespräch bewegte sich auf sicherem, allgemeinem Terrain und plätscherte friedlich dahin. Ich spürte, wie die Spannung, die mich seit dem Frühstück im Griff hatte, allmählich von mir wich.

»Wie geht es eigentlich deiner Wohnung?«, fragte Bettina unvermittelt.

Irritiert schaute ich von meinem Teller hoch. »Meiner Wohnung? Wie meinst du das?«

»Du bist ja eher selten da«, hielt mir Bettina das Offensichtliche vor Augen. »Darum frage ich, ob da alles in Ordnung ist.«

»Möchtest du mich abschieben?«

Die Frage hatte meine Lippen überquert, ehe ich sie gedacht hatte.

»Nein, Bärchen, im Gegenteil«, erwiderte meine Liebste lachend. Sie war auf diese Reaktion vorbereitet gewesen, hatte sie womöglich gar provoziert.

Jetzt kam sie zu mir, kniete sich neben meinen Stuhl und legte ihren dunklen Wuschelkopf auf meinen Schoß. »Ich habe nur überlegt, dass es ziemlich ...«, Bettina suchte nach dem passenden Begriff, während ich ihr Haar kraulte.

Eigentlich müsste sie nicht weitersprechen, überlegte ich, *ich liebe es, sie einfach so nah zu spüren.*

Aber natürlich wollte ich auch wissen, was sich meine Freundin ausgedacht hatte, darum ließ ich meine Hand auf ihrem Kopf ruhen. Das half.

»Es ist eine Geldverschwendung, wenn wir zwei Wohnung

bezahlen, wo wir doch immer zusammen sind – in nur einer Wohnung –, was logisch ist, da wir uns nicht teilen können«, sprudelte es jetzt aus ihr heraus. »Darum dachte ich, es wäre besser, wenn wir uns auf eine einigen würden ... meine ist größer ... ich meine ... ja ... also, du könntest doch ... wenn du das auch so siehst ... oder was denkst du ... es ist ja nur ein Vorschlag ... es muss auch nicht gleich sein ... wenn dir das zu schnell geht ...«

Bettina verhaspelte sich. Ich war froh, dass sie mein Gesicht nicht sehen konnte, denn möglicherweise hätte sie mein dämliches Grinsen falsch verstanden. Mein Herz hüpfte im Dreivierteltakt – mir kam es jedenfalls so vor. Ich bemühte mich aber, ruhig sitzenzubleiben, falls meine Partnerin ihrem Vorschlag noch etwas hinzufügen wollte.

»Du sagst nichts?« Bettina klang unsicher.

»Oh ... ja also ... ich finde, du hast recht«, beeilte ich mich, einen Gesprächsbeitrag zu leisten.

Bettina hob ihren Kopf, blickte mir prüfend ins Gesicht.

»Nur ich hab recht? Möchtest du denn überhaupt mit mir unter einem Dach leben?«, hakte sie nach.

Ich nickte eifrig. Natürlich wollte ich das. Nichts lieber als das. Schon längst hatte ich davon geträumt und mir überlegt, wie ich meine Herzkönigin auf diese Idee bringen könnte. Nun war sie von selbst draufgekommen, was umso besser war, mich aber – wie hätte es anders sein können – für den Moment sprachlos machte.

»Das tun wir doch jetzt auch schon eine Weile«, meinte ich bemüht lakonisch, nachdem ich mich durch Räuspern davon überzeugt hatte, dass meine Stimmbänder noch vorhanden waren.

Bettina sah den Sachverhalt etwas anders, wie sie mir in der Folge ausführlich erklärte. Zwar verbrachten wir so gut wie alle freie Zeit zusammen, doch wir hatten beide unsere Rückzugsmöglichkeiten in der jeweiligen Wohnung. Wenn es zwischen uns zu einem Konflikt käme, so die Quintessenz meiner Liebsten, könnten wir voneinander Abstand nehmen, könnten einander ausweichen.

Das stimmte alles, doch das war mir vollkommen egal. Ich

wollte mit Bettina leben, der Partnerschaft, die wir seit Wochen führten, ein Dach geben. Mir gefiel die Vorstellung, mit Bettina eine Wohnung zu teilen, sehr gut.

Nachdem ich meine Lieblingsautorin davon überzeugt hatte, dass ich weder kopf- noch gedankenlos in diese Geschichte hineinstürzte, sondern diese längst geprüft hatte, überlegte sie halblaut, was wir als Nächstes tun mussten. Mir kamen da einige Dinge in den Sinn, denn so schön Bettinas Wohnung auch war, sie bot für mich im jetzigen Zustand kaum Platz. Ich fühlte mich als Gast, auch wenn ich einige Kleidungsstücke im Schrank liegen hatte, meine Zahnbürste neben Bettinas im Zahnbecher stand und auch ein paar Bücher von mir hier herumlagen. Es gab viele Dinge, die mir wichtig waren, die ich mitnehmen wollte, wenn ich zu Bettina zog.

»Du kannst alles von mir haben, Bärchen. Meine Möbel sind auch deine, meine Bücher genauso wie mein Geschirr . . .«, erklärte Bettina, als ich ihr mein Problem schilderte.

»Nein, Schatz, ich glaube, du verstehst nicht ganz. Ich möchte mit dir leben, ja, aber das hier ist so sehr deine Wohnung, dass ich darin immer nur Gast sein werde. Wir müssten sie komplett ausräumen und dann gemeinsam mit deinen und meinen und unseren Sachen einräumen . . . aber macht das Sinn?«

»Deine Wohnung ist aber kleiner, da haben wir zu zweit wirklich zu wenig Platz«, wandte Bettina jetzt ein.

»Das ist mir auch klar – und es steht auch gar nicht zur Diskussion, diese Wohnung zur gemeinsamen Wohnung zu machen«, beruhigte ich. Dann ließ ich die Katze aus dem Sack: »Am besten ist es, wir suchen uns gemeinsam eine neue Wohnung. Dann ist es von Anfang an unsere Wohnung, in die jede das mitnimmt, was ihr wichtig ist – und für die wir uns miteinander neue Dinge anschaffen.«

Bettina schaute mich erst verwundert an, dann breitete sich ein Lächeln über ihr Gesicht aus. »Sieh an«, kommentierte sie, »Frau Mertens hat sich offensichtlich genau überlegt, wie das gehen soll. Wie lange trägst du denn den Wunsch nach einer gemeinsamen Wohnung schon mit dir herum?«

Verlegen suchte ich nach einer einigermaßen glaubhaften Zeitangabe. »Seit unserem ersten gemeinsamen Frühstück« wäre als Antwort doch sehr vermessen gewesen.

Bettina kannte mich gut, in diesem Moment zu gut. Sie grinste frech: »Von Anfang an?« Sie schüttelte ungläubig ihren dunkel behaarten Kopf. »Ich auch«, sagte sie dann so leise, dass ich es kaum verstand. Nun war es an mir zu grinsen.

»Wenn wir schon von Anfang an die gleichen Wünsche hatten«, forderte ich sie heraus, »dann kannst du dir bestimmt vorstellen, wonach mir der Sinn gerade jetzt ist.«

Bettina stand auf, begann ohne Worte das Geschirr abzuräumen, eilte ins Bad, und noch ehe ich begriffen hatte, was sie da veranstaltete, stand sie nackt im Türrahmen und gurrte: »Komm, mein süßes Bärchen. Es gibt was zu naschen . . .«

10

Seit Wochen begann jede Nachrichtensendung mit der gleichen Meldung: »Die Sommerhitze hat ganz Westeuropa fest im Griff . . .« Es folgten Bilder von schwitzenden, schlappen Erwachsenen, fröhlich plantschenden Kindern und hilflos hechelnden Vierbeinern. Tatsächlich lag die Stadt wie ausgestorben da, die Häuserschluchten wirkten verlassen, während sich der Asphalt dazwischen langsam aber stetig aufweichte.

In Bettinas Wohnung standen alle Fenster offen, doch Abkühlung brachte das nicht. Vorsichtig suchte ich mir einen Weg zwischen den Umzugskisten hindurch, die im Flur, in der Küche, im Schlafzimmer und im Wohnzimmer standen. Das taten sie nun schon seit zwei Wochen, wahrscheinlich blieben sie da noch länger. In der beinahe menschenleeren Stadt kam man derzeit schneller voran als üblich, doch da alles im Urlaub weilte, gab es kaum Wohnungsinserate in den Zeitungen oder im Internet.

Seit der Entscheidung, eine gemeinsame Wohnung zu suchen, war schon einiges geschehen. Ich hatte meine kleine Wohnung geräumt, alles zu Bettina geschafft, die Räume renoviert, geputzt, meiner Nachmieterin, die ich überraschend schnell gefunden hatte, übergeben und lebte nun offiziell bei meiner Liebsten. Bettina hatte angesichts der Kartons, die sie jeden Abend ins Auto ein- und wenige Kilometer später wieder auslud, eingesehen, dass ihre Wohnung für uns beide nicht ausreichend Platz bot. Ein bisschen bedauerte sie, dass sie ihre ruhige Oase am Stadtrand verlassen musste, doch die Aussicht auf ein größeres Domizil, das auch keine unliebsamen Erinnerungen barg, heiterte sie in solchen Momenten immer wieder auf.

Diesen Samstag hatte ich den Auftrag, als Wohnungssuchagentin zu fungieren. Meine Lieblingsautorin weilte indes bei ihrer Verlegerin, um einen neuen Vertrag auszuhandeln. Ich hatte mich großzügig bereiterklärt, den Suchjob heute allein zu übernehmen, denn die Vorstellung, stundenlang im Backofen namens Auto durch die Gegend zu fahren, trieb mir den Schweiß auf die Stirn. Nein, ich beneidete meine Liebste überhaupt nicht.

Behutsam ließ ich zwei Eiswürfel in den kalten Tee gleiten und wartete, bis sie sich etwas aufgelöst hatten. Inzwischen summte der Computer vor mir und baute die Internetverbindung auf. Mithilfe des Stadtplans überprüfte ich die Lage verschiedener Wohnungen, die vielversprechend klangen. Drei hielten der ersten Prüfung stand und landeten deshalb mit Adresse und Telefonnummer des Vermieters auf der Liste. Bei meiner Suche legte ich immer wieder kleine Pausen ein, denn die Hitze im Büro war fast unerträglich. Ich setzte mich auf den zu dieser Uhrzeit noch schattigen Balkon und las ein Kapitel in meinem Krimi.

Im Hof herrschte Ruhe. Ich vermutete, dass nur noch ein Viertel oder ein Fünftel der Bewohner dieser Siedlung hier war, alle anderen hatten sich in die Sommerfrische verabschiedet. Im Treppenhaus begegnete man seit Tagen kaum mehr jemandem, in der Tiefgarage standen nur noch ein paar verlassen wirkende Fahrzeuge. Mir war das recht, ich genoss es, wenn es mal wirklich ruhig war. Dann verzichtete ich auch auf Musik aus der Stereoanlage und vergaß sogar, den Fernseher einzuschalten.

Als ich mich nach einer meiner Pausen – inzwischen war es bereits Nachmittag geworden – wieder an den Schreibtisch setzte, fragte ich mich, ob meine Liebste ihren Vertrag wohl unter Dach und Fach hatte. Eigentlich hatten wir vereinbart, dass sie anrufen würde, sobald sie sich auf den Heimweg machte. In Gedanken versunken, zeichnete ich Verzierungen auf die Wohnungsliste. Sie war im Verlauf des Tages angewachsen, einige Objekte hatte ich aber mit Fragezeichen gekennzeichnet, da die Informationen dazu eher mangelhaft waren.

Jetzt lag noch das Zeitungsstudium vor mir, denn es gab noch immer Leute, die das Internet nicht nutzten. Seufzend begann ich Seite um Seite umzublättern. Dabei las ich die Überschriften, überflog mal einen Artikel oder amüsierte mich über eine Karikatur. Irgendwo klappte eine Tür zu, ein Windstoß fegte die Papiere vom Schreibtisch.

»Mist«, knurrte ich, als ich mich auf die Knie niederließ, um die Papiere wieder zusammenzusuchen.

Die Wohnungsliste war spurlos verschwunden. Das hatte mir gerade noch gefehlt! Bevor ich mich aber zu ärgern begann, erspähte ich ein Stück weißes Papier unter dem Regal. Ich zog es hervor. Es handelte sich nicht um die Wohnungsliste.

Plötzlich fror ich. Mein Puls begann zu rasen. Fassungslos starrte ich den Bogen Papier in meinen Händen an. Die zitterten so sehr, dass ich das Papier auf den Boden legen musste, um die Schrift darauf entziffern zu können.

Da standen in fetten Buchstaben mein Name, meine komplette Anschrift – die jetzt zwar nicht mehr galt –, meine damalige Festnetznummer, mein ungefährer Tagesablauf inklusive der U Bahn-Linie, die ich benutzte, um ins Geschäft zu gelangen, und meine normalen Arbeitszeiten. Fein säuberlich hatte die Schreiberin auch die Adresse des Supermarkts notiert, in dem ich üblicherweise einkaufte, und die Poststelle, die ich jeweils mit Paketen oder eingeschriebenen Briefen aufsuchte.

Mir wurde schwarz vor Augen. Meine Gewohnheiten hätte ich aus dem Stegreif nicht so exakt wiedergeben können, wie sie hier nun schwarz auf weiß vor mir lagen. Wer hatte mich ausspioniert? Eigentlich gab es darauf nur eine einzige Antwort: Linda!

Ich bemühte mich, einen klaren Kopf zu bekommen. War das

wirklich Lindas Schrift? Woher könnte ich das wissen? Ich war mir nur sicher, dass es nicht Bettinas Schrift war, denn die kannte ich, und die unterschied sich deutlich von diesem Gekritzel hier. Wie aber hätte das Papier in Bettinas Wohnung gelangen können, wenn nicht Linda während der »paar Tage«, die sie bei meiner Liebsten Zuflucht gesucht hatte, es hier gelassen hatte? Außerdem hatte sich niemand sonst in so übersteigertem Maße für mich interessiert.

Unter dem Geschriebenen hatte Linda völlig talentfrei einen Totenkopf, eine Bombe, eine Giftflasche und weitere Symbole der wenig netten Art gezeichnet. Wenn Bettina dieses Machwerk sah, würde das die letzten Zweifel an Lindas Absichten ausräumen, überlegte ich. Aber wollte ich das überhaupt? Linda war seit dem Urteilsspruch aus unserem Leben verschwunden, wir hatten nichts mehr von ihr gehört oder gesehen, und wir waren beide sehr froh darüber. In unseren Gesprächen kam sie nicht mehr vor, sie gehörte nicht mehr zu unserem Alltag, die Wunden verheilten allmählich. Diesen Prozess wollte ich bei Bettina keinesfalls gefährden, denn für sie war der Schock, als sie in Lindas wahres Gesicht geblickt hatte, groß gewesen.

Ich zerknüllte das Papier, warf es in den Abfalleimer. Im nächsten Moment nahm ich es wieder heraus, strich es glatt und legte es auf den Schreibtisch. Während ich mich mühsam aufrichtete – meine Knie fühlten sich ziemlich schwammig an –, erspähte ich die Wohnungsliste, die unter den Rollkörper unter dem Schreibtisch gerutscht war.

Jetzt brauchte ich etwas Stärkendes. Ich entschied mich trotz der Hitze für einen Kaffee. Auf dem Weg in die Küche schloss ich sämtliche Fenster – ein Schock reichte für heute. Mit zittrigen Händen bediente ich die Kaffeemaschine, wartete ungeduldig, bis die Tasse endlich gefüllt war. Sosehr ich mich auch bemühte, der Gedanke an die kalten, hasserfüllten Augen Lindas verfolgte mich. Wie sie mir vor nicht allzu langer Zeit auf dem Weg in den Gerichtssaal begegnet war und mich angestarrt hatte. Der Ausspruch »wenn Blicke töten könnten« war nie zutreffender gewesen.

»Vorbei!«, sagte ich laut zu mir, doch meine Stimme klang angestrengt.

Wenigstens wärmte der Kaffee. So sehr, dass ich mir die Zunge am ersten Schluck verbrannte.

Das Telefon klingelte. Ich erschrak so heftig, dass mir die Tasse aus der Hand rutschte. Die heiße Flüssigkeit ergoss sich über meine Shorts und meine Beine, ehe sie den hellen Plattenboden braun färbte. Das Telefon klingelte weiter, ich stand wie festgewachsen in der Küche. Hatte Linda herausgefunden, dass ich bei Bettina wohnte? Beobachtete sie mich erneut? Dann wüsste sie, dass ich allein zu Hause war.

Der Anrufbeantworter sprang an. Nachdem das Sprüchlein, das Bettina und ich gemeinsam draufgesprochen hatten, abgespult war, erklang das »Piep«.

»Bärchen? Bist du da?« Pause. »Wo steckst du, Schatz? Wir hatten doch vereinbart, dass ich anrufe . . .«

Endlich gehorchten mir meine Beine. Ich sprintete zum Telefon und konnte im letzten Moment verhindern, dass Bettina wieder auflegte.

»Schatz, hallo!«, begrüßte ich meine Liebste außer Atem. »Tut mir leid, ich war grad . . . ich hab mir eben einen Kaffee gemacht«, erklärte ich zusammenhanglos.

»Kaffee? Bei dieser Hitze?«

Ein nachvollziehbarer Einwand, den Bettina anbrachte, doch ich fiel ihr ins Wort: »Ich brauchte etwas Belebendes. Allerdings habe ich den Kaffee verschüttet . . .«

»Ach so, und da musstest du natürlich erst die verräterischen Spuren beseitigen«, lachte meine Lieblingsautorin. Ich verzichtete auf eine Richtigstellung, sondern fragte sie, wie die Vertragsverhandlungen verlaufen seien.

Bettina war sehr zufrieden mit dem Resultat, sie hatte einen neuen Vertrag für vorerst fünf Bücher, die alle mit einer neuen Hauptperson auf den Markt kommen würden. Überhaupt hatte sich Bettina einige Neuerungen einfallen lassen, auch wenn die Krimis mit ihrer Kommissarin sehr gut liefen. Es schien sie inzwischen zu langweilen, immer die gleiche Person in den Mittelpunkt stellen zu müssen. Ein neues Konzept barg zwar Risiken, doch die wollte Bettina gern eingehen, denn sie meinte, sie müsse endlich wieder mal was ausprobieren, neu erfinden und kreieren können. Offenbar hatte sie die Verlegerin überzeugen können, doch einfach sei es nicht gewesen, erzählte Bettina lachend.

»Wann wirst du hier sein, Liebling?«, wollte ich wissen.

»Hm, schwer zu sagen«, erwiderte Bettina, »ich muss gleich noch mal rein.«

Ich kam nicht ganz mit. »Wo musst du rein? Der Vertrag ist doch erledigt? Setz dich ins Auto und komm heim«, forderte ich sie auf.

»Nein, so schnell geht das leider nicht. Frau Feichtel meint, ich sollte ein paar Lesungen veranstalten, um so die neue Detektivin bei meiner Fangemeinde einzuführen«, erklärte Bettina.

»O ja, eine Fangemeinde hast du allerdings ... Wie viele Lesungen sollen das denn sein? Wo und wann werden die stattfinden?«, fragte ich.

Irgendwie passte mir die Vorstellung nicht, dass meine Liebste vor einer Horde Frauen aus ihrem Buch erotische Passagen vorlas. Die Frauen würden ihr dann wohl am liebsten die Kleider vom Leib reißen. Dass sie eine große Fangemeinde hatte, davon hatte ich mich ja längst überzeugen können.

Jedes Mal, wenn wir gemeinsam im Frauenbuchladen in der Stadt waren, stürzten sich die Lesben auf meine Liebste, dass mir angst und bange wurde. Bettina trug das jeweils mit Fassung, gab sich freundlich und wimmelte eine um die andere ab, schrieb Autogramme in die Bücher, die man ihr unter die Nase streckte, doch sie ließ sich nie auf ein Gespräch, das über Höflichkeitsfloskeln hinausging, verwickeln. Ich machte mir auch gar keine Sorgen, dass sich Bettinas Gefühle für mich auf einer Leserreise plötzlich verändern würden, dass sie vielleicht eine Frau mit auf ihr Zimmer nehmen würde, wenn ich nicht dabei sein konnte, trotzdem hielt sich meine Begeisterung in sehr engen Grenzen.

»Bärchen, was ist los? Du freust dich nicht darüber, dass ich Lesungen machen soll?«, fragte Bettina hörbar irritiert.

»Äh, doch, schon ... aber ... all diese Frauen ... Schatz, die verehren dich ...«, versuchte ich zu erklären. Aber wie sollte Bettina meine diffusen Vorbehalte verstehen, wenn ich sie selbst für mich nicht in klare Gedanken, geschweige denn Worte fassen konnte?

»Aber Herzilein, ich liebe nur dich! Daran wird sich auch so schnell nichts ändern! Du musst dir wirklich keine Sorgen machen ... außerdem hätte ich dich natürlich gern dabei, Lesungen machen mich immer sehr nervös ... so viele Menschen sowieso ... da brauche ich dich sehr.«

Bettinas Geständnis überraschte mich – und es machte mich auch ein bisschen stolz. Sie brauchte mich! Und ich würde für sie da sein! Damit war die Sache geklärt. Bettina verabschiedete sich, nachdem sie mir versichert hatte, dass sie sich sofort auf den Weg machen würde, sobald sie die Details betreffend der Lesungen geklärt hatte.

Auf dem Weg zurück ins Büro öffnete ich die Fenster wieder. Meine Verfassung hatte sich durch das Gespräch mit Bettina wesentlich gebessert, jetzt spürte ich, wie drückend die Hitze in den Räumen lastete.

Bald schon saß ich vertieft über den Zeitungsannoncen. Das Linda-Papier hatte ich in meinen Ordner mit den Steuerunterlagen gelegt, dort würde es meine Liebste mit größter Wahrscheinlichkeit nie zu Gesicht bekommen.

Mein Nacken schmerzte, doch ich war mit der Wohnungsliste inzwischen sehr zufrieden. An diesem Samstag hatte ich mehrere vielversprechende Objekte ausfindig machen können. Sobald Bettina nach Hause kam, würden wir sie gemeinsam durchsehen und entscheiden, bei welchen Inserenten wir mit einem Telefonat beginnen würden.

Wo blieb die Frau meines Herzens nur so lange? Die Zeiger der Wanduhr – einer stilisierten Sonne – zeigten bereits nach sieben Uhr abends. Ich vermeinte, aus dem Treppenhaus Geräusche zu vernehmen, doch das Klicken des Schlüssels an der Wohnungstür blieb aus. Ich wandte mich dem Bildschirm des Computers zu. Um mich abzulenken und die Wartezeit zu verkürzen, hatte ich ein Kartenspiel gestartet.

Plötzlich spürte ich einen eisig kalten Luftstoß, der mich frösteln ließ. Mein Körper reagierte völlig unabhängig von meinem Kopf. Er zog sich zusammen, versuchte, sich kleinzumachen, was natürlich nicht gelang. Mein Herz raste, kalter Schweiß trat auf meine Stirn. Was zur ...? Ich wagte nicht, mich zur Tür umzudrehen – ich hätte es auch gar nicht gekonnt, denn mein Körper gehorchte mir nicht. Völlig reglos starrte ich auf den Bildschirm, während das Gefühl einer kalten Faust, die mein Herz im Zeitlupentempo zusammenquetschte, mir den Atem nahm.

Sie war da. Sie stand in der Tür. Sie kam spät, aber jetzt war sie da. Sie wollte Rache. Sie hatte alle Vorteile auf ihrer Seite.

Kein Geräusch durchbrach die lähmende Stille. Ich wartete darauf, dass Linda mich angriff – verbal oder physisch. Mich zu wehren, hatte keinen Sinn. Wenn Bettina nicht doch noch auftauchte, stand Lindas Vergeltungsdrang nichts im Weg.

Mir fielen in den unpassendsten Momenten passende Sprüche und Lebensweisheiten ein. In dieser lebensbedrohlichen Situation passierte es wie immer unvorhergesehen, auch wenn ich den Spruch nicht mehr ganz zusammenbrachte, der Schluss klang wenig optimistisch: ... lass mich annehmen, was nicht zu ändern ist. Während ich über den genauen Wortlaut grübelte, merkte ich, wie sich die Temperatur im Raum änderte.

Hatte ich Schritte gehört? Eine Tür vielleicht?

Ich nahm meinen ganzen Mut zusammen und drehte mich ganz langsam zur Tür um.

Da war nichts! Wie ein zahnloser Mund klaffte die offene Tür am Ende des Raums. Verwirrt stand ich auf, ging zögernd ein paar Schritte. Wo steckte sie? Hatte sich Linda aus dem Staub gemacht? Oder sich versteckt? Ich fühlte mich wie ein Indianer auf der Pirsch. Von Linda fehlte jede Spur. Aufgrund der Umzugskartons gab es kaum Platz, wo sich ein erwachsener Mensch hätte verstecken können, dennoch suchte ich gründlich, ich scheute mich nicht, auch unter der Couch und dem Bett nachzusehen.

Jetzt war ich mir sicher, dass mir meine Sinne keinen Streich spielten. Die Schritte kamen näher. Sie stoppten vor der Wohnungstür. Kam Linda zurück?

»Bärchen! Ich bin wieder da!«

Nie hatte ich eine größere Erleichterung beim Klang von Bettinas Stimme gefühlt als jetzt. Ich stürzte auf sie zu, erdrückte sie fast mit meiner Umarmung.

»Was ist denn los? So lange war ich doch gar nicht weg«, fragte meine Lebensretterin irritiert, als sie sich etwas aus meiner Umklammerung gelöst hatte.

Sie schaltete das Licht ein, unterzog mich einer kritischen Musterung.

»Meine Güte, du bist ja völlig durch den Wind! Liebling, was ist passiert? Wieso zitterst du?« Die Augen, die sich besorgt weiteten, ließen mich nicht entkommen. Bettina zog mich ins Wohnzimmer, nötigte mich, mich zu setzen, dann zog sie mich in ihre Arme. Sie wartete, bis das Zittern, das mich unkontrolliert überfallen hatte, endlich abebbte.

Ich fand nur schwer Worte, um meinen Schrecken und meine Angst zu beschreiben. Jetzt kam mir alles völlig unwirklich vor. Komplett unlogisch! Wie hätte Linda denn in die Wohnung kommen können? Hätte sie die Gelegenheit gehabt, sich einen Nachschlüssel machen zu lassen? Wie wäre sie überhaupt in die Stadt gelangt? Sie besaß kein Auto und war finanziell ziemlich klamm – außerdem durfte sie sich uns ja aufgrund des Urteils nicht mehr nähern, doch das wäre einer Frau wie ihr wohl ziemlich egal.

Je länger und ausführlicher ich Bettina schilderte, was an diesem Nachmittag und Abend passiert war – ich zeigte ihr nun doch das Linda-Blatt –, desto kindischer und überzogen kam mir meine Reaktion vor.

Während ich an meinem Verstand zweifelte, rastete Bettina aus. Völlig unvermutet sprang sie von der Couch hoch.

»Dieses Ekel! Diese impertinente ...! Ich fasse es nicht! Wenn ich die erwische, ich dreh ihr den Hals um!« Bettina fand noch eine Menge anderer Kraftausdrücke, mit denen sie ihre Ex bedachte. Ich hatte keine Ahnung gehabt, dass meine Liebste über einen solch deftigen Wortschatz verfügte, doch in ihrer Wut und Hilflosigkeit kamen wohl verschüttete Reserven zum Vorschein.

Nun war es an mir, meine Freundin zu beruhigen, was mir nur schwer gelang. Schließlich saßen wir beide wieder auf der Couch und unterhielten uns in gesitteter Lautstärke. Bettina schien nachvollziehen zu können, dass mein gesunder Menschenverstand sich nach dem Auffinden von Lindas Gekritzel kurzzeitig verabschiedet hatte.

»Weißt du, Bärchen, es wird wirklich Zeit, dass wir unser eigenes, gemeinsames Leben beginnen«, meinte sie. »Die neue Wohnung, in die wir so schnell als möglich einziehen werden, ist sicher der richtige Schritt dazu.«

Hier konnte ich nur zustimmen.

Meine Liebste, die mich fest umschlungen hielt, murmelte etwas, das ich nicht verstand. Es klang wie »Wie viele Anfänge brauchen wir eigentlich?«, doch ich war mir nicht sicher, ob ich richtig gehört hatte.

11

Bettina deutete eine Verbeugung an. Selbst nach der x-ten Lesung fühlte sie sich offensichtlich etwas überfordert durch die stehenden Ovationen, die ihr entgegengebracht wurden. Ich hingegen strahlte hemmungslos stolz in der hintersten Stuhlreihe vor mich hin. Ja, ich platzte fast vor Stolz, immerhin war das da vorn meine Partnerin, die Frau, die ich über alles liebte und mit der ich seit zwei Monaten offiziell zusammenlebte in einer geräumigen Wohnung fast mitten in der Stadt.

Die Lesereise hatte bereits vor Wochen begonnen. Meistens lagen die Termine so, dass ich Bettina begleiten konnte, was mir vor allem am Anfang sehr wichtig gewesen war. Obwohl ich meiner Liebsten vertraute, hatte ich gegenüber den Frauen im Publikum gewisse Vorbehalte. Ihre Begeisterung über Bettinas Auftritte erinnerte mich an alte Fernsehbilder, die die Beatles und ihre kreischenden Fans zeigten.

Meine Lieblingsautorin ihrerseits versicherte mir immer wieder, dass sie sich sicherer fühle, wenn ich dabei sei. Tatsächlich suchte sie mich mit ihrem Blick während der Lesung oder auch bei der anschließenden Autogrammstunde. Da die Lesungen meist in kleinen Lokalen stattfanden, war ich gezwungenermaßen in Bettinas Nähe, auch wenn das Frau Feichtel nicht unbedingt in den Kram passen würde. Sie hatte meine Liebste nämlich darauf hingewiesen, dass die Frauen wohl spendabler seien – sprich: mehr Bücher kaufen würden –, wenn sie glaubten, Bettina sei Single.

Heute Abend waren wir zur zweitletzten Lesung aufgeboten worden. Darüber schien Bettina sehr froh zu sein, denn mit dem nahenden Winter – immerhin war der Oktober inzwischen in den November übergegangen – wurden lange Autofahrten in die kleinen Städte, von deren Existenz wir uns jeweils mittels Routenplaner erst überzeugen mussten, anstrengender und gefährlicher. Bettina führte natürlich Buch über die Reisezeiten und den Zeitaufwand an den Zielorten, ich hingegen vergaß die Namen der Städte und Buchhandlungen oder Frauenzentren, kaum hatte ich sie wieder verlassen.

Am Tisch, an dem Bettina jetzt ihre Bücher signierte, hatte sich eine lange Reihe gebildet. Wo kamen all diese Frauen plötzlich her? Ich konnte mir nicht vorstellen, dass so viele in dem kleinen Raum Platz gefunden hatten.

Unauffällig zog ich mich noch etwas weiter zurück, was Bettina natürlich sofort mit einem Augenbrauenheben registrierte. Mein beschwichtigendes Lächeln verfehlte jedoch seine Wirkung nicht, und ich konnte mich in das angrenzende Foyer begeben. Dort hatten die geschäftigen Organisatorinnen des »Abends des Jahres« – mit diesem Slogan war für die Lesung der bekannten Krimiautorin geworben worden – ein Buffet aufgebaut. Als Erstes fielen mir die vielen Appetithäppchen auf. Zu meinem Erstaunen gab es kaum welche, die mit Fleisch aufwarteten. Auch bei den Getränken hatten die Frauen das Wohl der Kundschaft vor Augen gehabt: Mineralwasser mit unterschiedlichem Kohlensäuregehalt, Saft und vielleicht knapp ein Dutzend kleine Gläser mit Weißwein standen akkurat angeordnet auf dem mit bunten Papiertischtüchern verzierten Tischen.

Vom Eingang her beobachtete ich das Treiben im Raum, während ich an einem Glas Mineralwasser – ich glaube, ich hatte mich für die salomonische Mitte in Sachen Kohlensäure entschieden – nippte.

Plötzlich durchzuckte mich ein Stromschlag, fast hätte ich das Glas fallenlassen. Ein blondierter Haarschopf neigte sich gefährlich nahe zu Bettina hinab. Die Frau, eine sportlich elegante Erscheinung, die etwas deplatziert wirkte zwischen Jeans, schwarzen oder weißen Hemden und Turnschuhen, flüsterte meiner Freundin etwas ins Ohr. Selbst bei der mangelhaften Beleuchtung, die im Raum herrschte, erkannte ich, dass Bettina errötete. Mein Puls beschleunigte sich noch mehr, als die Frau ihre Hand auf Bettinas legte, die untätig auf einem Buchdeckel ruhte. Reflexartig zog Bettina diese zurück, warf dabei ihr Wasserglas um und tauchte mit hochrotem Kopf unter dem Tisch ab, um die Misere wieder zu beheben – aber wohl auch, um nach ihrer Fassung zu suchen.

Am liebsten wäre ich an die Seite meiner Liebsten geeilt, hätte dabei der Blondierten nebenbei noch rasch die Augen ausgekratzt oder sie mit einem gezielten Tritt in die Kniekehlen auf die Bretter geschickt, doch für solche Heldentaten bestand aufgrund der Menschenmenge leider keine Chance.

Während ich mir überlegte, wie ich die Frau, die meine Freundin so offensichtlich anbaggerte, am ehesten und schmerzhaftesten aus dem Verkehr ziehen konnte, tauchte Bettinas Gesicht wieder über der Tischkante auf. Zwar erkannte ich noch immer eine leichte Rötung, doch diese leuchtete jetzt nicht mehr so alarmierend wie zuvor.

Die Blonde stand lässig an den Tisch gelehnt und wartete auf ihre Widmung. Als sie das Buch entgegennahm, schob sie ihre Hand wieder etwas vor, doch diesmal war Bettina vorbereitet und drehte sich rasch weg, der nächsten Frau, die in der Reihe wartete, zu. Das blonde Gift zuckte gleichgültig mit den Schultern und schlenderte betont desinteressiert durch den Raum. Bei einer Brünetten – sie stellte von der Figur her das krasse Gegenteil der Blonden dar – blieb sie kurz stehen und erzählte ihr etwas, das wohl ziemlich lustig war. Die beiden lachten laut. Mich beschlich der Verdacht, dass sie sich eben auf Kosten meiner Freundin amüsierten.

Meine Rachephantasien nahmen beängstigende Ausmaße an. Das blonde Gift kam jetzt direkt auf mich zu. Ich hatte meine Krallen schon ausgefahren, als ich plötzlich erstarrte. Im Licht, das vom Foyer her in den vordersten Bereich des Gemeinschaftsraums fiel, erkannte ich meine Ex. Sabine! Was zur Hölle tat sie hier? Und vor allem: Was bildete sie sich ein, meine Freundin anzumachen?

Hier setzte endlich mein Hirn ein. Sabine wusste nichts von Bettina und mir, genauso wenig wie ich geahnt hatte, dass sie in dieser Stadt lebte. Seit der Trennung, die nun schon fast drei Jahre zurücklag, herrschte zwischen uns absolute und allumfassende Funkstille. Mit ihren Freunden hatte ich nie etwas zu tun gehabt, meine Freunde waren ihr aus dem Weg gegangen – und hatten mich vor ihr gewarnt. Nun stand sie vor mir. Sie sah besser aus, als ich sie in Erinnerung hatte. Ihren sportlichen Körper hatte sie wohl noch weiter trainiert, und auch in dieser Stadt lebte eine Friseuse wohl nur durch Sabines Frisurentick ziemlich gut.

Sabines braune Rehaugen weiteten sich erstaunt, als sie mich erkannte.

»Nun sieh einer an!«, flötete sie zuckersüß.

Ich spürte, wie sich mein Magen zusammenzog.

»Wenn das nicht die gute, alte Simone ist! Na, wie geht es dir? Immer noch monogam?«

Einzig das Wissen, dass man auch für Totschlag im Affekt ins Gefängnis wanderte, hielt mich davon ab, Sabines Existenz ein rasches Ende zu bereiten.

»Sabine, ja, das ist eine Überraschung«, beschied ich meiner Ex trocken. »Dass es dich in eine Kleinstadt verschlagen hat. Wie heißt sie gleich? Hab ich jetzt doch glatt schon wieder vergessen . . .«

Täuschte ich mich, oder schwoll die verräterische Ader rechts am Hals tatsächlich etwas an? Wenn man diese Ader nämlich sah, konnte man davon ausgehen, dass Sabine innerlich kochte, ein Vulkanausbruch unmittelbar bevorstand oder aber die Gegenstände im näheren Umfeld der Frau nicht mehr sicher waren.

Diesmal schnaubte die Ober-Ex aller Exfreundinnen, die es auf dem Erdball je gegeben hatte, laut vernehmlich. Sie knetete ihre verschlungenen Hände, doch weder schlug sie zu noch rastete sie in irgendeiner anderen sichtbaren Art aus.

Schade eigentlich, das hätte dem Abend eine interessante Note verliehen, dachte ich boshaft.

»Weißt du, Simone«, mein Name klang aus ihrem Mund wie eine Beleidigung, »Prestige ist nicht alles.«

Übertrieben erstaunt riss ich meine Augen auf und starrte sie ungläubig an.

»Ist nicht wahr? Echt? Nein, das hätte ich nun wirklich nicht vermutet, dass ausgerechnet du so etwas sagen würdest«, erklärte ich schockiert.

»Du machst dich doch nicht etwa lustig über mich?«, fragte Sabine misstrauisch.

Sie hatte mit Ironie, Sarkasmus oder Zynismus nie etwas anfangen können. Zwar belog und betrog sie jeden und alle mit einer Perfektion, die beinahe preiswürdig war, doch die Feinheiten der menschlichen Bosheiten konnte sie weder richtig wahrnehmen oder erkennen noch einordnen. Wenn ich in Form gewesen war, hatte ich Sabine mit zwei Sätzen schachmatt gesetzt, und sie wunderte sich jeweils, wieso ich mich so gut – und sie sich so schlecht – fühlte.

Ich ließ Sabine in ihrer Ungewissheit und wandte meinen Blick von ihr ab. Die Reihe vor dem Tisch mit Bettina hatte sich deutlich verkürzt, bald würde meine Lieblingsautorin ins Foyer kommen und hier von ihren zahlreichen Verehrerinnen umschwärmt werden. Nicht ausgeschlossen, dass Sabine einen weiteren Versuch unternahm, sie mit ihrem unschuldig wirkenden Augenaufschlag zu bezirzen. Ich war gewappnet, und ich würde Bettina zu Hilfe eilen, um sie aus den Klauen dieses Biestes, das ich nur zu genau kannte, zu befreien.

»Ah, du bist wohl ein großer Fan?«, vernahm ich Sabines Stimme neben mir.

Sie war meinem Blick gefolgt. Was sollte ich antworten? Ein Fan war ich sicherlich, doch Bewunderung für die Schreibkünste Bettinas war nur eines von vielen Gefühlen, die ich für diese Frau hegte.

»Hm, ich finde schon, sie schreibt spannende Bücher», gab ich ausweichend Auskunft.

»Soll ich dir was verraten?«, tat Sabine geheimnisvoll. Sie wartete meine Antwort nicht ab.

»Diese Gut ist – wie soll ich sagen – etwas verstockt, verklemmt. Sie wird rot, sobald du ihr was Nettes sagst.«

»Was Nettes?«, fragte ich bissig zurück. Ich kannte die Nettigkeiten meiner Ex zur Genüge, sie waren in den seltensten Fällen jugendfrei.

Sabines Lachen klang in meinen Ohren so falsch wie eh und je. Sie war eine Schlange – und sie würde es immer sein.

Ihre Hände griffen nach mir. Sie umfassten meine Schultern, zogen mich vom Eingang weg, schoben mich ins Foyer.

Sabines Rehaugen hatten durchaus etwas Anziehendes, und bestimmt zählte sie zu den attraktivsten Frauen hier.

Jetzt strahlte sie mich an. Sie neigte ihren Kopf mir zu und erklärte: »Erfolg macht sexy, das weißt du ja. Da spielt es keine Rolle, wenn die Frau nicht unbedingt den äußeren Anforderungen entspricht.«

Ich setzte bereits zu einer scharfen Erwiderung an, doch Sabine schnitt mir mit einer bestimmten Handbewegung das Wort ab.

»Allerdings muss ich sagen, wenn ich beides haben kann, dann entscheide ich mich natürlich für Erfolg UND gutes Aussehen«, sagte sie geheimnisvoll.

Ich verstand inhaltlich kein Wort. Entsprechend bedröppelt sah ich wohl auch drein.

Sabine lachte und legte mir ihren Arm um meine Schulter. Das hatte sie, als wir noch so etwas wie eine Beziehung gehabt hatten, in der Öffentlichkeit nie getan. Jetzt war mir das, was ich mir einst von ihr gewünscht hatte, äußerst unangenehm, was meine Ex aber nicht im Geringsten störte.

»Ich war heute in der Buchhandlung nebenan«, hauchte sie mir ins Ohr. »Inzwischen bist du ja auch so was wie eine Berühmtheit.«

Meine beste Freundin Lotte hatte recht, manchmal stand eine ganze Elefantenherde auf meiner Leitung. Ich kapierte nicht, was Sabine mit dieser Anspielung eigentlich sagen wollte.

»Weißt du, ich finde es schade, dass wir uns damals so überstürzt getrennt haben«, ließ Sabine die Bombe platzen. »Wir hätten noch so viel Tolles zusammen erleben können, ich hätte dich auch beim Schreiben unterstützt, aber davon wusste ich ja nichts. – Nun ja, ich war vielleicht nicht immer ganz fair, aber im Grunde hat doch jeder eine zweite Chance verdient.«

Mir ging kein Licht auf, das war ein ganzer Kronleuchter mit Tausend-Watt-Glühbirnen, der plötzlich mein Gehirn erleuchtete.

»Das glaube ich jetzt nicht!«, fuhr ich sie an.

Sabine strahlte übers ganze Gesicht. Sie nickte, neigte sich mir zu und küsste mich. Ich wollte sie abwehren, von mir wegschieben, doch inzwischen hatte sich das Foyer mit so vielen Frauen gefüllt, dass es kaum mehr Platz gab, um auszuweichen. Sabine nutzte die Situation schamlos aus. Sie umklammerte mich, versuchte, mit ihrer Zunge meine Lippen zu öffnen, während ich diese krampfhaft geschlossen hielt und damit rechnete, demnächst zu ersticken.

Glücklicherweise war auch Sabine nur ein Mensch, und irgendwann ging ihr darum die Luft aus. Sie beendete das, was man gemeinhin als Kuss bezeichnen würde – in meinem Fall hatte ich es Vergewaltigung empfunden.

Wütend stieß ich sie von mir, die schallende Ohrfeige, die ich ihr verpasste, quittierten einige umstehende Frauen mit erstaunten Ausrufen und Lachen. Sabine rieb sie die Wange, auf der sich meine Finger deutlich abzeichneten.

»Nun hab dich doch nicht so«, fauchte sie mich an. »Okay, ich hab mal einen kleinen Fehler gemacht, du bist daraufhin ausgerastet – aber jetzt benimmst du dich wirklich wie ein Kleinkind.«

»Sabine, ich habe es dir damals gesagt, ich wiederhole es hier und heute ein einziges Mal: Ich will mit dir nichts mehr zu tun haben, weder jetzt noch irgendwann später. Verschwinde aus meinem Leben – sofort!«, befahl ich ihr.

Ich wusste, dass mein Gesicht vor Wut rot leuchtete, mir war auch bewusst, dass ich nicht ganz so leise sprach, wie es der Anstand geboten hätte, doch dieses Biest brachte mich um meine innere Ruhe.

Mein Auftritt war Sabine nun doch etwas peinlich. Ihre Freundin, Bekannte, Vertraute oder was immer sie sein mochte, trat zu ihr.

»Sabi, lass uns gehen«, befahl sie nachdrücklich. Sie packte meine Ex am Arm und versuchte, sie mit sich zu ziehen.

Da Sabine sich nicht bewegte, zerrte die Braunhaarige heftiger an ihr.

Beschwörend redete sie leise auf sie ein: »Komm jetzt, die ist es nicht wert, dass du dich wegen ihr lächerlich machst. Die ist genauso verstockt wie die andere Tussi. Die Leute schauen schon . . .«

Sabines Erstarrung löste sich. Die Braunhaarige, immer noch redend – sie musste einen Kurs für fortgeschrittene Haus- und Gartenpsychologie besucht haben –, zog sie zum Ausgang. Nebenbei schnappte sie sich noch einige Häppchen vom Buffet, was mit Augenbrauenrunzeln zur Kenntnis genommen wurde. Dann waren sie weg! Endlich!

Erleichtert atmete ich tief durch. Sabine hatte sich keinen Zentimeter, kein Nanogramm geändert. Berechnend und geltungssüchtig wie eh und je, hatte sie versucht, sich in mein Leben zu drängen.

Jetzt hatte ich mir ein Glas ohne Kohlensäure, dafür aber mit Alkohol verdient. Tapfer ignorierte ich die neugierigen Blicke der umstehenden Frauen, die ihre Gespräche unterbrachen und für mich eine Gasse bildeten. Als Ausstellungsstück taugte ich nicht, darum verzog ich mich in die dunkelste Ecke des Foyers. Ich wartete darauf, dass Bettina endlich auftauchen würde. Bestimmt hätte sie nichts dagegen, möglichst schnell von dieser Veranstaltung zu verschwinden.

Je mehr Zeit verstrich, umso unruhiger wurde ich. Wo blieb meine Partnerin? Im Leseraum waren längst alle Lichter gelöscht, die ersten Frauen verabschiedeten sich bereits voneinander, doch von Bettina fehlte jede Spur.

»Simone?« Die Frau, die mich ansprach, war leider nicht meine Liebste. Hildegard, die Inhaberin des Buchladens, war zu mir getreten.

Mit besorgtem Blick fragte sie: »Weißt du, wo Bettina ist?«

Woher denn? Ich hatte doch in der letzten halben Stunde so gut wie nichts mitbekommen. Ich verneinte, was die Sorgenfalten in Hildegards Gesicht noch etwas tiefer werden ließ.

»Sie ist nach dem Signieren ins Foyer gegangen, ich habe noch aufgeräumt, doch jetzt sehe ich sie nirgends«, erklärte sie ungefragt.

»Ich habe sie nicht gesehen«, beschied ich ihr knapp. In meinem Kopf rasten die Gedanken wild durcheinander.

Hatte Bettina mitbekommen, wie Sabine sich an mich heranmachte? Wie musste das auf sie gewirkt haben?

Mein Herz wurde bleischwer. Ich konnte mir die Augen aus dem Kopf schauen, Bettina hielt sich nicht im Foyer auf. Plötzlich kam mir ein Gedanke. Ich drückte Hildegard das leere Glas in die Hand und hastete zum Ausgang.

Ohne Jacke fühlte sich die Novembernacht empfindlich kalt an. Ich nahm Kälte und Nieselregen nur am Rande wahr. Endlich entdeckte ich Bettinas Auto auf dem Parkplatz.

»Bitte, Bettina!«, flehte ich. »Mach die blöde Tür auf!«

Bettina saß über das Lenkrad gebeugt. Sie hatte kurz zu mir herübergeschaut, doch jetzt regte sie sich nicht mehr.

»Bettina, was soll das denn? Es ist verdammt kalt hier draußen«, informierte ich sie.

Die Zentralverriegelung klickte, bibbernd setzte ich mich auf den Beifahrersitz und zog die Tür zu.

»Was willst du noch hier?«, fragte Bettina tonlos. Sie sah mich nicht an.

»Was für eine Frage . . . Schatz, ich . . . du bist meine Freundin, meine Geliebte, meine Partnerin, da kannst du unmöglich fragen, was ich hier will«, erwiderte ich ausweichend.

Ich hörte selbst, wie fade meine Erklärung, die keine war, klang. Doch was sollte ich denn sagen? Ich wusste nicht, was Bettina gesehen hatte, was sie dachte, was sie empfand. *Eigentlich verrückt*, überlegte ich, *erst war ich auf Sabine eifersüchtig gewesen, als sie sich an Bettina heranmachte – jetzt kämpft wohl Bettina mit den gleichen Gefühlen.*

»Sie sieht toll aus, du hast Geschmack«, beschied mir meine Liebste trocken. Ihre Augen glühten, ihr Blick bohrte sich bis in mein Herz.

»Wie ich das einschätze, lässt sie nichts anbrennen – und offensichtlich hatte sie bei dir leichtes Spiel«, fuhr sie schneidend fort.

Ich seufzte. Natürlich, Bettina hatte alles gesehen, und natürlich war es für sie nicht erkennbar gewesen, dass ich mich gewehrt hatte.

»Du hast Sabines Abgang verpasst, Schatz«, hob ich an.

»Ach«, unterbrach mich Bettina hart, »wir wissen, wie sie heißt? Wie praktisch! Nenn mir die Adresse, ich fahr dich hin!«

»Nein, lass mich doch erklären, bitte«, bettelte ich.

»Was gibt es da zu erklären? Euer Kuss war rekordverdächtig. Sicher haben die Frauen applaudiert, als ihr endlich fertig wart«, entgegnete Bettina sarkastisch.

Okay, beschloss ich, *dann mach ich mich klein, kriech zu Kreuze.*

Ich verfluchte Sabine, wünschte ihr die Pest an den Hals und einen Daueraufenthalt im Pfefferland.

»Hör mir einfach zu, Bettina, lass mich ausreden – und dann fälle dein Urteil«, bat ich.

Irgendetwas in meiner Stimme veranlasste meine Liebste, mir einen prüfenden Blick zuzuwerfen. Sie antwortete nicht, aber sie nickte knapp.

Die Geschichte von Sabine und mir hatte ich schnell erzählt. Ich versuchte, weder selbstgerecht zu sein noch Fakten unter den Tisch fallenzulassen. Als ich ihr beschrieb, wie die Eifersucht mich packte beim Anblick des blonden Gifts am Signiertisch, vermeinte ich ein Lächeln auf Bettinas Gesicht zu erkennen.

»Dass du auch Leichen im Keller hast, wer hätte das gedacht?«, kommentierte meine Liebste schließlich meine Ausführungen.

»Nun, als Leiche würde ich Sabine nicht bezeichnen«, widersprach ich, »sie machte heute einen sehr lebendigen Eindruck.«

Bettina grinste. Sie wandte mir ihr Gesicht zu. Mit einer Hand griff sie in mein Haar, während sie mit der anderen über meine Wange strich.

»Bärchen«, hauchte sie nahe an meinen Lippen, »entschuldige, dass ich so ausgetickt bin.«

Ihre Lippen waren kalt, doch nach wenigen Sekunden brannten sie auf meinen. Ich verschlang ihre Zunge, wollte Bettina näher spüren, viel näher. Das Innere des Autos war definitiv nicht für Zärtlichkeitsanfälle konzipiert worden. Wir beendeten unseren leidenschaftlichen Kuss mit Bedauern.

»Wir fragen Hildegard nach einem Hotel, in dem man um diese Zeit noch ein Zimmer bekommt«, entschied Bettina.

Im nächsten Moment war sie ausgestiegen. Ich hatte Mühe, meine Lieblingsautorin einzuholen. Die Menschenmenge im Foyer hatte sich deutlich gelichtet. Umso begeisterter fiel die Reaktion der noch anwesenden Frauen auf das Auftauchen ihres Stars aus.

An die Frauen hatte Bettina wohl nicht gedacht. Hilfesuchend drehte sie sich nach mir um. Es genügte ihr nicht, dass ich mich an ihre Seite stellte, Bettina griff nach meiner Hand, strahlte mich an – und küsste mich! Vor Überraschung wäre ich fast umgekippt. Die Krone setzte jedoch jemand anderes dieser an sich sehr außergewöhnlichen Situation auf. Sabine stand mit ihrer brünetten Begleiterin wieder im Foyer – sie hatten offensichtlich bei ihrem überstürzten Aufbruch ihre Jacken vergessen. Mit offenem Mund starrten die beiden uns an.

Unser Auftauchen war von niemandem unbeachtet geblieben, unser Kuss hatte alle Gespräche verstummen lassen. Diese ungeteilte Aufmerksamkeit wollte ich nutzen, um Klarheit zu schaffen. Ich wandte mich meiner Liebsten zu.

»Schenkst du mir noch einen Kuss?«, fragte ich leise. Bettina hatte Sabine längst gesehen. Sie nickte leicht.

Als hätten wir es abgesprochen, traten wir beide einen Schritt aufeinander zu. Bettina schmiegte sich an mich, als wollte sie mit mir verschmelzen. Ihr Strahlen, mit dem sie mich ansah, machte der Sonne Konkurrenz, und ihr Kuss, den sie mir schenkte, ließ die Erde sich rückwärts drehen.

»Ich liebe dich über alles«, hauchte ich ihr ins Ohr.

»Du bist mein Ein und Alles, Bärchen«, erwiderte sie ebenso leise.

Wir lösten uns zögernd voneinander. Wie alle anderen starrten auch Sabine und ihre Begleiterin uns an. Ihre Münder standen offen, sie vergaßen ihre Erziehung.

Ich wandte mich direkt an Sabine und fragte quer durch den Raum: »Noch Fragen?«

Sabines Kiefer klappte zu. Reflexartig schüttelte sie den Kopf, dann stürmte sie mit hochrotem Kopf an uns vorbei.

»Die ist weg!«, lachte Bettina.

»Für immer«, ergänzte ich.

Stunden später lagen wir endlich in bequemen Hotelbetten. Hildegard war durch die Ereignisse des Abends etwas überfordert worden, wir mussten ihr ein paar Erklärungen geben. Schließlich gab sie uns die Adresse des kleinen, aber gemütlichen Hotels unweit des Buchladens.

Eigentlich hatte ich ja gehofft, dass Bettina meine Sehnsucht bald stillen würde, doch sie bestand darauf, mehr über Sabine zu erfahren. So lagen wir zwar auf dem Bett, Bettina in meinen Armen, doch statt uns zu lieben, sprachen wir über die Unperson des Abends.

»Ich hab's dir am Anfang wirklich schwer gemacht, Bärchen», meinte Bettina schließlich. »Was mit Linda gelaufen ist, tut mir sehr leid. Ich hätte es verstehen können, wenn du gegangen wärst. Aber dass du mich wegen einer anderen Frau verlassen könntest, das ist mir heute Abend plötzlich auf brutale Weise klargeworden. Eigentlich bin ich nicht besonders eifersüchtig, doch als ich dich in ihren Armen sah, da hat alles in mir ausgesetzt«, fasste sie ihre Gefühlslage zusammen.

»Engel, ich liebe dich! Du bist mein Morgen, mein Tag, mein Abend und meine Nacht, du bist mein Herzschlag und mein Atem. Wie könnte ich von dir lassen?«, erwiderte ich leise. Jedes Wort war mehr als die Wahrheit. Ich hatte sie mir nicht überlegt, sie kamen ohne mein Zutun über meine Lippen.

Bettina richtete sich etwas auf. In ihren Augen glänzten Tränen. Ihr Gesicht, das ich zärtlich küsste, schmeckte salzig.

Wortlos überließen wir uns der Flut der Gefühle, die sich endlich ihren Weg an die Oberfläche bahnten. Wir liebten uns heftig, leidenschaftlich und hemmungslos. Sterne tanzten an der Zimmerdecke, das Bett unter uns hatte sich in eine Wolkenlandschaft verwandelt, unsere Körper existierten nicht mehr, sie waren verschmolzen zu einem einzigen Feuerball, der sich unaufhörlich und immer schneller drehte.

»Für immer«, flüsterte Bettina, als sie sich erschöpft an mich schmiegte.

»Für immer«, bestätigte ich leise und zog die Decke über unsere schweißnassen Körper.

ENDE

Julia Schöning: Verirrte Herzen

Erotischer Liebesroman

Anne, ihre vierjährige Toch-ter Lilly und Caro sind eine glückliche Familie. Doch als Lilly in den Kindergarten kommt und Anne beschließt, wieder halbtags zu arbeiten, bekommt die Beziehung Risse. Die erfolgreiche Anwältin Caro schafft es nicht, Anne im Haus-halt zu unterstützen. Als Anne dann auch noch die geheimnisvolle Nora kennenlernt, die mit ihrer faszinierenden Ausstrahlung Verwirrung stiftet, scheint das Glück der kleinen Familie ernsthaft bedroht.
Können Caro und Anne ihre Gefühle füreinander bewahren und wieder zueinanderfinden?

Tina Grasses: Das Geheimnis der Nebelinsel

Lesbischer Fantasy-Roman

Die Sensei Iliska begegnet der Schwertkämpferin Shiree. Die beiden kommen sich näher, doch dann verschwindet Iliskas Freundin Beth unter dramatischen Umständen. Zur gleichen Zeit folgt Karimah einer geheimnisvollen Vision und findet in Beth ihre große Liebe. Doch ihr Glück wird überschattet von einer uralten Gefahr. Die vier Kriegerinnen nehmen den Kampf auf, doch wird es für Karimah und Beth eine gemeinsame Zukunft geben?

Toni Lucas: Paar für ein Jahr

Die Pierrots tanzen weiter

Leas Glück scheint perfekt. Lilia hat sich tatsächlich für sie entschieden und ist bei ihr eingezogen. Doch wie kann sie mit einer Frau zusammenleben, die gerade erst dabei ist, sich selbst zu finden und die so ganz eigene Vorstellungen von einer Beziehung hat?
Ihr bleibt nur ein Jahr, um das herauszufinden . . .

Shari J. Berman: Herz ist Trumpf

Erotischer Liebesroman

Die junge Journalistin Rachel lernt auf einem Lesbenpokerabend die verführerische, etwas ältere Eden kennen – ein erotisches Abenteuer beginnt, das schnell zu Liebe wird. Obwohl zunächst alles perfekt scheint, bleibt die Vertreibung aus dem Paradies nicht aus und stellt die Beziehung auf eine harte Zerreißprobe.
Sind die Bande zwischen Rachel und Eden stark genug, die dramatischen Ereignisse zu überstehen?

Brenda L. Miller: Mein Herz bewacht dich

Liebesroman

Grace, pubertierender Teenager, wird für sechs Monate in ein Boot Camp geschickt. Dort lernt sie zu gehorchen, wird aber auch von der strengen Ausbilderin Carey ermuntert, ihre Nase in Bücher zu stecken und zu lernen. Denn Grace ist nicht unbegabt. Nach einiger Zeit jedoch wird das Verhältnis zwischen Grace und Carey immer freundschaftlicher – und liebevoller . . .

Julia Arden: Liebe unerwünscht

Liebesroman

Jennifer Feiler ist knallharte Geschäftsfrau und bekannt für ihre Affären. Auch der Flirt mit der attraktiven Ärztin Caroline stellt keine Ausnahme dar, doch Caroline weist Jennifer ab. Caroline fühlt sich zwar mehr zu Jennifer hingezogen, als ihr lieb ist, aber Jennifer ist nicht die Frau, der man sein Herz schenken sollte – für tiefere Gefühle hat sie keine Verwendung: Liebe ist ihr unerwünscht.

Victoria Pearl: Das zwischen uns

Erotischer Liebesroman

Jasmin hat es sich recht gemütlich im Junggesellinnendasein eingerichtet, als eine atemberaubende Schönheit ihre Buchhandlung betritt. Sie verlieren sich aus den Augen, sie sehen sich wieder – und es beginnt etwas, das Jasmin »Beziehung« nennt. Ihre Geliebte hält sich jedoch einiges offen. Ständig lernen sie neue Frauen kennen, von denen Jasmin nie weiß, wie nahe sie und ihre Geliebte sich kommen. Geduldig erträgt sie die Spielchen, doch kann eine solche Beziehung wirklich ewig dauern?

Corina Ehnert: Eine WG zum Verlieben (Band 1: »Alex«)

Liebesroman

Eine Lesben-WG, in der es drunter und drüber geht: Alex kann sich nicht zwischen Katrin und Nico entscheiden, obwohl Nico eigentlich Paulas Blind Date ist; Casanova Franzi wandelt plötzlich auf monogamen Pfaden, und Thea kriegt irgendwie nie eine Frau ab. Verwicklungen und Verzwicklungen bleiben spannend bis zum Schluß – an dem sich die Fäden entwirren. . . . oder?

Catherine Fox: Achterbahn der Gefühle

Liebesroman

Jessica will heiraten und hält sich für glücklich, als sie von ihren Freundinnen eine Junggesellinnenreise geschenkt bekommt. Auf einem Reiterhof soll sie ihrem Hobby frönen und die letzten Tage Freiheit genießen. Doch mit der Entspannung ist es bald vorbei, denn sie trifft Kim, die ihren Gefühlshaushalt gehörig durcheinanderbringt. Sie gerät in einen Strudel leidenschaftlicher Gefühle, erfährt eine Zärtlichkeit, die sie nicht kannte. Sie verliebt sich in Kim, aber was wird bleiben, wenn sie wieder zu Hause im alten Trott versinkt?

Ruth Gogoll: Zwei Welten

Erotischer Liebesroman

Wer sich etwas wünscht, sollte vorsichtig sein bei der Formulierung. Nico jedenfalls war es nicht und landet inmitten einer schrecklich netten Familie im Herzen der Heterosexualität: Häuschen in der Vorstadt, Ehegatte geht morgens brav zur Arbeit, die Kinder quengeln, die Nachbarinnen tratschen ... Da taucht in dieser Heterohölle ein ganz normales (lesbisches) Paar auf, und Nico verliebt sich. Wie kann sie aber in ihre eigene Welt zurückkehren und gleichzeitig diese Liebe aus der anderen Welt bewahren?

Anthologie »Lesbisches Jugendbuch«

Kurzgeschichten

In dieser Anthologie werden die Geschichten der Gewinnerinnen aus unserem Schreibwettbewerb »Lesbisches Jugendbuch« veröffentlicht. Geschichten von Jugendlichen für Jugendliche – ausgewählt vom Literaturteam des Jugendzentrums *anyway* in Köln.

Hanna Berghoff: Du bist die Welt für mich

Liebesroman

Ein Bauernhof inmitten Deutschlands: Die Fehde zwischen den Schwestern Veronika und Franziska Perner vertieft sich, als die neue Tierärztin Dr. Jutta Adler mit frischen Ideen und Behandlungsmethoden gehörig Staub aufwirbelt. Aus Liebe (zu den Tieren und zur Tierärztin) beginnt Veronika in München Veterinärmedizin zu studieren, doch Franziska läßt nichts unversucht, um dem Liebesglück ein jähes Ende zu bereiten. Als dann noch die Zukunft des Hofes auf dem Spiel steht, muß Veronika eine schwere Entscheidung fällen ...

Toni Lucas: Vom Tanz der Pierrots

Liebesroman

Nach einem nicht ganz freiwilligen One-night-stand wird Lea aus ihrer bequemen, langjährigen Beziehung herauskatapultiert. Sie zieht in eine Kleinstadt, die trostloser nicht sein kann. Nur ihre verheiratete Kollegin Lilia bringt Farbe in den Alltag, und nach einiger Zeit mangelt es auch an Erotik nicht. Allerdings scheinen die beiden zunächst doch nicht füreinander geschaffen – oder müssen sie erst einmal auseinandergehen, um schließlich zueinander zu finden?

Heike Fremmer: Hotel Prinzess

Liebesroman

Sofie managt ein Hotel in Hamburg, das an einen Amerikaner verkauft werden soll. Die von ihm entsendete Frau fürs Grobe ist Erica, die sich inkognito im Hotel aufhält. Sofie und Erica kommen sich näher, doch Erica verschweigt den wahren Grund ihres Aufenthaltes. Kein gutes Fundament für eine Beziehung, doch Erica hat Angst, Sofie zu verlieren, wenn die Wahrheit ans Licht kommt ...

Julia Arden: ... und wenn du auch die Wahrheit sprichst

Liebesroman

Michaela Dietz läßt sich engagieren, um die Tochter eines Hotelbesitzers zu überreden, das Familienunternehmen weiterzuführen. Sehr zur Freude des schlechten Gewissens blüht Tanja Kanter in Michaelas Nähe auf und – natürlich, verliebt sich in sie. Doch was passiert, wenn Tanja Michaelas wahre Gründe für die unerwartete Zuneigung erfährt? Und was sagt Michaelas langjährige Freundin Vanessa eigentlich dazu?

Ruth Gogoll: L wie Liebe

Liebesroman

Bunt und unterhaltsam: Großstadtlesben und ihre (Liebes-)Abenteuer. Da ist das ungleiche Paar Marlene und Anita, das gehörig Nachhilfe in Sachen Romantik benötigt; Carolin und Ina schweben (noch) im siebten Himmel; Chris und Sabrina stecken in einer verstaubten Beziehung fest, und schließlich können sich Rick, Thea und Melly noch nicht so recht entscheiden. Verwicklungen folgen, und schon sehr bald ist nichts mehr so, wie es anfänglich war ...

Victoria Pearl: Endlich gefunden

Liebesroman

Krankenschwester Hanna hat sich gerade aus der unheilvollen Beziehung zu Birte gelöst, als ihr eine Fremde für einen kurzen Moment den Kopf verdreht. Zurück im Arbeitsalltag nimmt Hanna erst nach langer Zeit wieder via Internet Kontakt zu anderen Frauen auf. Die Überraschung folgt auf dem Fuß, doch ist die Traumfrau tatsächlich endlich gefunden?

Julia Arden: Vertrau mir

Roman

Anna Ravensburg lebt ruhig und zurückgezogen auf ihrem Tierhof. Mit der Idylle ist es vorbei, als Kommissarin Maike Roloff auftaucht: Zwei Pharma-Manager sind entführt worden, und Annas Vergangenheit als radikale Tierschützerin könnte bei der Aufklärung helfen. Zunächst widerstrebt es Anna, die Polizei zu unterstützen, doch bald muß Anna sich eingestehen, daß sie sich zu Maike hingezogen fühlt. Maike hingegen scheint sich nur für eines zu interessieren: Die Lösung ihres Falles.

Alexandra Liebert: Der Schlüssel zum Glück

Liebesgeschichten

Geschichten rund um das Verlieben: Ob gewollt oder ungewollt, überraschend oder nicht – Alexandra Liebert versteht es, ihre Heldinnen in kleinen, unbeschwerten Geschichten auf spannende Art zusammenzubringen. Da sucht Cathy nur nach einem Job und findet die Liebe, Lisa sucht erholsame Ferien in San Francisco – und findet die Liebe, Carmen und Maria haben sich mit dem Auto verfahren, suchen den richtigen Weg und finden: die Liebe.
Sie wollen jetzt wissen, wer noch alles die Liebe findet? Und welche Hürden dabei zu überwinden sind? Wir haben da einen kleinen Tip für Sie: Kaufen Sie doch einfach dieses Buch . . .

Alexandra Liebert: Träume aus der Ferne

Liebesgeschichten

Geschichten rund um das Verlieben: »Viele Wege führen nach Rom, aber keiner führt an den Geschichten von Alexandra Liebert vorbei – wenn frau romantische Liebesgeschichten schätzt. In ihrer ganz eigenen, feinfühligen Art beschreibt die Autorin das Suchen und schließlich auch das Finden der Liebe, die verschiedene Gesichter haben kann und darum auch auf unterschiedlichen Wegen erkämpft, erwartet oder erkannt werden will.« (Victoria Pearl)

Anna Peters: Herzköniginnen

Liebesroman

Susanne gibt eine Zeitungsanzeige auf und lernt die um einiges ältere Anna kennen. Sie beginnen eine rege Brieffreundschaft, verlieben sich, treffen sich schließlich – und werden in einer leidenschaftlichen, intensiven Beziehung glücklich.
Die Geschichte wird allein in den Briefen erzählt, die sich beide schreiben.

Ruth Gogoll: Verbotene Leidenschaft

Erotischer Liebesroman

Sich in die eigene Chefin zu verlieben, wenn diese augenscheinlich hetero ist, gehört in jedem Fall zu den Dingen, die eine Lesbe nicht tun sollte. Doch eine erwachte Leidenschaft läßt sich nicht einfach abschalten, und so gilt es, die Chefin zu bekehren – auch, wenn das mit reichlich Widrigkeiten einhergeht.

Ruth Gogoll: Wie ein Stern, der vom Himmel fällt

Erotischer Liebesroman

Weihnachtliches Plätzchenbacken gehört eigentlich in glückliche Familien. Wenn jedoch die unfreundliche Nachbarin nur für sich allein backt, dann ist das verdächtig. Und wenn diese Nachbarin zwar spröde, aber ungemein attraktiv ist und mit ihren schönen Augen lockt, dann erwacht der lesbische Jagdtrieb: Wenn schon Plätzchenbacken, dann bitte nur zu zweit . . .

Ruth Gogoll: Eine Insel für zwei

Erotischer Liebesroman

Neunzehn Jahre alt und auf der Suche nach der großen Liebe: Das ist Andy, als sie Danielle kennenlernt, Besitzerin einer Werbeagentur. Danielle hält Liebe für eine Illusion. Sie lädt Andy zu einer Reise durch die Ägäis ein, doch fordert dafür einen hohen Preis.
Andy läßt sich darauf ein, weil sie Danielle liebt und hofft, daß Danielle auch lernen wird zu lieben. Fast scheint es, als hätte Andys Liebe eine Chance, doch da geschieht etwas Unvorhergesehenes . . .

Tala Storm: Der lange Weg

Liebesfantasy in drei Teilen

Cay-La erwacht eines Morgens ohne Erinnerung. Sie schließt sich zunächst der schönen Kallisto an, doch als die eine Kriegerin töten will, wechselt Cay-La die Seiten. Zusammen mit der Kriegerin und ihrer Gefährtin versucht sie ihre Vergangenheit zu erfahren, die Erinnerung an sich selbst wiederzufinden. Eine nicht ungefährliche Reise ins Reich der Amazonen beginnt, denn der Zorn Kallistos begleitet sie . . .

Ruth Gogoll: Ostereier

Erotischer Liebesroman

Eine Geschichte um Ostereier? Nein, eine Liebesgeschichte. Die Begegnung in einem Supermarkt kurz vor Ostern – ist sie Zufall oder Schicksal? Befördert der Einkauf von Obst und Gemüse die Liebe – oder hindert er sie an ihrer Erfüllung? Und was ist mit der geheimnisvollen Bemerkung, mit der alles begann?
Das alles sind Fragen, denen sich die beiden Protagonistinnen stellen müssen.
Werden sie eine Lösung finden?

Victoria Pearl: Sag's mit Rosen

Erotischer Liebesroman

Blümchen heißt das alte Wohnmobil, mit dem Jessie herumfährt und geradeheraus Frauen anbaggert. Leonie ist von dieser Masche nicht begeistert, doch sie kann sich Jessies Charme nicht entziehen. Eine gemeinsame Reise in dem engen Gefährt bleibt nicht ohne Folgen, aber Leonie befürchtet die baldige Trennung; wie wird Jessie sich entscheiden?

Julia Arden: Unter Verdacht

Liebesroman

Als Professorin eher distanziert, geraten Sylvias Gefühle immer mehr außer Kontrolle, während die Zusammenarbeit mit der Architektin Karen enger wird. Das Tüpfelchen auf dem i: Karen ist lesbisch. Sollte Sylvia tatsächlich etwas für Karen empfinden? Doch die Idylle wird jäh zerstört, als Karen wegen Kreditbetrugs verhaftet wird. Mit Sylvias Hilfe aus dem Gefängnis entlassen, machen sich beide auf die Suche nach dem wahren Täter und kommen sich dabei immer näher.

Sarah Dreher: Solitaire und Brahms

Liebesroman

»Wenn eine Frau, die Frauen liebt, keine Frau ist, wer dann?«
Beruflich erfolgreich, allgemein beliebt und frisch verlobt, wehrt sich Shelby dennoch gegen das traditionelle Rollenverhalten einer gehorsamen Ehefrau, in das ihre Umwelt sie drängen will. Als sie merkt, wieviel ihre neue Nachbarin Fran ihr bedeutet, beginnt sie die Puzzleteile in ihrem Leben endlich neu zu ordnen.
Sarah Dreher zeichnet in ihrem persönlichsten Roman ein einfühlsames, humorvolles und zugleich schmerzhaft realistisches Bild der sechziger Jahre, aus der Zeit vor Stonewall und Gay Pride, als eine »richtige Frau« sich nicht gegen gesellschaftliche Erwartungen auflehnen, geschweige denn in eine andere Frau verlieben durfte.

Victoria Pearl: Sonnenaufgang in deinen Armen

Erotischer Liebesroman

Luisa lernt in der Firma, in der sie arbeitet, Ingeborg kennen und fühlt sich sofort zu ihr hingezogen. Sie verläßt den Mann, mit dem sie seit sechs Jahren zusammenlebt, und versucht sich Ingeborg vorsichtig zu nähern. Ingeborg jedoch lehnt dies stets schroff ab. Als das Chorsingen sie beide ins Schweizerische Bergell verschlägt – gemeinsames Hotelzimmer mit Doppelbett – schlägt Luisas Stunde: Kann sie Ingeborgs Zuneigung gewinnen?

Julia Arden: Das Lächeln in deinen Augen

Roman

Beate sieht in Cornelia Mertens, ihrer neuen Chefin, zunächst nur das, was alle sehen: die kühle, distanzierte Geschäftsfrau. Liebe ist etwas für Träumer – aus dieser ihrer Meinung macht Cornelia kein Geheimnis.
Nach und nach lernt Beate aber eine ganz andere Seite an Cornelia kennen. Cornelia überrascht sie mit unerwarteter Fürsorge, Verständnis und einer seltsamen Mischung aus Heiterkeit und Ernst. Also doch harte Schale, weicher Kern? fragt sich Beate. Ist das äußere Erscheinungsbild nur Fassade für all die, die sich nicht die Mühe machen dahinterzuschauen? Oder sind Sanftmut und Charme nur Trick, Teil eines Planes? Nämlich dem, sie zu verführen? Letzteres wäre fatal für Beate, denn so oder so – sie hat sich in Cornelia verliebt.

Gerri Hill: Der Mond scheint nur für dich

Liebesroman

Die Malerin Kara malt bevorzugt morgens oder abends: Wenn es nicht mehr hell ist und der Mond scheint. Sie liebt den Mond, ihren stummen Begleiter durch die Jahre. Doch als sie Ginny kennenlernt, ändert sich alles – und der strahlende Mond wird Zeuge einer wachsenden Liebe ...

Ruth Gogoll: Tizianrot

Erotischer Liebesroman

Tanita schwärmt unsterblich für ihre Mathematiklehrerin Diana. Nach Tanitas Abitur verlieren sie sich aus den Augen. Zufällig treffen sie sich Monate später wieder, und die Überraschung ist perfekt, als sich herausstellt, daß auch Diana Interesse an Tanita hat. Schnell kommen sie sich näher, die Erfüllung aller Träume scheint nah, doch da tauchen unerwartete Schwierigkeiten auf.

Behrens – Spors – Doll: Mia Liebe mit Umwegen In heißem Wüstensand

Liebesgeschichten

MIA

Wie sag' ich's meiner Lehrerin? Mia ist verliebt, aber sie traut sich nicht. Ist die Angebetete nun lesbisch oder nicht? Könnte sie die Gefühle erwidern? Janina Behrens gelingt es, diese Schülerin/Lehrerin-Geschichte auf humorvolle Weise darzustellen.

LIEBE MIT UMWEGEN

Was passiert, wenn die vermeintlich Richtige doch die Falsche ist? Wenn die Falsche am Ende die Richtige ist? Irrungen und Wirrungen der Liebe werden von Julia Spors schließlich entwirrt.

IN HEIẞEM WÜSTENSAND

Eine Agypten-Reise von den Eltern geschenkt – kann das gutgehen? Widerwillig tritt Connie die Reise an, die mit einigen Schwierigkeiten und Hindernissen beginnt. Doch unter afrikanischer Sonne sieht vieles dann ganz anders aus, und aus geliebten Menschen können plötzlich geliebte Menschen werden ...

Kingsley Stevens: Liebe mich

Erotischer Liebesroman

Amy Flanagan und Morgan Holdsworth treffen sich, als Amy versucht einen Großauftrag von Morgan, Eigentümerin eines Kosmetikkonzerns, für die Werbeagentur zu erhalten, für die Amy arbeitet. Obwohl Amy Geschäft und Privates auseinanderhalten will, verliebt sie sich in Morgan. Sie beginnen eine Affäre, doch Morgan scheint wenig Interesse an einer Vertiefung ihrer Beziehung zu haben, während Amy sich wünscht, Morgan näherkommen zu können.

Trix Niederhauser: Halt mich fest

Liebesroman

Wie sag ich's meinen Eltern? Früher oder später kommt jede Lesbe an diesen Punkt, auch Chris, die rockende Gitarristin mit Hang zu Unfällen. Tina tritt in ihr Leben, und alles ist anders: Das Coming-out, die verschollen geglaubte Großmutter, die Ex mit dem dritten Auge und vieles mehr machen der Heldin das Leben schwer. Tapfer erträgt sie die putzende Mutter, den pubertierenden Neffen und den schweigenden Vater. Nur daß Tina rothaarige Frauen küßt, macht ihr zu schaffen . . .

Augenblicke der Liebe

Erotische Geschichten

Bereits seit dem Jahre 2001 besteht auf der Internetseite der édition el!es die Möglichkeit, jeden Monat eine neue »Erotische Geschichte des Monats« zu lesen. Diese Geschichten werden in der Reihe »Augenblicke der Liebe« in loser Folge veröffentlicht.

Kay Rivers: Küsse voller Zärtlichkeit

Roman

Michelle Carver hat als Managerin von Disney World in Florida einen anstrengenden Job. Für ein Privatleben hat sie kaum Zeit, deshalb beschränkt sie sich auf gelegentliche Affären. Liebe kommt in ihrem Wortschatz nicht vor.

Cindy Claybourne ist Studentin und hat einen Ferienjob in Disney World. Sie merkt, daß sie sich zu Michelle hingezogen fühlt, daß sie hinter ihre harte Schale schauen möchte. Aber Michelle läßt das nicht so einfach zu. Doch Cindy gibt nicht auf und kämpft für ihre Liebe zu Michelle. Wird Michelle endlich einsehen, daß Cindy die richtige für sie ist?

Julia Arden: Laß mich in dein Herz

Liebesroman

Vor vier Jahren verlor Andrea ihre Lebensgefährtin Maren durch einen Autounfall. Seitdem lebt sie ausschließlich für ihren Beruf als Richterin, bis Gina in ihr Leben tritt und ihre Gefühle durcheinanderbringt. Aber sie will keine Beziehung eingehen, ihr Herz hängt nach wie vor an Maren. Also versucht sie Gina zu vergessen, doch dann kommt es zu einem unverhofften Wiedersehen – und Andrea braucht Ginas Hilfe, weil der Beruf sie in Gefahr bringt . . .

Melissa Good: Sturm im Paradies

Liebesroman

Melissa Good, Drehbuchautorin verschiedener Episoden der beliebten TV-Serie »Xena – Die Kriegerprinzessin«, bei el!es!

Firmen aufkaufen und ohne Rücksicht auf Verluste sanieren – Dar Roberts, Vizepräsidentin einer großen Gesellschaft, liebt ihren Job und erledigt ihn gründlich. Bei einem kleinen Unternehmen trifft sie jedoch auf unerwarteten Widerstand: Kerry Stuart, die junge Leiterin der Supportabteilung, kämpft engagiert für die Erhaltung der Arbeitsplätze. Gleichzeitig fühlt Kerry sich angezogen von dieser großen, starken, dunkelhaarigen Frau, in der mehr zu schlummern scheint als kalter Geschäftssinn. Zaghaft kommen sich die beiden näher . . .

Shari J. Berman: Hawaiianische Träume

Liebesroman

Die attraktive Freddie hofft, bei einem Urlaub auf Hawaii ihren Ex-Mann endlich zu vergessen. Unter dem Sternenhimmel der Südsee läßt sie ihr altes Leben hinter sich. Hals über Kopf stürzt sie sich in eine heftige Liebesbeziehung mit der Fotografin Stephanie. Doch nach dem ersten Liebestaumel drohen Zweifel und Konflikte: Freddie hat Probleme mit ihrem Coming-out und weiß nicht, ob sie ihre lesbische Liebe leben kann und will. Und trotz allem Verständnis für die Geliebte stößt auch Stephanie irgendwann an die Grenzen ihrer Geduld . . .

Kingsley Stevens: Sündige Episoden (Band 1)

Erotische Geschichten

Der *Reigen* von Arthur Schnitzler wurde schon oft adaptiert, und nun liefert die Autorin Kingsley Stevens eine lesbische Variante: Ineinander verwobene Geschichten, leidenschaftlich und lustvoll, in denen es nur um »das Eine« geht. Die **Sündigen Episoden** sind das wohl frivolste el!es-Buch, das es je gab.

Diana Lee: Die Geliebte der Wölfin

Die lesbische Robin Hood

Die schöne Lady Gwendolyn wird auf dem nächtlichen Heimweg überfallen. Rettung naht in Gestalt der attraktiven Ritterin Sir Blaidd, die in geheimer Mission eine Verschwörung gegen die Königin aufdecken soll. Gwendolyn verliert ihr Herz an die tapfere Heldin, gemeinsam versuchen sie nun mit ihren Freunden den Verschwörern zuvorzukommen. Doch die Feinde sind mächtig, mittels dunkler Rituale versuchen sie, ihre Kräfte zum entscheidenden Schlag zu bündeln. Auch Gwendolyn gerät in Gefahr. Kann Sir Blaidd sie mit ihrem Mut und ihrem geschickten Schwert aus der tödlichen Falle befreien?

Ruth Gogoll: Ich liebe dich

Erotischer Liebesroman

Ira ist eigentlich viel zu schön, um Bankmanagerin zu sein, und Elisabeth will nur eine Hypothek von ihr: Da schlägt die Liebe zu wie ein Blitz. Zuerst einmal erscheint Elisabeths Liebe aussichtslos, doch dann ergibt sich eine unverhoffte Begegnung, und bald sind die beiden ein Paar. Doch das Schicksal hält noch etliche Schläge für sie bereit. Piet, Iras ehemalige Lebensgefährtin, taucht plötzlich wieder auf. Und Ira erhält unerwartet eine berufliche Chance, die sie nicht ablehnen will. Die räumliche Entfernung schürt die ohnehin vorhandene Eifersucht noch.

Victoria Pearl: Zärtliche Hände

Erotischer Liebesroman

Eine große, schweigsame Frau mit graublauen Augen – eine Taxifahrerin, die sie in einer fremden Stadt zum Hotel fährt – beeindruckt Olivia tief. In heißen Träumen wünscht sie sich in ihre Arme, aber es scheint aussichtslos, sie wiederzusehen, denn Olivia kennt nicht einmal ihren Namen. Dafür tauchen andere Frauen in Olivias Leben auf, die sie nicht trösten können. Wird die geheimnisvolle Fremde einmal aus ihren Träumen auferstehen und in Fleisch und Blut zu ihr kommen? Das Rätsel scheint unlösbar, doch eine Frau gibt nicht auf – auch, wenn sich immer neue Schwierigkeiten ergeben . . .

Victoria Pearl: 4 Herzen 12 Beine

Erotischer Liebesroman

Im Darkroom für Lesben kommt es zu heißem Sex zwischen Doris und Lucy – dann verlieren sie sich wieder aus den Augen. Zufällig entdecken jedoch die beiden Hundeliebhaberinnen die Chatrooms, wo sie sich begegnen, ohne sich zu erkennen. Nach einigen Abstechern und One-night-stands mit anderen Frauen finden Doris und Lucy doch noch zueinander, nein, die beiden Hunde sind es, die ihre Frauchen zusammenführen. Allerdings müssen die Zweibeinerinnen noch einige Abenteuer durchstehen, ehe sie das Happy End erreicht ...

Victoria Pearl: Die Liebe hat dein Gesicht

Erotischer Liebesroman

Renate hat noch nie mit einer Frau geschlafen, und sie hatte es eigentlich auch gar nicht vor, bis ihr Marlene über den Weg läuft. Die Doktorsgattin verführt Renate nach allen Regeln der Kunst und stiftet so ein ziemliches Chaos der Gefühle in der Fahrradmechanikerin. Lange währt diese Affäre allerdings nicht, denn Frau Doktor bleibt ihrem Gatten trotz allem treu. Kein Grund jedoch für Renates erneutes Singledasein – die neue Nachbarin ist sehr attraktiv und deren Mutter erst ... die wahre Liebe wartet derweil in Renates Träumen darauf, endlich verwirklicht zu werden ...

Victoria Pearl: Ungeahnte Nebenwirkungen

Erotischer Liebesroman

Was geschieht, wenn sich die attraktive Zahnärztin auf einmal nicht nur für deine Zähne interessiert? Sie steht eines nachts vor deiner Tür und will hemmungslosen Sex. Doch der Morgen danach fühlt sich an wie ein Zahnarztbesuch, denn die Traumfrau ist nicht mehr da. Es beginnt eine Odyssee der Liebe, Verzweiflung, Eifersucht ... denn immer neue Überraschungen aus der Vergangenheit der Ärztin kommen ans Licht ...

Antje Küchler: Der Abgrund

Lesbisches Abenteuer

Nach dem Verlust ihrer Lebensgefährtin Andrea, einer Schriftstellerin, gibt sich Laura dem Alkohol und Depressionen hin. Nach Monaten der Trauer taucht überraschend die Germanistikstudentin Anja auf, die eigentlich nach Andrea suchte – und sich in Laura verliebt. Es könnte eine harmonische Beziehung werden, doch Laura überredet Anja zu einer Reise nach Rußland, wo das Abenteuer beginnt: Laura wird entführt, und Anja macht sich im kalten und weiten Sibirien auf die Suche nach der geliebten Freundin. Kann sie es schaffen, die Entführte zu retten?

Ruth Gogoll: Taxi nach Paris

Der lesbische Erotikbestseller

Sie begegnet ihrer Traumfrau, aber viel zu schnell landen beide im Bett – während sie sich verliebt hat, geht die andere nur ihrem Gewerbe nach. Jedoch sie ist sich sicher, das Herz der Angebeteten erobern zu können. Wird die Liebe stärker sein als die Zerreißproben und die beiden Frauen in der Stadt des Lichts zusammenführen?

Shari J. Berman: Tanzende Steine

Liebesroman

Sally lernt Ricki als Kind im Sommer 1978 auf einem Campingplatz kennen, während sie Steine über das Wasser tanzen läßt. Die beiden Mädchen mögen sich auf Anhieb. 18 Jahre später sehen sie sich wieder, mittlerweile sind beide mit anderen Frauen liiert. Doch die Liebe, die sie als Kinder noch nicht benennen konnten, erfaßt sie erneut. Ob es nun aber wirklich Liebe ist oder nur Sex, das müssen sie erst einmal herausfinden ...

Ruth Gogoll: Eine romantische Geschichte

Erotischer Liebesroman

Esther ist Anwältin und eine Traumfrau – für alle Frauen, die nur an Sex interessiert sind. Wenn frau sich in sie verliebt, ist es jedoch die Hölle ... wie es Alex leidvoll erfahren muß. Sie verfällt Esther mit Haut und Haar und kann sich nicht mehr von der schönen Juristin lösen. Wird Yvonne mit ihrer Liebe Alex von dieser Besessenheit heilen können?

Brenda Miller: Bitte verzeih mir

Liebesroman

Veronica, Chefin des familieneigenen Konzerns, überfährt mit ihrem Porsche die Aushilfskassiererin Rose, die sich mit Gelegenheitsjobs über Wasser hält. Veronica läßt Rose mit bester medizinischer Versorgung gesundpflegen, und aus anfänglicher Freundschaft entsteht sehr bald Liebe ... doch Veronica hat Rose bisher noch nicht gestanden, daß sie damals den Porsche fuhr ...

Brenda Miller: Court of Love

Liebesroman

Die Basketballspielerin Chris hat sich bei einem Spiel schwer verletzt und kommt ins Krankenhaus. Dort wird sie während der Rekonvaleszenz von der Physiotherapeutin Beth betreut. Die beiden verlieben sich ineinander. Beth hat sich vor kurzem von ihrer Freundin getrennt, für Chris gab es bis jetzt nur Basketball und das College. Sie weiß noch nicht, ob sie sich für Männer oder Frauen interessiert, und sie hat noch nie mit jemandem geschlafen ...

Ruth Gogoll: Die Schauspielerin

Erotischer Liebesroman

Als ihre Jugendliebe Simone, mittlerweile eine berühmte Schauspielerin, neuerlich in Pias Leben tritt, flammt längst erloschen geglaubte Leidenschaft wieder auf. Doch die Angebetete ist in ihrer Scheinwelt aus Glanz und Glamour gefangen, im Teufelskreis zwischen Ruhm und Untergang. Auf der Leinwand zeigt sie große Gefühle, im wahren Leben hingegen scheinen ihr diese Empfindungen fremd zu sein.
Überwältigt von Simones Charme und Schönheit verwirft Pia ihre Bedenken, daß Simone ihr ein zweites Mal das Herz brechen könnte. Während Simone ihre Probleme im Alkohol zu ertränken versucht, beginnt Pia um ihre Liebe zu kämpfen ...

Ruth Gogoll: Simone

Erotischer Liebesroman

Der zweite Teil der »Schauspielerin«.
Simone bemüht sich um einen Neuanfang mit Pia, doch ihre Vergangenheit holt sie wieder ein. Der Alkohol, den sie schon überwunden glaubte, gefährdet ihre Beziehung ebenso wie ihre neue Karriere in Amerika. Zum letzten Mal verbringen Simone und Pia eine schöne Zeit gemeinsam in Wien auf dem Opernball, doch am Tag danach kommt es zum Eklat – Pia ist tief enttäuscht und glaubt nicht daran, daß sie Simone je wiedersehen wird. Und im weit entfernten Amerika sitzt Simone einsam und trinkt ... da führt sie ein erneutes Filmangebot wieder nach Europa ...

Ruth Gogoll: Die Liebe meiner Träume

Erotischer Liebesroman

»Ich stehe nicht auf Frauen« verkündet Vanessa, doch die nachfolgende Liebesnacht mit Anouk spricht eine andere Sprache. Allerdings soll es zunächst auch bei dieser Nacht bleiben: Beide kehren in ihr Leben zurück, Anouk in die Einsamkeit, Vanessa zu ihrer Familie mit Mann und Sohn. Die Spuren, die die Liebesnacht hinterläßt, graben sich tief in die Herzen beider Frauen ein – bis sie sich unvermittelt wiedersehen . . .

Anna Regine Jeck: Toni Ella Nick

Liebesroman

Durch Zufall fährt die 17jährige Toni mit ihrem Fahrrad in das Auto der um einiges älteren Nicole, genannt Nick, hinein, ohne sie jedoch näher kennenzulernen. Jahre später kreuzen sich ihre Wege erneut aufgrund ihrer gemeinsamen Leidenschaft für Pferde. Toni verliebt sich in Nick, aber das scheint nicht auf Gegenseitigkeit zu beruhen. Und vielleicht ist Nick ja auch mit der Lehrerin Ella zusammen . . .

aleks. Jähnich: Sullys Tod

Kriminalroman

Terry Stein, Fotografin bei einer Freiburger Zeitung, wird vom Selbstmord ihrer Ex-Geliebten Sully benachrichtigt. Im sommerheißen Stuttgart forscht sie nach den Hintergründen dieser Tragödie und findet heraus, daß es lebensgefährlich ist, sich mit Wirtschaftskriminellen anzulegen. Als es eine weitere Tote gibt, fällt der Verdacht auf Terry. Zum Glück sind da noch Nickel, Terrys Geliebte, Carola, Chris – und eine attraktive Kommissarin . . .

Ruth Gogoll: Computerspiele

Lesbenkrimi

Der erste Fall für Kommissarin Renni:
Ihre Schulfreundin und Jugendliebe Nora wird in einen Mordfall verwickelt. Nora verliebt sich Hals über Kopf in die schöne und leidenschaftliche Ellen. Sie verbringen eine berauschende Woche, dann fährt Ellen nach Köln, und wenige Tage später wird ihre ehemalige Lebensgefährtin Loretta tot aufgefunden. Ellen steht unter Mordverdacht. In ihrer Not wendet Nora sich an Kommissarin Renni, die die Ermittlungen aufnimmt. Ellen wird vom Mordverdacht befreit. Doch damit beginnt das Rätsel: Wer war Loretta wirklich? Wer hatte ein Interesse, sie zu ermorden? Sie surfte viel im Internet, hat sie dort vielleicht ihren Mörder kennengelernt? Und was hat Ellen damit zu tun?